ブラッド・スクーパ

The Blood Scooper

森 博嗣

KODANSHA NOVELS
講談社ノベルス

すべては動き
流れて形を変え
一瞬も止まらない

力を抑え
息を鎮《しず》めても
切っ先は震えている

血は仄《ほの》かに滴《したた》り
汗は湯気《ゆげ》となり
心の隙間《すきま》へと
滲《し》み入る

見えるか
己の指の間を
抜け落ちる
力と気が

留《とど》めることの
できないもの
崩れるままに
静かに優しく
漏《も》れ出《いず》るもの

流れの中に浮かぶ
動かぬ一点
それが見えるか
己の心《しん》が

そのほかに
確かなものは皆無

考えるな
求めるな

刀を忘れ
力を捨て

思わぬうちに
己と一体となり
空を切る如《ごと》く
天を刺す如く
出《い》でよ

刀も力も
心を追うだろう
心を忍ぶだろう

カバー装画・挿絵
山田章博
カバーデザイン
コガモデザイン
ブックデザイン
熊谷博人・釜津典之

CONTENTS

The Blood Scooper
by MORI Hiroshi
2012
Kodansha Novels edition
2021

He who had made himself master of the art of living was the Real man of the Taoist. At birth he enters the realm of dreams only to awaken to reality at death. He tempers his own brightness in order to merge himself into the obscurity of others. He is "reluctant, as one who crosses a stream in winter; hesitating as one who fears the neighbourhood; respectful, like a guest; trembling, like ice that is about to melt; unassuming, like a piece of wood not yet carved; vacant, like a valley; formless, like troubled waters." To him the three jewels of life were Pity, Economy, and Modesty.

(The Book of Tea/Kakuzo Okakura)

生の術をきわめた人は、道教徒の言うところの「士」であった。士は生まれると夢の国に入る、ただ死に当たって現実にめざめようとするように。おのが身を世に知れず隠さんために、みずからの聡明《そうめい》の光を和らげ、「予《よ》として冬、川を渉《わた》るがごとく、猶《ゆう》として四隣をおそるるがごとく、儼《げん》としてそれ客のごとく、渙《かん》として氷《こおり》のまさに釈《と》けんとするがごとく、敦《とん》としてそれ樸《ぼく》のごとく、曠《こう》としてそれ谷のごとく、渾《こん》としてそれ濁るがごとし。」士にとって人生の三宝は、慈、倹、および「あえて天下の先とならず。」ということであった。

（茶の本／岡倉覚三《おかくらかくぞう》）

prologue

プロローグ

目が覚めたときには、明るくなっていることがわかった。自分の躰《からだ》は建物の中にある。だが、どういうわけか、まだ心は宙に浮かんでいるようで、屋根の上か、あるいははるかに高い山の頂上にいて、さらにもっと上の高い空に浮かぶ雲を眺《なが》めていた。きっと、そんな夢を見ていたのだろう。これは何のことだったか、と考えると、手から零《こぼ》れ落《お》ちる砂のようにさらりと消えていく。それでも、おそらくは鳥になった夢だったのだな、とは思い至った。否《いな》、そうではない、もともとが鳥だったのであって、人から鳥になったのではない。そんなふうに確信が持てたのは、不思議である。

人間以外の動物にも、心というものがあるのだろうか。

それは、これまでにも幾度か考えたことがあった。鳥や動物は目を動かし、こちらを捉《とら》えているように見える。なにかを考えているようにも見える。けれども、人と同じように目や顔があるから、そう見えるだけかもしれない。花や樹にも目や顔があれば、考えているように見えるのではないか。

人も同じこと。はたして、すべての人が心を持っているのだろうか。自分と同じように、皆が考えているのだろうか。

見たところでは、それらしくある。そう想像ができる。けれども、本当にそうだろうか。どうすれば、この疑問を確かめられるだろう。直接言葉を交《か》わすことができる者であれば、だいたいは確かめられる。相手の話を聞けば、やはり心があって、自分で考えているのだろうな、とわかる。でも、そうではない者も多い。

なにも考えない人間や動物がいるのかもしれない。心がないのか、それとも、心が消えてしまったのかもしれない。そういうことがないとはいえない。心が消える病《やまい》というのを聞いたことがあるからだ。

心がなく、ものを考えないというのは、しかし、安気《あんき》なものともいえる。眠っているときと同じで、いつ死んでもわからない。悲しさも、苦しさもないだろう。草や樹はそうだろうか。たとえば石は、どうやらなにも考えていないように見える。勝手にこちらがそう思っているだけかもしれないが。

不思議だ。

草木と石は、何がどう違うのかといえば、自ら変化をしないということか。石も変化はするだろうが、しかし、草木のような速さではないし、自分の力というものを持っていないように見受けられる。

深呼吸をした。

朝からこんなことを考えるのは、やはり夢のせいだろうか。けれど、どんな夢だったのか、もうすっかり忘れてしまった。

左手が、刀を握《にぎ》り締《し》めていた。僅《わず》かな気配が感じられたからだ。息を止めて、周囲の音に集中した。風かもしれない。まもなく、どこかから人の声が聞こえた。風に乗って届いたのだろう。近くではない。

ようやく、自分がいる建物を観察した。昨夜は暗くなってからここに来たので、はっきりと全体の様子を詳しく見ることができなかった。とうに日が暮れて、泊まれるような宿はなさそうだった。遠くに明かりの灯《とも》った人家らしきものは見えたものの、畠《はたけ》の脇にあったこの建物を見つけて、なんとなく足を踏み入れた。人と話をするのが面倒だと感じたことと、また雨が降りだしたこともあった。戸は外れていて、開けなくても中に入ることができた。

農具や藁《わら》が少しだけある。建物に使われている木材は古く、壁の土も割れ落ち、板も幾つか朽《く》ち果《は》てている。明るくなって、その古さがますますよくわかった。大風《おおかぜ》が吹けば、倒れるかもしれない。長く使われていないことは明らかで、屋内も屋外と同じほど土や草で満たされつつある。自分はその壁際にいる。雨が凌《しの》げたのだから、文句は言えない。

屋根も壁も隙間が多く、壊れている部分もあるため、外の明るさは充分に入ってくる。夜のうちに雨は上がり、今朝はそれほど肌寒くもない。

北側にあった戸口から、外の様子も一部だが見えた。その視界の先に動くものがあった。人が歩いているようだ。こちらへ近づいてくる。

二人いる。百姓《ひゃくしょう》ではない。二人とも侍《さむらい》か。

侍ならば、この廃墟《はいきょ》の主《あるじ》ということはないだろう。勝手に使っている手前、少々気が咎《とが》めたが、雨を凌いだだけのこと。頭を下げれば許してもらえるだろう、と考えた。

二人は話をしていた。しかし、親しげな会話ではない。いずれも今にも刀を抜きそうな気配で、距離を保っている。まあ、待て、と一人が言い、こちらへ誘導しているようだった。途中から半身《はんみ》になり、後ずさりに近い体勢で近づいてきた。その侍は背中しか見えないが、身なりは良い。もう一人は、鬚《ひげ》を生《は》やした黒い男だった。顔も黒いし、着ているものも黒い。汚れて黒くなっているのかもしれない。長身だが痩《や》せている。年齢はしかし、この男の方が若い。

「なんだ、さっさと抜け。場所など、どこでも良い」その黒い男が言った。「俺は、お主が抜いたら抜く」

声がはっきりと聞こえるほど近づいた。

「うん。実はな、申し訳ないが、勝負などするつもりは端《はな》からないのだよ」

「何?」

「謝る。このとおりだ」身なりの良い侍が頭を下げた。

「は？　何だと」

「事情があるのだ。手前《てまえ》は、この村で雇われている。見ている者にも知合いが何人かいた。あ、つまり、その立場上のことだった。申し訳ない」

「馬鹿《ばか》な。今さら、なんというさもしい奴」

「そのとおり、とにかく、謝る。どうか許してくれ」

「頭を下げて済むと思うのか。あれだけ見得《みえ》を切っておいて、簡単に収まるか」

「いや、金を出す。まず、飯代は私が奢《おご》る。それは、あとで店主に払っておこう。それから、貴《き》殿《でん》にも、詫《わ》び賃《ちん》としてお支払いする」

「金か……。いくら払うというのだ？」

しばらく間があった。金を見せているのだろうか。今は戸の隙間からは姿は見えない。こちらも、戸口の近くの壁にそっと移動をした、音を立てないように注意をして。

「うーん、まあ、いいだろう。しかたがない」

「了解してくれるか。それは助かる」

「何だ、了解っていうのは？」

「ああ、だから、この金の代わりに、このまま、ここを立ち去ってほしい。この村から離れてほしい、ということだ」

「うん、まあ、もともと、こんなところに長居をするつもりはないが」

「お願いする」

「まったく、商人のような奴だな。どうして、己《おのれ》の見栄《みえ》のために金を無駄《むだ》にするのだ？」

「それは、人の事情というもの。黙って、了解してくれ」

「わかった」

「約束してくれるか、村を出ていくと」

「二言《にごん》はない」

「では、これを」

「金を払っても、そのあとで斬《き》られるとは考えなかったのか？」

「お主《ぬし》ほどの力量ならば、そんな無駄はしないもの」

「今度は世辞《せじ》か、ふん」

その男が歩いて遠ざかる足音が聞こえた。もう一人は動かない。見送っているのだろうか。しばらく、じっと待っていると、戸口から、その侍が顔を覗《のぞ》かせた。

「どなたか知らぬが、話を聞かれたか？」

何故《なぜ》、ここにいることがわかったのだろう、と驚いた。とりあえず、立ち上がって、一礼した。

「昨夜の雨で、ここに入りました。そのまま眠ってしまったようです。話は、少しならば聞こえましたが」

侍は中に入ってきた。柿色《かきいろ》の派手な羽織《はおり》を着ている。刀の鞘《さや》は見たこともないほど艶《つや》やかだった。近くまでやってきて、こちらをじっと観察した。

「お若い方、相当な腕前とお見受けした。もし、仕事をお探しならば、良い口があるのだが、いかがかな?」

「どんな仕事ですか?」

「まあ、私も同じく雇われている身だが……、つまり、その、用心のために、ということか」

「用心? ああ……、なるほど」

金はあるが、仕事をしないと減っていく。なにか働き口があれば良いなとは考えていた。

「いかがか? さきほどの侍は、やや力量不足と見えたので、あのようにあしらったのです」

「あの、私は刀を使うような仕事は、どうも……」

「刀を使うようなことか……。うん、まあ、まったく使わぬというわけにもいかぬか……。ああ、そうそう、どうか、さきほど聞かれたことは、他言のないようにお願いしたい」侍は頭を下げた。顔を上げると、あっけらかんとしてにこやかだった。「いろいろ事情があってのこと」

「私には無関係のことです。聞かなかったことにしましょう」

「かたじけない」彼はもう一度頭を下げる。「あれは、流れ者らしいが、そこの店で飯代を踏み倒した。それで、呼び止めて、こちらへ連れてきたのです。皆が見ているところで血を流すことになるのは愉快ではない」

「いえ、事情に興味はありません」こちらも頭を軽く下げる。「では、これで失礼を……」

侍の横を通り、戸口へ向かった。

「面白い人だな」後ろで彼が呟《つぶや》く。「ああ、ちょっと、待ってくれ」

外へ出たところで、また向き合った。

「旅をされているのか？　急ぎの旅ですか？　どちらまで？」

「いえ、特に当てはありません」

「ならば、少し、話をしようではないか」

「どうしてですか？」

「いや、その、貴殿が面白いからです」

たった今会ったばかりなのに、何が面白いのだろうか。黙っていると、また、侍は軽く頭を下げた。

「違う、その、面白いというのは、その、愉快だということではない。興味がある、という意味です。巫山戯《ふざけ》ているのではない。気に障《さわ》ったのなら、謝る。それは誤解だ」

「気に障ってはおりません」

「刀を使わない仕事ならば、いかがか？　仕事をお探しでは？」

「ええ、まあ、もしそのような仕事があれば」

「あるある。私についているだけで金になる」

「ついている、というのは？」

「私と行動を共にする、ということです。つまり、そう、手伝いというのか」

「貴方《あなた》はどんな仕事をしているのですか？」

「それは、さきほど話したとおり、この村で雇われている。ここの庄屋《しょうや》は大変な金持ちだ。侍を雇っておきたいという事情がある」

「どうしてですか？」

「まあ、安心のためにですな」

「用心棒ですか？」

「用心棒、うーん、まあ、そういう言い方もあるかな」

「それでは、手伝いはできません。いずれ、刀を使うことになりましょう」

「私はこれまで一度として使ったことがない。すべて、さきほどのように、言葉を尽くして解決している」

言葉というよりは、金を尽くしたのではないか、と思ったが黙っていた。そういうやり方も一つ。むやみに悪いとはいえないだろう。

「いえ、お断りします」

「そこだ。そこが面白い。いや、失礼、興味深いところなのだ。何故断られるのか？　仕事を探しているのではないのか？」

「探していますが」

「であれば、侍として、最も相応《ふさわ》しい仕事ではないか。腕の立つのは貴殿の佇《たたず》まいでわかる。何故、侍の仕事をしないのですか？」

それには、適当な言葉を思いつかなかった。たしかに、言われるとおり、断る理由というものが明確にない。

「嫌いなのだと思います」それしか言葉にならなかった。

「嫌い？　ほう、なるほど。他人事《ひとごと》のような物言いではないか」侍は笑った。「拙者は、クズハラという。お引き留めして申し訳なかった。では、またいずれ」

こちらが名乗る暇《ひま》もなく、彼は一礼し、さっと身を翻《ひるがえ》して立ち去った。物腰はしなやかで、歩き方も重心移動を抑えた滑《なめ》らかなものだった。この人物を相手に刀を抜こうとした、あの黒い侍は、自分の危機というものが見えなかったのか。それだけでも、極めて危ない人生というものだ。

侍が見えなくなってから、後ろを振り返って、今出てきたばかりの建物を見た。それから、さらに数歩離れてまた全体を眺めた。おそらくこの辺《あた》りで、クズハラと黒い侍は話をしていたのだろう。ここからはどう見ても、建物の中の様子はわからない。戸口の隙間からも、内部は真っ暗闇。自分の姿が見えたはずはない。

不思議な人物だ。なによりも驚いたのは、こちらの気配に気づいたことだった。これだけでも、クズハラの力量がそれなりであることは知れる。それなのに、あのように相手に頭を下げ、金まで払ったのだ。無銭飲食をした者に対してである。相手は殺気立っていた。間近に刀を今にも抜くという相手がいた状況で、どうして離れた廃墟の中の気配を察知できたのか。

さらにいえば、そこに人がいるとわかっていたのに、恥を晒《さら》すような真似《まね》をしたのは何故か。もう少し離れた場所まで行けば良かったのではないか。それならば、話を聞かれることもなかったはず。

不思議だ。なにか普通ではない考え方をしているようだった。自分のことを面白いなどと笑っていたが、面白いのは、あの男の方ではないか。

草原《くさはら》を歩き、畠の脇を抜けて道まで戻った。食事をできる店が近くにあるような話だった。それはすぐに見つかった。同じ道へ、クズハラも戻ってきたはずだが、既《すで》に姿はない。道の両側に数軒の家が並んでいた。その一軒が店のようだった。

太陽は既に高い。昨夜は暗くなるまでなにも食べずに歩き続けていたし、そのまま眠ってしまった。腹が減っている、というほどではなかったし、もうその疲れも残っていなかった。ただ、いつもよりは、長く眠っていたことは確かである。よほど、鳥の夢が面白かったのだろう。

店に入ると、三人の男が話をしていた。いずれも侍ではない。商人が一人、あとの二人は職人らしい。食事を済ませたあとのようだった。何を食べたのかはわからない。もう卓の上はすっかり片づいている。

店の者が出てきて頭を下げた。何が食べられるのかと尋《たず》ねると、うどんだと答える。では、それを、と注文した。うどんというのは、このまえ知った食べ物である。あまり好みではないが、不味《まず》いというほどでもない。多少奇妙に感じるのは、慣れていないためだろうか。

三人がひそひそと話している内容が、途切れ途切れに聞こえてきた。クズハラ様、という名前も出た。この店で金を払わずに出ていこうとした無法者を追いかけていき、金を取ってきた、という話だった。やはり刀を持っている者がいないと世の中が困ったものになるな、とも聞こえた。

それは逆だろう。刀を持っている者がいるから金を踏み倒されたのではないか。刀を持っていなければ、普通の者でも咎めることができただろうに。

いや、そうでもないか。たとえこの世に刀がなくても、人の力には差がある。知恵に差があるように、腕力にも、技にも差がある。喧嘩《けんか》で人よりも優位に立てる者がいれば、なんでも喧嘩に持ち込んで決着をつけようとするだろう。喧嘩では不利だと知っている者は、そうならないように言うことをきくしかない。ただ、喧嘩ならば、人数が多ければ太刀《たち》打ちができる。三人もいれば、たいていの者は押さえつけられるだろう。

そう考えると、人数の多さというのも、武器と同じこと。多勢《たぜい》というのは、戦《いくさ》でも大きな力だという。よほどの奇策がないかぎり、数が多い方が勝つのが普通らしい。そのために、何千、何万という兵を集めるから、戦がどんどん大きくなった。なんという馬鹿馬鹿しいことか。よくも、それだけの人数の人間が、命を捨てるかもしれないことに従ったものだ。はたして、本当に心があったのだろうか。

ぼんやりとそんなことを考えているうちに、うどんが運ばれてきた。微温《ぬる》い汁で、なにやら白く濁《にご》っている。味はあまりしないが、食べられないわけではなかった。

三人の話は、クズハラの道場に及んだ。三人のうちの一人が、そこで剣術を習い始めたというのだ。職人の一人である。あの侍がこの村のどこかで剣術を教えている、ということだ。村人から信頼されているようである。そんな男が、金を渡して頭を下げるというのは、いかにも奇妙なこと。もちろん、その事実を暴露《ばくろ》しようといった気持ちは微塵《みじん》もないけれど、あの男の持っている理屈には、大いに興味を持った。彼の言葉でいう「面白い」という感じである。

まだ食べ終わっていないのに、店主がすぐ横に立ち、代金を請求した。落ち着かないことである。しかし、さきほど侍に踏み倒されたばかりなので、警戒しているのかもしれない。無理もないこと。黙って、言われた金額を支払った。それから、また箸《はし》を持ち、汁を掻《か》き回《まわ》したら、白い四角いものが沈んでいた。うどんではない。

「これは何ですか?」店主に椀《わん》の中を示して尋ねた。

「さあ……」店主は首を捻《ひね》る。「何でしょう」

この男が作ったものではないのかもしれない。諦《あきら》めて食べてみたが、軟《やわ》らかく、なかなか美味《うま》かった。魚かもしれない。だが、それにしては形が不思議である。食べられるものであることはわかった。店主はまだ横に立っていた。なにか言いたそうだった。見知らぬ顔が珍しいのかもしれない。食べ終わった椀を置き、こちらから顔を見てやると、ようやく話しかけてきた。

「お侍さん、どちらまで行かれるんです？」

「西へ行くつもりですが」

「カギ屋にお泊まりですか？」

「いえ、違います」

「え、では、どちらに？」

「どこにも泊まっていない。今、ここへ来たところです」

厳密に言えば、嘘《うそ》をついてしまったことになるが、そう解釈できないこともないだろう。自分ながら、賢くなったものだと思った。波風の立つことを避けるようになった、という意味である。

「へえ、では、夜通し歩かれたわけですか。それは、また……、なんとも、危ないことを……。森の中で、狐《きつね》に騙《だま》されませんでしたか？」

「そういう話は聞いたことがありますが、まだ騙されたことは一度もない」

店主は笑った。何が可笑《おか》しかったのかわからない。奥にいた三人もこちらを見た。

「クズハラ様の道場というのは、どちらですか？」自然にその質問が口から出た。

「ああ、はい……、この道を西へ下っていくと、カギ屋があります。そこの分かれ道で右へ入って、しばらく行くと庄屋さんの家が見えますが、そのすぐ近くに」

カギ屋というのは、宿屋か。昨夜もう少し歩けば良かったのだ。

「あの人は、いつからこの村にいるのですか？」

「クズハラ様ですか？　さあ……」店主は後ろを振り返った。三人のうちの誰かを見たようだ。

「まえのまえの秋頃にいらっしゃったんじゃなかったかいの」職人の一人が答えた。道場で手解《てほど》きを受けているという男だ。

「お侍さん、クズハラ様のお知合いですか？」店主が尋ねた。

「ええ、まあ」返事が難しい。知合いである、と言って良いのだろうか。自分はまだ彼には名乗っていない。「でも、向こうは私の名前など知りません」

「そりゃあ、クズハラ様は有名な方ですからね」店主は頷《うなず》いた。

そうか、有名なのか。

「クズハラ流といえば、都では知らぬ者はおらんそうじゃ」奥の男が補足した。

では、都から来たということか。

店を出た。後ろから店主が礼を言った。またいらして下さい、とも言った。自分がしばらくこの村に留まるのだと考えているようだ。あるいは、そのとおりかもしれない、と自分でも思った。道場の場所を尋ねたのだから、興味があったということ。

自分は都の方角を目指して旅をしているが、都へ行く理由というものはない。ただ茫洋《ぼうよう》とした方角として、その目的地があっただけだ。その方角に都のほかに何があるのか知らない。また、その都がどんなところなのか、詳しくはわからない。人がときどき都の話をするのを耳にする。人が大勢集まっている、といった程度の想像しかできない。それでも、そこが見てみたいというぼんやりとした気持ちがあった。それに、何故そんなに大勢の人間が集まるのか、集まるとどんな良いことがあるのか、それも知りたかった。

都からこんな村までやってきたクズハラに興味を持ったのも、これといって理由はなかった。なんとなく珍しいものに目が向いた、というだけのこと。都からやってきたといえば、彼のあの服装は今まで見たことのない珍しい彩《いろど》りだった。ああいうのが都の流儀なのだろうか。明らかに、田舎《いなか》の者の出立《いでた》ちとは異なっている。

都から来たと話していた人物を、もう一人知っている。ノギという女で、以前に泊まった宿屋で会った。彼女は三味線《しゃみせん》を持っていた。三味線も珍しいものだ。たしかに、二人に共通するのは、紅を使った鮮やかな着物の柄《がら》である。

自分の師であるスズカ・カシュウも都にいたことがある。彼自身から聞いた話だ。カシュウは、あまり詳しくは語らなかった。どちらかといえば、都の話をすることが嫌いなのか、と思えるほどだった。都を離れようと決めた理由があったことは確かだろう。人が大勢いる状況というのは、沢山《たくさん》の動物に囲まれているのと同じで、安心できるものではない。誰が何をしようとしているのか、自分に敵意を持っている者はいないか、と常に気を遣わなくてはならない。賑《にぎ》やかな場所というのは、きっとそういう不安を抱かない人間、つまりは心のない人間たちが集まっているのではないか、とも想像してしまう。侍だったら、処理に困る状況だと思えるのだ。だから、都を離れて田舎へ移り住んできた者は、その不安から逃れてきたのではないか。ノギとカシュウはそうだったにちがいない。あのクズハラという侍も、そうだろうか。

そんなことを考えながら歩いているうちに、カギ屋の前まで来た。近所に何軒か家が並んでいたが、一際《ひときわ》立派な建物だった。看板も大きい。二階建てで、高い位置に窓が並んでいる。あそこから眺めれば、どんなものが見えるのか、と反対側も確かめた。

そちらも商店のようだった。格子戸《こうしど》が閉まっているので、中は見えない。そのさらに向こうに、枝振りの見事な大樹が見えた。

もう一度振り返ってカギ屋の建物を見ていると、中から若い女が出てきて、こちらに頭を下げた。

「いらっしゃいませ、どうぞ、ご一服していって下さいませ」

「あ、いや、そういうわけではないのです。ただ、建物を見ていただけです。立派なものですね」

「ありがとうございます。昨年に改装をしたばかりなんです」

「改装というのは、ああ、家を直したのですね」

「ええ……、そうです」

「向かいは、何の店ですか？　しちと書いてありますが」

看板にそう書かれていたのだ。

「質屋です」

「しち屋というのは？」

「うーん、つまり金貸しですね」

「しちというのは、お店の名前ですか？」

「違います。お店はヒシマサ屋といいます」

「ああ、では、金貸しのことを、しちというのですね」

「お侍様、どちらへおいでですか？」

「えっと、あの、クズハラ様の道場へ」

「それでしたら……」白い手をさっと右の道へ伸ばし、彼女は説明をした。こちらはそれを既に知っていたが、黙って、説明を聞いた。うどん屋の店主が言ったとおりのことだった。

しかたがないので、そちらへ歩きだすことにした。

しち屋というのが金貸しのことだと聞いた。金を貸す商売は、返してもらうときに貸した額よりも高い金を受け取る仕組みだ、とカシュウから聞いていた。貸すだけで儲《もう》かる、そういう商売が成り立つという道理が不思議である。つまり、どうしても金が入り用であれば、身近な者から借りれば良いと思うのだ。わざわざ店で借りなくても良さそうなもの。また、金を貸したは良いが、そのまま逃げられてしまう場合だってあるだろう。それでは店が大損となる。どうして約束が守られると確信できるのだろう。ああ、そうか、身元のしっかりとした人間にしか貸さない、というわけか。だが、そうなると、ある程度の身分の者ということになる。そういう身分の者が金を借りるのだろうか。世の中不思議なことばかりである。

分かれ道まで来た。右へ歩いていけば、山の方角だった。この村を出ていくことになるのだろう。しかし、大きな道ではない。どこへ通じているのかわからない。途中で道がなくなる可能性もある。

街道というのは、さきほどのカギ屋の前を真《ま》っ直《す》ぐに通っている道だ。そこを進むのがもともとの選択だったはず。朝、目覚めるまではそうするつもりでいた。その先はさほど険《けわ》しい峠《とうげ》もなく、半日も歩けば宿場があると聞いていた。そのときの話では、途中にあるこの村のことは、詳しく聞くことはできなかった。小さな村があるというだけだったし、カギ屋についても、その存在さえ話に出なかった。カギ屋のことを聞いていたら、あの廃墟同然の場所で寝ることもなかっただろう。

すぐ近くに小川が流れていたので、そちらへ下りていき、手頃な石に腰掛けた。川は、自然のものではない。田畑のために水を引いたようだ。つまり、人が作った川である。どうしてそれがわかったのかといえば、真っ直ぐで川幅も一様《いちよう》だったからだ。こういうものを作るには、大勢の人間の力が必要だ。道や橋を作るのと同じだろう。しかし、いったい誰が作ろうと言いだすのか、また誰が職人たちを雇うのだろう。

どう言えば良いのかはわからなかったが、人が大勢いるところには、そういった集団の利益を考える人間がいて、またその考えに従って働く大勢の人間がいるということになる。自分一人だけで生きているならば、ここまで大袈裟《おおげさ》なものは作らない。作ろうにも作れない。現に、動物はこんなことはしない。人間というのは、どうしてこんなふうに面倒なことをわざわざ考えるのだろうか。

低い位置だったので、風も通らない。日差しが適度に暖かく、眠くなってしまった。そのまま、草の上に横になり、しばらく空を眺めていたが、目を瞑《つむ》って、今朝の夢の続きが見られるだろうか、と考えた。

夢を見ることもなく、眠っていたかどうかもわからず、次に目を開けたときには、空が高く、ほぼ真上に黒い鳥が見えた。実際に黒いかどうかはわからない。黒い影が、翼も動かさず、浮かんでいるのである。鳥は目が良い。おそらく、向こうは人間がこんな場所に倒れていることを見ているだろう。それとも、もっと小さな獲物を狙《ねら》っているのか。

鳥を観察していると、羽ばたきながら地上の獲物を見ることは少ない。遠いものを見るときには、樹に留まっているか、あるいは、羽ばたきを止めて滑らかに飛ぶ。おそらく、自分が動いていては、いくら良い目でもしっかりと視線が定まらないということだろう。

これは、剣術でも同じだ。相手の僅かな変化は、こちらが動いている状態では捉えにくい。逆に、動いているときに、何をどう見るのか、ということが重要な課題だと思える。たぶん、一点ではなく全体を捉えるような目に切り替わっているものと考えられるけれど、その時間が長く続く必要はない。細かいものを見るためには、また動きを止めなければならないのか。

戦のように、大勢の人間を相手にして戦うときには、きっとそのような目の動きが重要になるだろう。森の中を走り、小枝を切るような稽古《けいこ》では、それを体得することは難しい。動かない相手では意味がない。想像をして、宙を舞う木の葉で代用したところで知れている。葉はただ下に落ちる。突然の大きな動きの変化は、意志がないものには起こりにくい。

得るものが最も大きかったのは、山で猿を斬ったときだった。二匹いた。ずいぶんまえのことだ。自分はまだ子供だった。だから、猿が襲ってきたのだ。あのときは咄嗟《とっさ》のことで呼吸もできなかった。一瞬のうちに二匹を斬った。あとになって、自分の動きを何度も思い出した。猿がもし刀を持っていたら、きっと自分の命はなかっただろう。だから、何度も繰り返し思い出しては、後悔しているのだ。斬るまえに、襲われるまえに、気づいていれば、刀を抜くこともなかったはずだと。

カシュウは、大勢を相手にするような剣術は教えてくれなかった。基本的に剣術は一対一のものである、という言葉があった。たとえ何人いても、一本の刀が向かうのは一人であると。山には、自分とカシュウしかいなかったのだから、それはそのとおり現実だった。けれども、今は違う。里には人が多い。都には、もっと大勢がいるという。

そうだ、クズハラは、カシュウを知っているかもしれない。都にいたのだし、剣で身を立てているように見受けられる。年齢はカシュウよりはずっと若いが、それでも、自分よりは二十は上だろう。あるいは、カシュウがいた頃の都を知っているかもしれない。

しかし、知っていたとして、何になるのか。

そう……、詳しいこと、特に自分が知りたいことを知っているとは思えない。

自分が知りたいこと？

それは何だろう？

起き上がって、息を吐《は》いた。余計な考えを、息と一緒に吐き出そうとしたのかもしれない。

こんなところで道草を食っているから、余計なことを考えてしまうのだ。空には、さきほどの鳥がまだ飛んでいる。なにか考えて飛んでいるのか。否、きっと余計なことは考えず、ただ獲物を探しているだけだろう。その単純さは、見習うべきだ。

土手を上《のぼ》り、道へ戻った。クズハラの道場がどんな規模のものかくらいは見ていこう、と思い立ち、さらに先へ進んだ。その辺りは、水田が広がっている。山はまだ少し遠く、その手前に竹林が見渡すかぎり続いていた。

しばらく道は下っていったが、墓か石碑がある茂みを回り込むと、やがて傾斜した土地に立派な門構えが見えてきた。高い土塀に囲まれ建物は見えないが、おそらくあれが村の長《おさ》の家だろう。庄屋と呼ばれていた者にちがいない。道のさらに奥には、小さな森がある。石段が見え、神社があるようだった。門の前を通り過ぎ、森に近づくと、右手に長い建物が見えた。木立の中にあり、質素な柵《さく》に囲われている。たぶん、そこが道場だろう。神社の石段のところで、子供が数人遊んでいる以外には、人の姿は見えない。

日差しが暖かい。日が高くなった。そういう季節だ。澄み渡った空には雲はない。神社の森の上には、沢山の黒い鳥が飛び交っている。それらの声が聞こえる。人里にいる鳥だ。鳴くというよりは、喚《わめ》いているように聞こえる。

道は石段のところで終わっていたので、庄屋の家の前まで引き返した。門は開いているが、中にはさらに庭木が立ち並び、建物は屋根しか見えなかった。クズハラが庄屋は金持ちだと話していたが、たしかに立派だ。門も庭の敷石《しきいし》も大きい。この地はそんなに豊かなのだろうか。気候が良く、作物がよく育つのかもしれない。それほど格別に広く田畑が広がっているようには見えないから。もっと別のものだろうか。山で採れるものかもしれない。ただ、山は少し距離がある。

門の前で庭を覗き込んだあとは、また道を少し戻り、道場のある林へ近づいた。森があるのは大きな山ではない。石段があるものの、上ったところに大規模な建物が建っているとは思えない。道場も、さほど大きな建物ではなかった。ただ、新しそうではある。柵は竹で作られていた。中に庭が見えたが、広くはない。入口の近くの樹に、看板が掛かっていた。クズハラというのは、ああいう字を書くのか、と眺めていると、中から若い男が出てきた。若いといっても、自分と同じくらいか、あるいは歳上かもしれない。侍のようだが、刀は持っていなかった。すぐ近くまで来て、一礼したあときいた。

「なにか、ご用ですか？」

「いえ、用事というほどでもありません。ただ、旅の途中で、いろいろ見物をしているだけです。そこの神社は、見るべきものがありますか？」

男は振り返った。石段の方で遊んでいた子供たちは、もうそこにはいなかった。道場の裏手の方へ行ったようだ。

「そうですね。上がれば、眺めは良いのですが、神社というほどのものはなにもありません。ただ鳥居と墓があるだけです。庄屋様のお墓です」

「そうですか。どうもありがとう」

「道場にいらっしゃったのでは？」

「そういうわけではありません」

「しかし、クズハラ様から、言いつかっております。もうすぐ、若いお侍が訪ねてくるはずだと」

「え？　ああ、そうですか。それは、私のことでしょうか？」

「いや、それは、その、私にもわかりかねます。あ、しかし、その刀……、ええ、朱色の細い鞘の刀をお持ちだと聞きました。貴方のことにちがいありません」

「不思議ですね。約束をしたわけでもないのに」

「クズハラ様は、そういうことを見通せる方なのです。さあ、どうぞお上がり下さい」

「いえ、そんなつもりでは……」

「一服していって下さい」

「クズハラ様が、いらっしゃるのですね？」

「いえ、それが、所用があって、出かけております。戻るのは昼過ぎになります。さあ、どうぞ、お持成《もてな》しをするようにと言われているのです。どうか、お願いいたします」

「うーん、そうですか」

それ以上断る理由も思いつかず、しかたなく、招かれるまま、玄関で履《は》き物《もの》を脱いだ。

「私はコバと申します。お名前は何とおっしゃるのでしょうか？」

「これは、失礼をしました」もう一度立ち上がり、お辞儀《じぎ》をした。「私は、ゼンといいます」

episode 1 : Wing turn

Zennism, like Taoism, is the worship of Relativity. One master defines Zen as the art of feeling the polar star in the southern sky. Truth can be reached only through the comprehension of opposites. Again, Zennism, like Taoism, is a strong advocate of individualism. Nothing is real except that which concerns the working of our own minds. Yeno, the sixth patriarch, once saw two monks watching the flag of a pagoda fluttering in the wind. One said "It is the wind that moves," the other said "It is the flag that moves"; but Yeno explained to them that the real movement was neither of the wind nor the flag, but of something within their own minds.

第1話　ウィング・ターン

禅道は道教と同じく相対を崇拝するものである。ある禅師は禅を定義して南天に北極星を識《し》るの術といっている。真理は反対なものを会得することによってのみ達せられる。さらに禅道は道教と同じく個性主義を強く唱道した。われらみずからの精神の働きに関係しないものはいっさい実在ではない。六祖慧能《えのう》かって二僧が風に翻る塔上の幡《ばん》を見て対論するのを見た。「一はいわく幡動くと。一はいわく風動くと。」しかし、慧能は彼らに説明して言った、これ風の動くにあらずまた幡《ばん》の動くにもあらずただ彼らみずからの心中のある物の動くなりと。

1

道場の手前にある小さな部屋に通された。囲炉裏《いろり》がある。すぐ隣が道場のようだが、そちらはひっそりとしている。しばらく一人で座って待っていた。コバが盆に湯呑《ゆの》みをのせて戻ってきた。彼は座って一礼すると、こちらに茶を差し出した。礼を言って、それを手にする。今朝のうどんに比べれば、はるかに熱いが、それでも飲めないほどではなかった。喉《のど》に熱いものが通ると、気持ちが良いものだ。なにか、その刺激によって頭に新しいものが生まれるような気がする。

コバは、膝《ひざ》に手を置き、姿勢良く座り、黙ってこちらを見据《みす》えていた。なにか話さなければならないような気分にさせる目だったが、こちらも特に話すことはない。そもそも誘ったのは彼の方であって、自分にはここにいる目的さえないのである。しかし、茶をご馳走《ちそう》になった手前、やはり礼儀というものがあるかもしれない、と思い直した。

「コバ殿は、クズハラ様に弟子入りされたのですか?」思いついた質問を口にした。どう見ても、そう見えるのだから、否定されることはないだろう。人が話す言葉のほとんどは、このようにわかりきったことを尋ね合うのだ、と理解している。

「はい。五年ほどまえになりますが、クズハラ様に拾われました」

「拾われたというのは？」

「私は、子供のときに捨てられ、一人で生きておりました。海で漁師の仕事を手伝っていたのですが、そこへクズハラ様がたまたま立ち寄られたのです。侍になることはできないか、とお願いをいたしました」

「どうして侍になろうと思ったのですか？」

「捨て子でしたので、自分が何者かわかりません。どうせならば、なりたいものになろうと考えたのです」

もう一度同じ質問をしたかったが、黙っていた。

「クズハラ様は、侍になりたかったら、刀を持てば良い。それで侍が出来上がる、とおっしゃいました」

「へえ、それは、面白い」

「そういうお方です。以来、ずっと教えを受けております」

「剣術を習っているのですね？」

「直接手合わせをしていただけることは滅多《めった》にありませんが、筋を見てもらいます。ゼン様は、剣術はどこの流派でしょうか？」

「流派？　ああ、はい、スズカ・カシュウに教えを受けました」

「あ、では、スズカ流ですか。それは凄《すご》い」

「どうして凄いのですか？」

「私が知っている数少ない流派の一つです。有名だということです」

「有名だということを、私は知りません。クズハラ様から聞いたのですか？」

「そうです。ゼン様も、都からいらっしゃったのですね？」

「いえ、違います」

「そうですか。それでは、スズカ流は、都でないところまで広まっているということですね」

どう答えて良いものか、と考えているうちに、通路に足音が近づいてきた。戸は開け放ったままだったので、すぐ前を通りかかった人がこちらに気づき途中で立ち止まり、慌てて座って頭を下げた。

「あ、あの、すいません」申し訳なさそうな顔を上げ、こちらを見た。「あ、さきほどの……」

うどん屋にいた職人風の男だった。この道場に出入りをしているような話をしていた。

「この者は、シンキチといいます。失礼をお許し下さい」コバが紹介をした。それから、振り返り、そのシンキチに尋ねた。「どうしたのですか、急いでいるようだったが」

「あの、今朝、クズハラ様が追っ払った悪い侍が、また戻ってきました。仲間を連れている。カギ屋の前にいました」

「クズハラ様は不在だ。了解した、伝えておこう」

「はい」シンキチはこちらを見たまま変なお辞儀をした。まだ、こちらをじっと見ている。

コバが片手で、下がるように、と促《うなが》したので、シンキチは今一度お辞儀をしてから、来た方向へ戻っていった。

茶を全部飲んだので、それを盆に戻す。

「さて、では、これで失礼をいたします」立ち上がろうとした。

「いえ、お待ちを」コバが片手を広げる。「クズハラ様がお戻りになるまでは、どうか……、その……」

「いえ、特に用事はないのですから」

「お食事を用意いたします」

うどんを食べたばかりだ。しかし、たしかにそろそろそんな時刻ではある。こちらの朝飯が遅かったということか。

「お帰ししては、私が叱《しか》られます」コバが手をついて頭を下げる。「どうか、お願いいたします」

大袈裟なことである。困った。こちらも、特に急ぐ理由はないのが正直なところだった。また、そもそも、この道場の前まで来てしまった自分がいけない。会いたくなければ、さっさとこの村を立ち去れば良かったのだ。それができなかったのは、なにか引っかかるものがあったということ。

「わかりました」頷いて腰を下ろした。「あの、では、もうしばらくいることにしましょう」

「ありがとうございます。すぐに食事の用意をいたします」

「いや、食事はどうでも良いのです。では、道場を見せてもらえませんか」

「あ、はい、どうぞ」

　座っているのも退屈だったから、なんとなく申し出たのである。コバについて通路に出た。彼は隣の部屋の戸を開けた。誰もいなかった。それほど広くはないが、白木が新しい。綺麗《きれい》な道場だった。上座《かみざ》の壁に一文字だけ書かれた軸が掛けられている。

「あれは、柔《じゅう》ですか」なんとか字が読めたので確認をする。

「はい、そうです。柔よく剛《ごう》を制すというのが、クズハラ先生の方針です」

「なるほど」頷いてみせる。たしかにそれは、クズハラの印象とも一致している。

　反対側の壁に、変わった物が何本も束《たば》ねて立て掛けられていた。近くへ行き、じっと見る。長い棒のような道具である。

「何ですか、これは」振り返ってコバに尋ねた。

「え？　ああ、竹刀《しない》のことですか？」

「シナイとは？」

「竹で作られた木刀《ぼくとう》のことです」

「触っても良いですか？」

「どうぞどうぞ」

割った竹で作られている。刀の代用品ということか。持ってみると非常に軽い。これで稽古をするのだろうか。こんなに軽くては真剣を持ったときに稽古どおり動けないのではないか、と心配になる。

「ご存じなかったのですか?」コバが尋ねた。

「はい、初めて見ました。これを使って打合いをするのですか?」

「ええ、そうです。木刀では怪我《けが》をしますから。型稽古《かたげいこ》以外では、竹刀を使います。この近所は、良い竹が豊富に採れますので、自分たちで作ることもあります。さきほど来ましたシンキチも竹細工の職人で、もともとは竹刀を作り、それを納めるためにここへ通っておりましたが、そのうちに、良い竹刀を作りたければ、一度くらいそれを使わねばならぬのでは、とクズハラ様に言われて、入門することになったのです」コバが、にこやかな表情で説明をした。

左手だけで振ってみたが、これだけ軽ければ、誰でも思いどおりに操《あやつ》れるのではないか、と思えた。ただそれでも、これで叩《たた》かれたら、それなりに痛いだろう。直接打ち合うというのは、あまり気が進まない。手加減をしてしまったら、稽古にはならない。そういう余計な気を遣わなければならないことが、また面倒なことである。

竹刀を元の場所に戻し、また上座の壁の方へ行く。中央の書の横に、なにか祀《まつ》っているような細工があった。桐《きり》で作られた小さな囲いに、白い紙が不思議な形に切られて飾られている。呪《まじな》いのようだ。

「この紙は、何ですか？」それも尋ねてみた。

「それは紙垂《しで》といいます」

「何のためのものですか？」

「さあ……」コバは首を傾《かし》げた。「しかし、神様を祀るところには、それがあるのです。どういう謂《いわ》れかは知りません」

「面白いですね」紙に触ってみた。意味もなくしているのか、と思うとますます面白い。

「ゼン様は、不思議な方ですね」

「え、どうしてですか？」

「竹刀も紙垂もご存じないというのが不思議です」

「ああ、私は山で育ったので、里の風習をよく知りません。失礼をしているならば謝ります」

「とんでもない、なにも失礼ではありません。私も、詳しい由来を説明できなくて申し訳ありません。なんとなく、皆がしているから、普通のことだと思い込んでいるだけなのです」

その神が祀られているところ、桐で作られた小さな家のような形の中に、小さな座布団《ざぶとん》のようなものが置かれていて、その上に、また小さく切った白い紙がのり、さらにその上に、豆ほどの大きさの白い玉が置かれていた。

「玉が飾られていますね」

「はい、それは、宝物といわれております」

「なにかで作ったものですか？」

「いえ、海の貝の中から稀《まれ》に採れるものだと聞きました」

「貝ですか。こんな綺麗な形のものが？」

「そうです」

「何のために、貝の中にこんなものがあるのですか？」

「それは、私も知りません」コバは首をふった。

そこで思い出した。ノギという女が首に飾っていたものが、これに似た玉を繋《つな》げた細工だった。海の向こうからやってきた品だと彼女は話していたが、目の前にある玉は、それと色艶がとても似ていた。ただし、ノギの持っていたものは玉がずっと小さかった。今、ここに祀られているのは、その倍ほども大きい。こちらはたった一つだ。どちらが価値があるだろう。いずれにしても、数が多いノギの首飾りは、相当に高価なものだったかもしれない。貸してもらって、草原に向かって投げたことがあった。悪いことをした。

ノギの持っていたものは、石のように硬かった。これもそうだろうか。触ってみたかったが、宝物と聞いてはおいそれと手を出すわけにもいかない。

玄関の方で声がした。さきほどのシンキチという男の声ではないか。呼んでいるのか、あるいは、叫んでいるのか、そんな声だった。

2

コバが玄関の方へ行ってしまったので、しばらく道場の前の通路に立っていた。周囲は平たい土地で、高く真っ直ぐに伸びた樹が多い。もっとも、柵に囲まれていて、その中は狭い。庭には特になにもない。樹はすべて柵の外だ。柵の左手の奥には裏口らしき簡素な門。いちおう戸がある。

もう一度道場の中に入り、ぐるりと眺めてみる。さきほどの竹刀の束の傍《そば》に、弓もあった。そちらまで歩き、じっくりと観察した。弓は知っている。山にいたときに竹で作った。カシュウが作り方を教えてくれたのだ。兎《うさぎ》に矢を射《い》て獲《と》ろうと思ったが、上手《うま》くいかなかった。弓はできても、真っ直ぐに飛ぶ矢を作るのが難しい。そこにあった弓は、竹で作られているようだが、自分が作ったものよりもずっと大きかった。艶も良く、立派な造形だった。しかし、近くに矢はない。職人の作った矢を見てみたいものだ。

また、声がした。叫び声だ。

通路へ出て、玄関の方へ向かった。最初はゆっくりと歩いていたが、再び声が聞こえたので、早足になった。

玄関まで来ると、門の外にコバとシンキチが立っているのが見えた。シンキチはコバの背中に隠れるようにしている。

男の笑い声が聞こえた。二人いるようだ。乱暴な物言いで、何を言っているのかよくわからない。

「お引き取り下さい」コバが言った。

「お前に会いにきたのではないわ。もう良い、引っ込め」

「先生はおりません」

「いないのならば、中を見せてもらおう」

「無礼は困ります」

「何が無礼か。なあ……」

「何の道場だぁ?」もう一人が言った。濁った声である。

しかたがない。出ていくことにした。

門の近くへ来て、相手を見る。相手もこちらを見て、さっと身構えた。一人は、今朝見たあの黒い侍だった。もう一人は体格の良い大男で、刀に手をかけ、今にも抜こうという格好だった。明らかに、黒い方が手強そうだ。

コバは、こちらをちらりとだけ見た。彼にはそれ以上の余裕はないようだった。シンキチは、引きつった、しかし少し嬉《うれ》しそうな顔である。仲間が増えたと思ったらしい。

「私は、中を見ましたが、クズハラ様はいらっしゃいません」

「お主は何だ？」黒い侍が顎《あご》を上げる。

「名乗れということですか？　それならば、まずご自身がお名乗り下さい」

「ふん。若いな。クズハラの弟子か？」

「違います」

「では、関わりはない。俺はクズハラに会いたいだけだ」

向こうが一歩前に出る。コバが下がった。シンキチも下がる。

「いないと言っている」しかたなく、一歩前に出た。これで、ほぼコバと並んだ。

まだ刀を抜いても届く距離ではない。

じっと相手の目を見る。黒い侍の方だ。後ろにいる大男はどうでも良い。黒い侍は、鬚を生やしているが、よく見ればまだ若そうだった。骨張った頬《ほお》に刀傷らしいものがある。目は鋭く、鳥のようにこちらを見据えている。

お互いに姿勢は動かない。

男は、ふっと息をした。

「そうか。わかった。ではまた会おう。そのときには、きちんと名乗ってやろう。だが、俺の名を聞いた奴は、たいてい長くはないぞ」

黒い侍は下がった。そして背中を向ける。

「え、帰るんか？」大男が大袈裟に首を傾げた。

「行くぞ」

二人は道を戻っていく。しばらく、その姿を眺めていた。庄屋の家の前を通り、さらに遠ざかる。大男の方が何度かこちらを振り返ったが、黒い侍は見もしなかった。

「ありがとうございました」コバが前に来て頭を下げた。

「あの痩せた方の侍です」シンキチが説明した。「今朝、うどんを二杯も食べて、金を払わずに出ていって、それで、ちょうど通りかかったクズハラ様にお願いをしたんです」

「先生は、あいつを捕まえたのか？」コバが尋ねる。

「ええ、たぶん。追いかけていかれて、金を払わせたんです」

「それで、根に持って仲間を連れて仕返しにきたというわけか」コバが腕組みをして、舌を打った。「また来るかもしれない。用心しておかないと」

そう言うと、コバはまたこちらを見る。なにか言いたそうな目だった。

自分は、朝の二人の侍の事情を知っている。仕返しをしにきた、というのは見当違いだ。あの侍は、クズハラにやられたわけではない。金をもらい、村を出ていくと約束をした。しかし、その約束を守らなかった。おそらく、もっと金が取れると考えたのだろう。浅はかなことだ。

いずれにしても、面倒なことではある。自分としては、クズハラのやり方が甘かったのではないか、と思えた。金を踏み倒すような悪党が、口約束を守るとは思えない。

知っていることを話すわけにもいかず、とにかく黙っていた。コバが中に入るように促したので、玄関まで戻った。コバはシンキチに門を閉めておくように、と命じた。シンキチは、自分がしばらくここで見張っています、と答えた。

玄関から上がり、コバは奥へ行ってしまった。最初に茶を飲んだ部屋で待っている間、黒い侍のことを考えた。また来るだろうか、と。

腕に自信があることはわかった。無闇に刀を抜かなかっただけでも相当なものだ。こちらの力量を見抜いたのかもしれない。だから刀を抜かなかったのだ。それが見抜けないならば、かかってくるか、あるいは、少なくとも刀を抜いて試しただろう。そうしなかったのは、敵《かな》わないと見て逃げたのか、それとも、もっと良い条件のときにまた来るつもりなのか、いずれかということ。そもそも刀を抜くつもりなどなく、クズハラを少し脅《おど》せば、また金が取れると考えたのかもしれない。

それは、クズハラの腕前を見切っていない証拠といえる。そういえば、クズハラには、表に出るような殺気というものがなかった。だから、黒い侍はクズハラのことを見くびっているのだ。

自分がクズハラがただ者でないと気づいたのは、クズハラが隠れていた自分を簡単に見つけたからだった。それを除けば、たしかに感じられるような気配は少ない。興味を引かれたのも、その点である。たぶん、そう装っているのだろうが、それが装えるとしたら、それだけでも並の能力ではない。

それから、もう一つ考えたのは、自分が出ていかなかったらどうなっていたか、ということだった。出ていくときに、僅かな躊躇《ちゅうちょ》があった。これは、自分にはまったく関わりのないことなのに、何故、手助けのような真似をするのか、自分に対して、強くそれを訴えたかった。だが、じっくりと考えている暇などなかったことは確か。

もしかしたら、相手は無理に中に入ろうとして、あるいは刀を抜いたかもしれない。それよりも、コバが今にも刀を抜きそうだった。もしそうなれば、彼は怪我をしたかもしれない。

そうはいっても、コバはやはり自分とは無関係の人間である。今は自分のために食事を作ってくれているようだが、あの時点では、そう、茶を一杯もらっただけだ。それだけで、彼に助太刀《すけだち》する義理はないはず。

本当に、こういうことは考えれば考えるほどわからなくなる。カシュウが生きていたならば、ききたい、どうすれば良いのかと。どうするのが武士の道なのかと。

何が正しくて、何が間違っているのか。黒い侍は、たしかに悪いことをしたようだ。自分は見ていないが、皆がそう語っている。それを知っていたからこそ、コバを助けようと判断したことも事実。しかし、本当のところはわからない。クズハラは、その悪党に金を払って頭を下げたではないか。あれは、侍として正しい行いだろうか。

良い匂《にお》いがした。コバが作っている料理だろうか。

さて、食事のあとは、ここを出て、そしてこの村を出ようか。次の宿場に明るいうちに到着するには、なるべく早く発《た》った方が良い。

しかし、どうもそうはならないような気もする。なにか、引っかかるものがあった。それが何なのか、自分でもよくわからない。

3

質素な料理だったが、充分に美味《おい》しかった。細長い魚を焼いたものがあった。見たことのない魚だったので、コバにきいたところ、海で獲れるものだという。ここは海が近いようだ。コバの知合いが船で届けてくれるそうだ。つまり、船で川を上ってくる、ということらしい。そんなことができるのは、川の流れがずいぶん遅いということになる。

海の漁の話を聞きながら、魚を食べた。美味いので驚いた。コバによれば、海の魚の方が川のものよりも格段に美味いという。塩があるからだろうか。そう、海の水には塩が混じっているのだ。何故そうなっているのか、理由はわからない。不思議なことである。

コバは、さきほどの侍の話をしなかった。なにか頼まれるのではないかと心配していたが、そういったこともなかった。この男は誠実だな、という印象を持った。

「カギ屋ならば、もっと美味しいものが食べられます。あそこの板前は腕が良い。新鮮な魚も入ってきます」コバが言った。「今夜は、あそこに泊まられたらいかがでしょうか」

「この村では、なにか良いものが穫れるのですか?」思いついたことをきいてみた。

「え、どうしてですか？」コバは首を傾げる。

「いや、なんとなく。その、海から魚を持ってくるのですから、なにか交換するものがあるのでは？」

「そうですね。筍《たけのこ》が採れます。今は季節ではありませんが。あとは、何でしょう、まあ、米と大根と、うーん」

「庄屋様は、とても立派なお屋敷ですが」

「ええ、たしかに、代々の家柄と聞いております。私も、この村の者ではないので、よくは知りません。あ、そうそう、明後日《あさって》に祭りがあります。村の祭りです。それは見ていかれたら良いでしょう。面白いですよ、是非《ぜひ》」

「何の祭りですか？」

「さあ、何でしょうね……。祭りというのは、つまり、豊作を祈るためのものでは？　海だったら、大漁を祈ったり、海が荒れないことを願います。だけど、祭りは、そんなことよりも、ただ面白いから続いているだけのように思いますが」

「面白いですか？」

「歌や踊りや、とにかく、皆が酒を飲んで騒ぎます。それが面白いといえば、面白いのですが……」

「ああ、つまり、酒が飲めるのですね、祭りでは」

「ええ、庄屋さんが、皆に振る舞ってくれるわけです。ありがたいことです」

祭りというのは、見たことはまだなかったが、話には聞いている。カシュウは、下らないものだと断言していた。だから、自分もあまり期待はしていない。しかし、一度くらい見ておいても損はないだろう。そんなに大勢が楽しめるという仕組みが知りたい。酒だけのこととは思えないのだが。

食事をしたあと、礼を言って、そこを辞去した。さすがに、コバもそれ以上は引き留めなかった。持成しをする名目は果たせたということだろう。自分も少しだけ肩の荷が下りた。ご馳走になることが、肩の荷だったといっては、多少不謹慎だが、そうとしかいいようがない。

昼過ぎに戻ると聞いていたが、クズハラには結局会わなかった。これは幸いだった。のこのこと道場へ訪ねていったのだから、また顔を合わすのが、どことなく恥ずかしかった。

その後は、村の畠を見て歩いた。どんなものが穫れるのか、確かめたかった。しかし、緑の葉があるだけで、それが何かはよくわからなかった。葉を食べるものなのか、それとも地面の中に本体があるのか。畑仕事をしている者も何人か見かけたものの、顔を上げ、じっとこちらを睨《にら》むので、これは何の野菜ですか、と質問するのも憚《はばか》られた。ここの村人たちは、侍を毛嫌いしているのではないか、と思えるような視線だった。自分の思い過ごしだろうか。

田圃《たんぼ》は、これから水を張り、田植えをするのだろう。今は畠と同じ様子だった。ただ平たく土があるだけだが、掘り返されたあとがあり、雑草がない。周囲が高く囲われているということで田圃だとわかる。

少し歩いて、途中で山の方へ向かう道に入った。じきに竹林が近づいてくる。珍しかったので、その中に足を踏み入れた。もの凄《すご》く背が高い。それに太い。こんなに立派な竹は見たことがなかった。これならば、竹刀や弓を作るにも良い材料となるだろう。

急に思いつき、自分も作ってみたくなった。竹のどの位置が適しているのか、と考えたが、よくわからない。下の方が太いが、古そうにも見える。とりあえず、一本切って持ち帰ろう、と考え、手頃なものを見定めた。あまり太いものは、やはり古くて脆《もろ》そうな感じだった。そもそも色が悪い。それよりは少し細く、新しいものを選んだ。

刀を抜き、まず自分の目の高さで切った。鞘に刀を納め、地面に落ちたあと、倒れてくる竹を見ていた。ゆっくり倒れるものだ。ならば、完全に倒れるまえに切ろう。再び刀を抜いて、適当な長さの位置でまた切った。

さらさらと葉が擦《す》れる音とともに、竹が地面で横になる。身の丈《たけ》の倍ほどの長さの真っ直ぐな部分を拾い上げ、片手に持った。これだけでも、武器になるのではないか。振ってみたが、竹刀よりはずいぶん重い。竹刀よりは武器に近い、ということになる。武器には、ある程度の重さが必要だ。それが何故なのか、道理はよくわからないが、感覚的にそうだとわかる。軽いものでは、きっと、当たったときに撥《は》ね返されるからだろう。ただ、武器として使うには、このままでは太すぎる。片手では充分に握れなかった。

あとは、どこかで鉈《なた》を借りて、竹を割る必要がある。宿屋で道具を貸してもらおう。

竹を肩に担ぎ持ち、道まで戻ると、そこに女が立っていた。髪が長く、鮮やかな色の着物を着ている。百姓ではないとすぐにわかった。手に小さな花を持っていた。驚いた顔である。突然、竹藪《たけやぶ》から出てきたのだから、無理もない。

とりあえず、軽く頭を下げた。こういうときに、何を言えば良いのかと思案したが、適当なことを思いつかなかった。挨拶《あいさつ》をすべきか。

「こんにちは」と言うと、

「こんにちは」と相手も答える。表情は変わらない。目を見開いているのか、それとももともと瞳《ひとみ》が大きいのか。

近くに藁の屋根が二つ見えたが、そこの家の者だろうか。

そのまま、背中を向け、村の方へ道を進もうとすると、呼び止められた。

「あの、どうか、お待ちを」

「はい、何ですか？」立ち止まって振り返った。

「竹をお持ちですね」

「はい」自分が担いでいるものを見る。「あ、もしかして、勝手に採ってはいけないものだったでしょうか」

「はい、この竹林は、持ち主がいます。筍も、竹も、畠のように手入れをして、良いものを育てております」

「その、持ち主なのですか、貴女《あなた》が」

「私ではございません。ここは、私の父のものです」

「そうでしたか、それは大変失礼しました。知らなかったものですから。では、この一本を私に売って下さい」

そこでようやく、彼女は少し微笑《ほほえ》んだ。

「それをどうされるのか、おききしてもよろしいでしょうか？」

「弓を作ろうと思います」

「弓ですか。それならば、弓を作る者がおります。手慣れた者に作らせた方が良いものとなりましょう。お侍さんの役目ではありません」

「いいえ、あの、作りたいと思っただけです」

「私が申し上げたいのは、竹を採る者、竹でものを作る者、それぞれの役目があるということです」

「はい、それはわかります。では、売ってはもらえないのですね。申し訳ありませんでした」

彼女の方へ近づき、竹を差し出した。

「切ってしまったものは、戻りませんわ」彼女は微笑んだ。「いいえ、ごめんなさい。難しいことを申しました。よく、叱られるのです。女のくせに理屈が多いと」彼女はまたくすっと笑う。

「これはお持ち下さい。庄屋の娘から買ったとおっしゃればよろしいでしょう」

「いくらですか？」

「もういただきました」

「どういう意味でしょうか？」

「私の話につき合っていただいたので、それでおあいこです」

よく意味がわからなかったが、どうもただで持っていって良い、ということらしい。

「あそこの立派な建物ですね？　庄屋様は、お名前は何と？　あ、いや、これは大変失礼しました。私はゼンといいます」お辞儀をした。「旅の者です。今朝、この村に来たばかりです」

「私は、ハヤと申します。家の名字はシシドです。差し出がましいことですが、旅の方ならば、
どこで、弓を作られるのでしょうか？」

「ああ、えっと……」そこまでは考えていなかった。

「カギ屋さんにお泊まりですか？」

「ええ、そうですね。そうしようかなと考えただけですが」

「私の家にお泊まりになられたら……、そう、それが良いと思います。竹細工をされるのなら、それ用の道具があります」

「鉈があれば……」

「いくつも刃物が必要なんです。鉈だけでは作れません」

「うーん」

「では、ご案内いたしましょう。カギ屋さんに泊まられるよりも、美味しいものが食べられますよ」

「あれ、カギ屋さんは美味しいと聞きましたが」

「それよりもさらに美味しいものが食べられる、ということです」

畳みかけるように早口で彼女は言い、そして、さっさと歩きだす。ついてこい、ということらしい。断るような機会さえなかった。強引な人である。だが、竹を無断で採ってしまったのは、こちらの落ち度。逆らうのもまずいだろう、と考え、黙って彼女のあとを歩いていくことにした。

彼女はときどき振り返った。途中で、花を生けるために、これを採りにきたところだった、と持っているものを見せて説明した。黄色と白の花を何本か手にしている。生けるというのは、飾るという意味だろう。

来た道をまた戻り、庄屋の家の門を入った。敷地はもの凄く広そうだ。さきほど道から覗いて見えなかった屋敷が奥に見えてきた。

4

屋敷には入らず、敷地の端にある離れに通された。離れといっても、立派な家屋である。ハヤはたちまち姿が見えなくなり、若い女中が案内してくれた。ハヤは、その女中に、私のお友達で、今日はお泊まりになります、と説明した。こちらは、なにも言うことがなかった。その女中は一度出ていったが、再び現れ、茶を運んできた。縁に座ってそれを飲んでいたら、今度は、重そうな木箱を持ってきて、近くに置いた。

「何ですか、これは」

「道具です」

「ああ、竹細工の」

女中は頷きもせず、また立ち去った。

離れは、垣根《かきね》に囲まれていて、母屋《おもや》の屋根しか見えない。屋敷の敷地内にいることを忘れてしまうほどだった。気兼ねがいらないので、これはなかなか良い、と気に入った。それにしても、どこの人間とも知れぬ余所者《よそもの》に対して、こんな親切をするものだろうか。その点だけはちょっと気になった。やはり、すすめを断ってカギ屋に泊まった方が良いのではないか。ただ、目の前にある竹細工の道具は使ってみたい。

箱を開けてみると、珍しい道具が沢山入っていた。特に竹細工用というわけでもないのかもしれない。名称を知っているものは、鉈と鋸《のこぎり》と木槌《きづち》くらいである。刃物が付いているものが多い。四角い木に、斜めに刃物を取り付けた道具があって、どのように使うものだろうか、としばし考えた。また、とても小さな短刀が、さまざまな太さや長さで何本も束ねられていた。刃《は》を研ぐための石もある。

夕方までここにいて、それからカギ屋へ行こう、と決め、まずは、鉈で竹を細く割《さ》いた。何本かできたが、良さそうなものを選び、次は内側を削ることにした。適当な道具を探し、試してみて具合が悪ければ、別のものを使った。

削っている間は、目の前のものに視線が集中する。しかし、不思議にいろいろなことを考えることもできた。単純な作業の繰り返しなので、逆に考えは素早く巡るようだった。

途中で、女中が一度顔を出した。なにか必要なものはありませんか、ときいたので、いえ、なにもいりません、と答えた。

クズハラの道場は大丈夫だろうか。再び、あの侍たちが訪ねてくるのではないか。クズハラ本人がいたら、どうするのだろう。また金を払って追い払うのか。

あまりに没頭していたので、ふと手を止めて空を見上げると、思いのほか日が低い位置にあった。もうそんな時刻か。そんなに長い時間やっていたとは感じなかった。それに、手に持っている竹を見直しても、まだほとんど形が変わっていない。こんな仕事ではずいぶん時間がかかる、とようやくわかった。

どうしようか。とにかく挨拶をして、ここを出よう、と思ったとき、ハヤが垣根の間から現れた。

「いかがですか?」彼女は近くまで来て、竹を見た。

「いや、まだ、なにもできません。時間がかかりそうです」

「そうでしょう? 簡単にできるものではありません。それに、できても、使い物になんかなりませんよ。竹を削るだけではありません。焼いたり、煮たり、上薬を塗ったり、いろいろ秘密のやり方があると聞きます」

「なるほど」

「お侍さんは刀を使われますが、でも、刀を作ることはできません。できますか?」

「ええ、そうですね、どうやって作るのか、詳しくは知りません」

「もうすぐお食事になります。こちらへお持ちしましょうか?」

「あ、あのぉ……」

「大丈夫です。父に会うのが面倒なのでしょう? おくつろぎ下さいませ。私も、邪魔でしたら
これで下がります」

「すいません。あのぉ」

「何ですか?」

「ご親切はありがたいのですが……」

「単なる親切です。それで良いのではありませんか？」

「いえ、なにか、そのぉ」

「なにも魂胆《こんたん》はありません。ご心配なく」

「そうですか……」

先回りしてすべて言われてしまう。心が悟《さと》られているようだ。

その後、その場所で食事をした。酒も運ばれてきたが、飲まないと断った。用意をしてくれたのはすべて女中で、ハヤは現れなかった。あっという間に暗くなり、丸い大きな月がすぐに昇ってきた。明るく静かな夜になった。

昨日もこれくらい明るければ、たぶんカギ屋まで辿《たど》り着《つ》いただろう。そうしていれば、クズハラに会うこともなかったし、朝にはこの村を発っていたはずである。ちょっとした天気によっても、人間の行動は大きく影響される。百姓などは、空模様に一喜一憂《いっきいちゆう》する。己がすべてを判断しているつもりでも、思いどおりにはいかない。これが摂理というものか。

女中が片づけにきた。お酒をお持ちしましょうか、とまたきかれたが断った。すると、布団を敷いても良いか、と尋ねられる。良いも悪いもない。自分がここで寝ても良いのか、とこちらがききたいくらいだった。しかし、簡単に返事をした。自分がいろいろと疑問に思うことを直《じか》に口にしないように、この頃は気をつけている。

それっきり、深夜になっても誰も来なかった。母屋からはなにも聞こえてこない。虫も鳴かず、とにかく静かだった。

縁に出て、月明かりの下で竹をまた少し削ったが、そのうち少々冷えてきたので、部屋の中に入り、戸を閉めた。眠くはなかったが、布団に入ることにした。今日はほとんど歩いてもいないから、疲れもなかった。

物音ではない。僅かな気配というか、空気が動いた。

手を伸ばして、まず刀を確認した。

さらに気配が近づいたので、そっと刀を持ち上げて引き寄せる。

静かだが、静かすぎる。

こちらも息を止めている。

相手も呼吸をしていない。

「誰だ？」静かに尋ねた。

「怪しい者ではない」声が応えた。

どこにいる？

起き上がった。部屋には誰もいない。戸の外だろうか。あるいは、天井か。

「姿を隠すのは、怪しいからではないか」囁《ささや》くように言った。相手に聞こえるか、聞こえないか、という小声である。

すると、戸がすっと滑《すべ》るように開く。

人が座っていた。それでも、半分以上は隠れていて、武器を持っているのかどうかもわからない。片手しか見えなかった。顔は暗くてわからない。なにか被っているようにも見える。

「こんな時刻に何ですか?」静かに尋ねる。

「朝になったら、出ていかれるのがよろしい」

「そのつもりだが」とまず答える。少し待ったが、相手はなにも言わない。「それを言うために、わざわざ来たのですか」

「この村に関わらない方が良い、ということ」

「理由は?」

沈黙がしばらくあったのち、戸が閉まった。その後は、まったく音もなく、吹き消した明かりのように気配が消えた。

しばらく刀を握っていた。

それから、立ち上がって、戸を開けて縁を確かめる。空には既に月は見えない。真っ黒で、星も少ない。垣根も闇の中だった。冷たい風が吹いていたので、すぐに戸を閉めた。

再び布団に入ったが、しばらくは左手で刀を握っていた。

誰だろう。この家の者だろうか。少なくとも、知った声ではない。男にしてはやや高い、女にしてはやや低い、不思議な声だった。いずれにしても、物音を立てずにあそこまで来たこと、そしてまた消えてしまったことは驚きだった。それなりの者にちがいない。

何のために来たのか。村に関わらないというのは、どういう意味なのか。たとえば、滞在することも、関わることになるのだろうか。もう少し説明してもらいたかった。

今夜は眠れないな、と思っていたが、不思議なことに、朝方には眠ってしまった。鳥の声に気づき、目を開けると、もう明るかった。

少々寒かったけれど、庭に出て、剣術の型の稽古をした。これをしていると寒さを忘れ、躰が温かくなるからだ。ほとんど動かず、ただ刀を構えているだけなのに、ときには汗が流れる。力が入っているとも思えない。自分では自然の体位のつもりだが、どこかに無理があるのだろうか。まだ修行が足りない証拠かもしれない。

一息ついて縁に座り、また竹を削ることにした。昨日の続きだ。削りだすと、昨日とはもう竹の状態が違っていることに気づいた。乾いたのか、あるいは露《つゆ》で湿ったのか、どちらなのかわからない。刃物の手応えが明らかに違う。なるほど、切ってから僅か一日なのに、もう変化しているのだ。このような変化が、もし道具としての弓に引き継がれては使いにくいものになってしまうだろう。昨日と今日で、弓の引き方が異なるようでは具合が悪い。おそらくこのあたりが、刀のような金物《かなもの》との大きな違いなのではないか。

そんなことを考えながら削り続けていると、女中が挨拶して現れ、少し遅れてハヤがやってきた。

女中が布団を片づけて出ていくまで、ハヤは黙って待っていた。ようやく二人だけになり、部屋の中央で向き合って座った。

「昨夜、クズハラ様がおいでになりました。ゼン様は、クズハラ様をご存じですね？」

「はい、知っています」

「ゼン様を捜しておられました。カギ屋に泊まっておられるものと思ったが、いらっしゃらなかった、とお話しになるのです」

「そうですか。それで、ここにいると？」

「いえ、黙っておりました」ハヤはそこで微笑んだ。「私は、父とクズハラ様が話されているのを横で聞いていただけですので。直接、知らないかと尋ねられたわけではありません。もし尋ねられたら、偽ることはできないと思っておりましたが、幸い、そういうこともなく」

「世話をしてくれる、さきほどの人から、庄屋様に話が行くのでは？」

「いえ、それはありません。あの子は私が使っている者ですので」

しかし、一人分の食事を出しているのだから、長く内緒にすることは無理だろう、と思った。早々《そうそう》にここを出ていかなければ、と考える。

夜中に不思議な人物から、その忠告を受けたことは黙っていることにした。その話をすれば、なにか事情が聞けるような予感はあったものの、その事情を知ることが、おそらくこの村と関わることになる、とも想像できたからだ。今のところは、夜の訪問者のことを尋ねたり説明したりすることが面倒だと感じた。放っておくのが良いだろう。ところが、ここでハヤの方から話を切り出した。

「クズハラ様がゼン様を捜していらっしゃるのは、ゼン様にお願いがあるからです」

「はい、それらしいことならば、昨日も頼まれました。手伝いをしてくれないか、ということでしたが」

「実は、この村は危機に瀕《ひん》しております。いえ、村というよりは、このシシドの家がです」

「どんな危機ですか？」

「狙われているのです。よくわかりませんが、なんらかの勢力が、シシドの家を襲撃する機会を狙っているのです」

「それはまた、物騒な話ですね。本当のことですか？」

「漏《も》れ聞こえてくることが、この話の元です。私は直接は存じませんが、おそらく、密偵する者がいるのでしょう」

「どうして、ここが襲われるのですか？　なにか恨みでもあるのですか？」

「はい」ハヤは頷いた。そして、こちらへ躰を近づける。「実は、シシドの家には、世にも稀な秘宝がございます。それは、その、金では価値の測れない品です」

宝と聞いてすぐに連想したのは、道場にあった貝の玉だったが、すぐにその思いを消し去った。あの程度のものが世にも稀なとはいえないだろう。

ハヤが話を続けるのを待った。彼女は顔をさらに近づけ、耳打ちするように小声で言った。

「竹の石というものです」

「竹の石？」

「それを煎《せん》じて飲めば、老いることなく永遠に生きられると伝えられているものです」

驚いたので、彼女の顔を見た。無言でハヤは小さく頷く。

「しかし、どうして、それを私に話すのですか？」

見ず知らずの旅人を泊めた。そこまではまだ良い。ちょっとした親切、あるいは物好きの類《たぐい》である。しかし、家宝の秘密を話すというのは、納得がいかない。

「これを話すつもりで、お泊めしたのではありません」彼女は言った。またも、心を読まれたように感じた。勘の良い人である。「昨夜、クズハラ様からお聞きしたのです。ゼン様は、スズカ・カシュウ様をご存じだと。カシュウ様の門下の方だと」

その話は、クズハラとはしていない。話した相手はコバである。しかし、当然ながら師匠のクズハラに伝わったのだろう。

黙って話の続きを待った。

ハヤは、すぐ目の前に座っている。片手を床につき、躰は前傾したままで、じっと見据えるような眼差《まなざ》しを向けた。落ち着いている。若い女性とは思えないような佇まいだった。ただ、それは武道の心得がある、という意味ではない。それならば、最初に会ったときに気づいたはずだ。

そうではなく、眼差しの強さに現れているのは、意志の固さ、あるいは鋭さではないか、と思えた。その強さが普通ではない。昨日からの言動でも、それは際立っていた。

「私は、カシュウ様を直接には存じません。ただ、かつてこの村を訪ねられたことがあります。シシドの家に伝わる竹の石を見にこられたそうです」

これには驚いた。まさに奇遇としか言いようがない。

しかし、当然ながら疑問も湧《わ》き起こる。

「カシュウは、何故その秘密を知っていたのですか?」

「竹の石は、過去に幾度か天下人《てんかびと》に献上されました。カシュウ様は、都で高貴なお方の指南役をしておられました。それでお聞き及びになったのでしょう」

「それで……、カシュウは、その竹の石を見て、どうしたのですか?」

「そのときは、残念ながら、ここには竹の石はありませんでした。滅多に採れるものではありませんし、採れれば、秘密にはしておけません。お上《かみ》に報告し、指示に従います」

「なるほど、献上しなければならなくなるわけですね」

「もちろん、なにがしかの褒美《ほうび》をいただくのですから、ありがたいことです」

そうか、この家がこんなに繁栄しているのはそのためか、とわかった。

「でも、父から聞いた話ですが、カシュウ様は、そのときにご自身で竹の石を見つけられたのです」

「え？」

「皆が見ていたといいます。竹林の中で、これにちがいないと見定めた一本を刀で切られたところ、まさに、そこに竹の石があったのです。現在、この家にあるものは、そのときカシュウ様が見つけられた竹の石です」

「なるほど……」と頷いたものの、いくつか疑問があった。

　カシュウがそんなことをするだろうか。その小さな疑問がまずあった。大勢が見ている前で竹を切ったというあたりが、どうも似つかわしくない感じである。しかし、それよりも、その竹の中にある石の方がはるかに異様に思えた。竹の中にどうして石が入っているのか。

「それは、どのような石なのですか？」

「貝の玉に似た、綺麗な丸い、光り輝く石です」

「竹が作るものですか？」

「わかりません。しかし、少なくとも、人の手によるものではなく、自然に生み出されるものです。神秘としか言いようがありません。今、狙われているのは、その石です。もしできることならば、カシュウ様にお願いをして、助けていただきたいと思うのですが……」

　カシュウは死んだ、という話をしようと思ったが、彼女はさらに続ける。

「竹の石を見つけた、それを持っているという秘密が漏れれば、お上からもお咎めがありますし、また、宝を盗賊に狙われることにもなります。ですから、ずっと家の者は口を固く閉じておりました。私でさえ、教えてもらったのは大人になってからのことです。カシュウ様が見つけられたとき、その場で見ていた者は、父と、父の弟、そのほかに二人だけでした。今、生きているのはそのうちお一人だけです。家の者では、父と私しか知っている者はいません。誰も、秘密を漏らしたとは思えないのです」

「でも、カシュウが話したかもしれない」

「いいえ、カシュウ様にも、くれぐれも他言のないようにとお願いをしたそうです。ゼン様は、お聞きになりましたか？」

「いえ、聞いていません」

「約束は守られたものと信じます」

「それなのに、狙われているというのですね？」

「そうです」

「もう一人の方というのは？」

「大変信頼のできるお方です。長くこの家に住まわれています。家族同然の方で、クローチ様とおっしゃいます。カシュウ様のご友人です。カシュウ様がここへいらっしゃったのも、クローチ様のご縁があってのことと伺っております」

　話は、そこで一段落したようだった。ハヤは元の位置に下がり、座り直した。

「そのような秘密を、この私に明かした理由は何ですか？」

「はい」ハヤは小さく頷き、真っ直ぐにこちらを見た。それから、ゆっくりと手の先を床まで伸ばし、頭を下げた。「どうか、この家のために、しばらくお留まり下さい。お願いでございます」

「留まれというのは？」

「お守りいただきたい、という意味です」

「私にそんな力はありません。そもそも、何から守るのですか？　誰が襲ってくるというのですか？」

「それについては、クズハラ様からお聞きいただければと思います。盗賊というだけで、私は詳しくは知りません」

「クズハラ様は、詳しく知っている、というのですね？」

「はい」

「うーん、どうして知っているのだろう」思わず呟いてしまったが、その疑問は大きかった。

それ以外は、だいたいの話がわかった。昨日の朝、クズハラが言っていたこととも一致している。簡単にいえば、加勢してくれ、ということだ。

「クズハラ様には既にお断りしていることです」事情を話すことにした。おそらく非情だと感じられるだろうが、しかたがない。こういう場合は言葉を飾らず、正直に言うのが一番良いだろう。「私は、刀を使いたくない。人を斬りたくありません。そういう場面からはできるだけ逃げ出したい。そういう人間なのです。これが、すなわち私の事情です。今お聞きした話は、たしかに私の師が関わったことで、興味はあります。しかしながら、これから争いがあるから加勢をしてくれ、というのはそちらの事情。私には関わりがない」

「もちろん、ただ助けてくれと申し上げているのではありません。それなりのものを差し上げます」

「金ですか？　いや、そういう問題ではなく」

「では、なにかご希望のものがございますか？　できることならばさせていただきます」

「いえ、これといってありません。私の望みは、ただ……」

「何ですか？」

「いや、人に言うことでもありません」

「剣で身を立てることでしょうか？　それとも、剣の道を究《きわ》めることでしょうか？」

身を立てたいとは考えていなかったが、もう一つの方は当たっている。返事に窮《きゅう》してしまった。

「争いとおっしゃいましたが、これは戦のような、つまり喧嘩ではありません。宝を奪おうというのは、明らかな悪事。それを防ぐのは正義。違いますでしょうか？」

「そのとおりだと思います」

「であれば、何故？」

「困ったなぁ」

「正義のためにとお願いしているのに、貴方様は、自分の道が大事とおっしゃる。それは正しい道ですか？」

「いや、自分の道が大事と言ったのではなく」

「そうでしょうか？」

「まあ、とにかく……」思わず両手を広げてしまった。「お話はわかりました。あの、今から村を発とうと考えておりましたが、今しばらくは留まりましょう。貴女以外の人からも話を聞きたい。いえ、信用できないということではありません。まだ、詳しい事情がわかっておりません。カシュウのことを知っているその方、えっと……」

「クローチ様です」

「その方にもお会いしたい。また、クズハラ様からも、もう少し詳しいことを聞きましょう。そのうえで、もし私にできることがあれば考えます」

「ありがとうございます」ハヤはまた丁寧なお辞儀をした。「最初にお会いしたときから、この方ならばまちがいないと感じました。どうかよろしくお願いいたします」

「いえ、引き受けたと言ったわけではありません」

ハヤは顔を上げ、不思議そうな顔をする。

「でも、できることがあれば、と」

「できることは、沢山あると思います。たとえば、宝物を持って、ここから逃げ出すのはどうですか？　そうすれば、もうここへ襲ってはこないでしょう」

「持って逃げる？」ハヤが目を丸くする。「誰が、どこへ逃げるというのですか？」

「ですから、そういうことを考えましょう、ということです。それも策のうちです」

「そんな正義がありますか？」

「ですから、喩《たと》え話《ばなし》として申し上げただけです」

ハヤは少し怒った顔になった。どうもこの人は難しいな、と感じてしまった。

5

ハヤに案内され、母屋の裏にある蔵の一つの前まで来た。西にさらに三つも蔵が並んでいる。どれもほぼ同じ大きさで、立派な作りだった。

「クローチ様は、こちらにいらっしゃいます」ハヤが言った。「ご紹介したあとは、私は下がります」

「蔵にお住まいなのですか？」

「いいえ。母屋にもお部屋はございます。この蔵には沢山の書が収められていますので、クローチ様は、それを毎日調べていらっしゃるのです」

「なるほど。それは私も是非見たい」

「え、書をですか？」

「はい」

「お侍なのに？」

「いけませんか？」

「いいえ。でも、珍しいお方ですね」

「クローチ様も、侍なのでは？」

「そうですけれど、あの方は、もうお侍とはいえません。刀もお持ちではないのです」

ハヤは段を上がり、重そうな戸を開けた。

「クローチ様、ハヤでございます」

中から声が聞こえた。しばらく待っていると、戸口に白髪の老人が現れた。

「お客様をお連れいたしました。こちらは……」

「ゼンと申します」頭を下げた。

「スズカ・カシュウ様のご門弟の方です」

「おお、カシュウ殿のか」クローチの顔がぱっと明るくなった。「これはまた、久し振りに聞く名じゃ。で、どんなご用件かな？」

「カシュウのことで、お話を伺いたいのです」

「あの、ゼン様は、昨日この村にいらっしゃったのです。たまたま、竹林でお会いして、お話をいたしました。昨夜は、うちの離れにお泊まりになられたのです。ここへ訪ねてこられたのではなく、お話を伺っているうちにスズカ一門の方とわかったのです。それで、クローチ様のことをお話しいたしました」

「そうですか。ああ、では、どうぞ中へ」クローチが蔵へ上がるように促した。

「私は、これで失礼いたします」ハヤがお辞儀をした。「お茶をお持ちしましょうか？」

「いや、けっこう」クローチは微笑んだまま、片手を持ち上げた。「ハヤさん、お気遣い、どうもありがとう。大丈夫、茶は自分で出せる」

「蔵の中で火をお使いですか？　お気をつけ下さいませ」

「火鉢じゃよ。大丈夫」

ハヤはちらりとこちらを、またあの強い目で見た。それからもう一度一礼して、母屋の方へ去っていった。

クローチについて蔵の中に入る。なにか不思議な匂いがした。古いものの匂いらしいが、臭いというわけではない。これはたぶん、書の匂いだろう。棚に、丸められたもの、束ねられたもの、大きさもさまざまな書が積み上がっていた。二階があるようだ。梯子《はしご》が掛かっていた。窓は入口の壁の高いところに一つ小さなものがあるだけだったが、そこから差し込む明かりが、奥の壁に当たり、室内は充分に明るい。ほぼ中央に机がある。クローチが今までそこに座っていたのは明らかで、周囲に置かれて広げられた書がすべて座布団の方を向いていた。脇に火鉢があり、その上に、奇妙な形の土瓶《どびん》がのっていた。どうして火鉢の上に土瓶がのるのかといえば、金物の支えが火鉢の中にあって、それにより土瓶が落ちないように支えられているのである。

「どうしました。薬缶《やかん》が珍しいですか？」

「はい。金物ですね」

「そこの座布団を、そうそう、それをこちらへ持ってきて、ええ、ここにお座り下さい」

部屋の隅に座布団が三枚積まれていた。机の横の床に広げられていた書を、彼は手早く片づける。言われたとおり持ってきた座布団をそこに置き、改めて一礼してから座った。

「どっこいしょ」片づけ終わったクローチは机の前に座る。「さてと、ゼン殿でしたかな。カシュウ殿はお元気ですか？」

「あ、いえ、カシュウは亡くなりました」

クローチは一瞬目を見開いたが、やがて目を閉じ、僅かに上に顔を向けると、微《かす》かに溜息《ためいき》をついた。

「そうですか。それは残念なことだ。どんなに優れた人でも、最後にはみんな同じものになる」

「同じもの、というのは？」

「うん、つまり、土や石、あるいは水、それから、この気という風のようなもの」彼は宙に片手をゆっくりと回した。「そういうさまざまなものに戻る。生き物を作るものは、生きていないものなのです」

何を言っているのか、よくわからなかった。とりあえず、カシュウが山に籠《こ》もって生活をしていたこと、そこで死んだこと、自分が、その最後の弟子であることを簡単に説明した。

「万病に効くという薬を探求しておられたが、それについては、なにか聞いていますか？」クローチは尋ねた。

「いえ、なにも。薬草を集めていたことは知っていますが、それらについても、なにも教えてもらえませんでした」

「なにか、書き遺《かのこ》したものはありませんか？」

「それも、自分はよく知りません。カシュウがものを書くようなことはほとんどありませんでした。教えに従って、私はすぐに山を下りました。あるいは、私の知らない記録があったかもしれません。もしあれば、それは里のサナダという人が知っているはずです。あとのことはすべて、その方にお任せいたしましたので」

「なるほど、では、カシュウ殿は、誰かを治療するといったことも、されていなかったのですね？」

「はい。山では私と二人だけです。麓《ふもと》の村からは遠く離れておりましたので、滅多に人が訪ねてくるようなことはありませんでした」

しかし、そこで思い出した。チシャという少女のことだ。病気の治療のために山に一人でやってきた。その彼女には、山を下りるときに偶然再会した。もう大人の女性になっていた。

だが、今はそんな昔話を振り返っている場合ではないかもしれない。自分が今日、明日、どうすれば良いのか、という判断を迫られている。ここにはいないが、ハヤのあの眼差しが背中に感じられるのだった。

「実は、竹の石のことについて、さきほどハヤ様からお聞きしました。私が尋ねたわけではありません。ハヤ様の方からお話しになったことです。それで、正直に言えば、当惑しています。この家が危機にあると彼女は言いました。私に力になってほしい、と頼まれました」

「そうですか」クローチは頷いた。「まあ、事態は深刻、そこまで追い込まれているということですかな」

「本当なのですか?」

「私は、本当だと思います。これは、占いとか予感といった類《たぐい》によるのではなく、確かな知らせがあった、ということ。根も葉もないこととは思えません。ああ、つまり、クズハラ殿には、そういったものを操る術《すべ》がある」

「どういうことですか?」

「身を隠し、こっそりと、敵の事情を探る、という術です」

「どうやって探るのですか?」

「そういう特殊な能力の兵を持っている」

「兵? 戦うのではなく、探るための兵ですか?」

「そのとおり」

「ああ、それは、カシュウから聞いたことがあります。なるほど」頷きながら、昨夜のことを思い出していた。深夜の訪問者のことだ。

「そういう動きがある。これだけの屋敷です。簡単に盗みに入り、強奪する、というわけにはいかない。そもそも、どこに秘宝が隠されているのかわからない。攻め込んで皆殺しにしても、肝心《かんじん》の宝が得られなければ、骨折り損というもの」

「そんな無謀なことをする連中というのは？」

「貧しさに落ちた人非人《にんぴにん》の類ではない。普段は普通の生活をしている、統制のとれた一味でありましょう。逆にまた、だからこそ計画が漏れ、クズハラ殿が察知することができたわけです」

「察知されたことを知れば、向こうも襲ってはきませんでしょう」

「今のところ、表向きの防御はしていない。夜回りを続けている程度です」

「守るのは、難しいですね」

「相手がどれくらいの勢力なのかもわからぬ」

クローチは、溜息をついた。

「その、竹の石についてですが」話題を変え、一番の疑問について質問した。「カシュウが見つけたと聞きました。本当でしょうか？」

「ああ、そう。カシュウ殿が竹を切った。皆が見ている前でな。だが、その竹であろうと示したのは私です」

「それでは、クローチ様が見つけられたのですね」

「まあ、そういうことになるかもしれん。うん、誰が見つけたのかなど、小事《しょうじ》でありましょう」

「それは、どのようなものですか？」

「竹の中に丸い不思議な石が入っておるのです。それが、万病に効き、不老の生を与えるともいわれている。そういう言い伝えがある、ということです」

「でも、それを飲んで、永遠に生き続けている人が、実際にいるのですか？」

「いや」クローチは首をふった。「そのとおり。天下の頂《いただ》きに立つ人間は、喉から手が出るほどそれを欲しがっている。実際に献上されたのだから、飲んだ者はいるはず。しかし、寿命を超えて長く地位に留まったという話は一つも聞いたことがない。そんなことがあれば、長く語り継がれようが」

「そうですよね」簡単に頷いた。

「ただ、不思議だということは事実。皆その答が見つからぬから、力を信じる以外にない、ということです」

「貝の中で、丸い玉ができるのだって、同じくらい不思議ではありませんか？」

「貝は動物です。動物ならば、ものを作っても不思議はない。そのうえ、貝の殻はずっと閉じているわけではない。一方、竹は生まれたときより、意志もなく、ただ形を変え、大きくなり、高く伸びる。あの固い節の中で、何故玉が形成されるのか。その何故というのは、意志を問うているのではない、どのようにして、あるいはどこからあの玉を作るものが入り込んだのか、という方法のことですな」

「水のように流れるものに溶け込んで、それがゆっくりと固まるのではありませんか」

「そう。それ以外にない。貴殿はなかなか知識があるようにお見受けするが、なにか学問をされましたか？」

「いえ、なにも」首をふった。「ただ、カシュウに教えを受けただけです。あとは、カシュウが持っていた書を読みましたが」

「ああ、それは素晴らしい。人の知恵というものは、ここにあるように書き残さなければ、一代で消えてしまう。また自身でそれぞれが探っていたのでは、神秘を解き明かすには命の長さが不足する。ああ、そうそう、茶を出すのであった」

急にクローチは立ち上がった。机の横の盆を引き寄せ、湯呑みと急須《きゅうす》を整える。次に反対を向き、火鉢の横にあった布を手にして、それで金物の土瓶の鉉《つる》を摑んだ。またくるりと体勢を返し、盆の方へ運び、急須の中に湯を注ぎ入れた。

「出涸《でが》らしじゃがな」

「出涸らしは知っています。カシュウは出涸らしを好みました」

「おお、そうそう」こちらを向き、クローチは目を細めた。「懐《なつ》かしい、そうであった。ああ、そうか……、残念なことだ」

　部屋をもう一度眺め、近くにあった書を覗き見たが、どのような内容のものかはわからなかった。

「クローチ様が読まれているのは、どのような書でしょうか」

「いろいろですが、一番興味があるところは、この国のことではない。遠い国から伝わるもの」

「海の向こうにある国ですか」

「そうそう。そこには、この国にはないものがある。ただ、言葉が違う、文字が違う、だから書を読むことができない」

「言葉が違うのですか」

「そう、まるで違う。犬や猫の言葉がわからぬようなものです」

「海の向こうの人に会ったことがあるのですか？」

「あります。人が来るから書も来る、知識も来る、だが、言葉が通じない。ただ、この国よりもずっと優れた技がたしかにある。そういうものを学ばねばならぬ。もっと若いときに知っていたら、言葉を学ぶこともできたのだが、この歳になっては、なかなかに難しい。うん、なんというのか、頭が固くなる。呑込みも遅い。情けないことです」

「どんな優れた技があるのですか？」

「大きく分ければ二つある。まずは、生き物の仕組みに関する知識。これの大半は、人間の病や怪我を治す術となりうるものです。そしてもう一つは、大きな船を作ったり、それを動かす力を生み出したり、あるいは強力な武器を作る知識。これは、早く学ばねば、そのうちにこの国が滅ぼされることになりましょう」

「攻めてくるというのですか？」

「そう。いずれはそうなる」

「どうして攻めてくるのですか？」

「それは、この国で天下を取ろうとすることと同じでしょうな」

「よくわかりませんが」

「わからないのが普通。ただしかし、そんな大きな戦は、滅多に起こるものではない。お互いが大いに損をする。ああ、そう、シシドの家の財宝を狙っている連中だって、やはり我が身が可愛《かわい》い。滅多には襲ってこないでしょう。特に、こちらの勢力が増せば、うん、あるいは、諦めるかもしれん」

「私が加勢した方が良い、とおっしゃるのですね？」

「そうは言っていません。そういうふうに考えることもできる、という一つの筋。クズハラ殿は、村人に剣術を習わせている。いざというときの力になる。それもまた一つの筋。悪事を抑止する力になる、という意味です」

「なるほど。納得いたしました」

「いや、そう簡単に納得されても、むしろこちらが困る。責任を感じるではありませんか。ご自分で考えられるのがよろしい」

「はい」

「クズハラ殿には、会われたのですか？」

「昨日、少しだけ」

「詳しい事情を聞かれてはどうかな」

「わかりました。そういたします」

クローチが出してくれた茶を飲んだ。不思議な香りがしたので、尋ねてみると、香りを加えるために野草の花を入れているという。その季節季節で違う香りが楽しめる、ということだった。優雅な趣向だと感じた。

「そういえば、明日は祭りじゃな」クローチが高い窓の方を見て呟いた。

6

蔵から外に出ると、日はもう高く、緩《ゆる》やかな風も暖かく感じた。ちょうど、こちらへ歩いてくるクズハラの姿があった。向こうも気がついて、微笑んで片手を上げる。近くまで来たとき、お互いにお辞儀をした。改めて名乗り、昨日の持成しにも礼を言うことができた。

「スズカ流の方とは気がつかず、大変失礼をしました」クズハラは言う。「それに、昨日はコバがお世話になったとか。あの男は侍として満足には育っておりません。やはり、その、覚悟の違いというものが、上達に現れる。私の不徳の故《ゆえ》、情けないことです」

「いえ、私はなにもしておりません。ご馳走になっただけです。あの、カシュウのことをご存じでしたか。都で会われたことがあるのでしょうか？」

「いや、それはありません。私が都に上ったときには、既にスズカ様はいらっしゃらなかった。人から噂《うわさ》を聞いただけです。それはもう天下無双、素晴らしい剣術家だと誰もが口を揃《そろ》えます。刀を持つ者ならば、名前を知らぬ者などおりません」

　クズハラは蔵の方を一瞥《いちべつ》した。

「クローチ殿に会われたのですね？」

「はい、カシュウが昔この村に来たときのことを聞きました。ハヤ様からも、そのときの宝物に纏《まつ》わる事情を少し聞きました」

「そうですか、それならば話が早い」

「もう少し詳しいことが知りたいと思います。それに、自分に何ができるのかも考えたい」

「ありがたいことだ。ハヤ様がお話しになったのは、貴殿をよほど買われたという証《あかし》です。あの方は、実によくものを見通される。才女といえばそのとおりだが、そんじょそこらの才ではない。男ならば天下に名が響き渡るほどの人物になっていたでしょう」

「ああ、それは感じます。何でしょう、その、心を読まれるような気がします」

「即座に遠くまで考えが及ぶのです」

庭園を歩き、離れの方へ向かった。庭木の辺りで掃除をする者が数人いた。

「襲われることに備えているようには見えませんが」周囲を眺めながら率直な感想を伝えた。

「最小限の備えはしておりますが、表から見えるようなことは、あえてしておりません」クズハラは言った。「そうでなくとも、人員があまりにも不足している。腕の確かな者はいない。百姓か職人上がりの者ばかりです」

「その、盗賊というのは、どれくらいの人数なのですか？」

「以前に都の近くであった騒ぎでは、十人ないし二十人ほどだった。だが、確かなことはわかりません。もしそれだけの人数であれば、揃って移動すれば気づかれる。村に近づくだけで察知できましょう」

「そうですか。山の中をこっそり歩いてくれれば、わからないのでは？」

「いや、わかるものです。数人ならば、隠れることも可能だが、それでは、一気に攻めることは難しい」

「その、密《ひそ》かに敵情を探る者がいるのですね？　クズハラ殿がそれらを使っていると……」

「まあ、そう。何人かはいます」クズハラが頷いた。「私の里はもともとそういった者が沢山いた。そういうところの出なのです。密偵あるいは隠密《おんみつ》と言いますな」

昨夜の者も、その一人だろうか。話そうかどうしようか、迷ったが、クズハラには関係のないことかもしれない。そう、この村を出るようにと言っていた。明らかにクズハラの意向とは異なっている。

「明日、祭りがあります」クズハラが言った。「これが心配でしてね」

「どうしてですか？」

「方々《ほうぼう》から人が集まってくる。隣村の者や、あるいは縁者がやってくる。知らない者が歩いていても、誰も気に留めない。そこに乗じて、村に何人か入る策が考えられる。もっとも、祭りの中心は、ここではない。もっと南です。そちらに村一番の神社がある。だから、庄屋の家に近づく者は、逆に目立つかもしれない。ここは、村のほぼ北の端になります」

「できれば、争いごとは避けたい、というのが私の考えです」

「それは、まったくそのとおり」クズハラは頷いた。「私もできるかぎり刀を抜きたくない。そういう流儀です。そう、ご覧になったのだった、昨日」クズハラは少し笑った。

「私一人が加わるくらいで、変わることでしょうか？」

「それは大違いですよ。昨日、貴殿を一目見たときに、この人ならばと直感しました。ハヤ様も同じだったのだと思う。そういうものが、ゼン殿にはある」

「そういえば、あの昨日の侍は、その一味なのでは？　仲間を連れてきました。その後は、大丈夫ですか？」

「あれは違いますね。盗賊の一味ならば、あんな目立った悪事は働かない。いかにも悪そうな、といった感じではないのです。普通の商人、普通の旅人になりすましているはずです。あやつは、ゼン殿がいらっしゃったので、もう来ないでしょう」

「それならば良いのですが」

「もしも私が盗賊の策士であったなら、既に何人か、村に人を配している。そしておそらく、この家の者の誰かを攫《さら》うために、機会を狙っている」

「攫う？」

「ええ、人質を取るのです。そうすれば、血を流して戦うことなく、交渉によって目的が達成される。宝を差し出せば、人質を返す、ということです」

「なるほど」

「誰が狙われると思いますか？」クズハラが尋ねた。

「お嬢様でしょうね」

「そう、そのとおり。使用人では駄目だ。主は滅多に表に出ないし、いつも人を連れている。お嬢様は、一人でよくこの辺りを歩かれる」

「昨日もお一人でした」

「進言したのですが、あのご気性です。お聞きにならない。もし悪党に捕まるようなことがあれば、いつも短刀を持っているので、それで喉を突いて自害しますから、ご心配には及びません、と言われてしまいました」

「そのような覚悟で散歩をされているのですか？」これには、大いに驚いた。

「ですから、私がゼン殿にお願いしたいのは、そこなのです。是非、お嬢様をお守りいただきたい。常に侍が一緒だとなれば、おいそれと手を出すこともできぬというもの」

「そうなると、ほかの者が狙われるのでは？」

「宝と交換ができるような人は、ほかにおりません」

「奥方は？」

「亡くなられています。シシド様は、後妻を迎えていない。ハヤ様は一人娘です。ほかに一族で近い者は、シシド様の弟くらい。その人は今はこちらにはいらっしゃらない。都で商売をされているそうです」

離れの前で立ち話をしていた。母屋から出て、門の方へハヤが歩いていくのが見えた。クズハラもそちらをちらりと見た。

「引き受けてはいただけないでしょうか。それ相応の報酬はいただける。昨日も、シシド様とその話をしたところです」

「わかりました。できることはいたしましょう」ここまで事情を知ってしまっては、いたしかたない。決心はついていた。カシュウが関わった竹の石の話を聞いたときから、既にこのまま立ち去ることは無理だと感じていた。

「竹の石は、どこにあるのですか？」屋敷の方を見て、きいてみた。

「それは、私は知りません」クズハラは答える。「そこまでは立ち入れない。お嬢様ならば、ご存じかもしれないが」

「しかし、どこにあるのかわからなくては、守ることも難しいのでは？」

「それは、攻める方も同じこと」クズハラは言った。

ハヤは門へ向かう途中で思い直したのか、こちらへやってきた。

「いかがですか？　ゼン様のお気持ちは」近くまで来て、少し心配そうな表情で彼女は尋ねた。

「どちらへ行かれるのですか？」

「あ、ええ……、カギ屋さんまで、文《ふみ》を届けに参ります」

「では、歩きながら話しましょう」そう言ってから、クズハラの方を見て軽く頷いた。

クズハラは姿勢を正し、丁寧に頭を下げた。

「何でしょう。どんなお話をされたのかしら」

門まではクズハラも一緒だった。彼は道場の方へ去っていった。道には誰の姿もない。庄屋の家の門からは見通しが良く、道のかなり先まで見える。その両側には畠や田が広がっているので、遮《さえぎ》るようなものがない。

歩きながら、門と塀を確かめた。いずれも、梯子がなければ越えることは困難だろう。塀には小さな覗き口がある。外からは石垣があるため、覗くには高すぎるが、内には段が設けられて、外が見える仕組みである。しかし、矢を放つには小さすぎる。

もし襲ってくるとしたら、こんな明るいときではない。月もない暗い夜にちがいない。そうなれば、気づいたときには、敵の勢力の大半は敷地の内だろう。ここは城でも砦《とりで》でもない。やはり、守るには難しい。

「何をお考えですか？」横を歩いているハヤが言った。「歩きながら話しましょうっておっしゃったのに」

「はい。すみません」

「そういうところが、私は好きです」

「は？　何がですか？」

「いえ、お話を、どうぞ」

「はい、あの、しばらく、この村に留まることにしました。カシュウが切った竹から出た石を、一度見せていただけませんか？」

「わかりました。父の許可が必要ですが、私がお願いすれば大丈夫だと思います」

「その宝を守るつもりはありません。実のところ、そのようなものは、欲しい者に与えてしまえば良いと私は考えます」

「まあ、それは……」ハヤは立ち止まった。驚いた顔だ。「いえ、そうか、それはそのとおりかもしれない。どうして気づかなかったのでしょう……、ああ、貴方様は素晴らしいわ」

「私は、宝ではなく、貴女を守るつもりだと言いたかったのですが」

こちらも立ち止まっている。道の真ん中で触れるほど近くに向かい合っていたので、急に奇妙な気分になった。

「嬉しい」ハヤは両手を合わせた。そして、その手をそっとこちらへ伸ばす。

もう少しで彼女の手が触れるところで、また歩くことにした。ハヤも慌ててついてくる。しばらく黙っていた。何を言おうとしたのか、と考えたが、どうも言葉にならない。迷っているような気分にもなったが、なにも迷うものなどない。言葉がすべて消えてしまったような、どうもよくわからない、そう、自分は眠いのかもしれない、とそんな感じにもなった。

「たしかに、ゼン様のおっしゃるとおりです」

ハヤの言葉を、なんとか理解しよう、とする。

「そう、きっとそう……。あんなものは、与えてしまえば良いのです。捨ててしまっても良いわ」

ハヤはこちらを見ていない。あちらを向いて話していた。しかし、言葉はぐるりと回ってこちらへ届く。不思議なものだ。

「そもそも竹の石など、単なる言い伝えにすぎません。なにもかも迷信かもしれません」

ハヤはそこでようやくこちらを向いた。

「竹の中に石があるとは、どうしても信じられない」こちらも言葉を思い出した。「そんなものを見たことがありません」

「私もありません。石だけを見せられても、その価値はまったくわかりません。竹を切るときに、その場にいた者にしか証はないのです」

「でも、お父上も、それにクローチ様も、嘘を言っているとは思えない、そうですね？」

「ええ、そうなんです。あ、ゼン様も、そのように先回りをされるのですね。心を悟ることができますか？」

「いえ、そんな真似はできません。すみません、私は、そうですね、たしかにちょっと考えすぎる嫌いがある。よくカシュウに言われました。剣の道では、考えることは妨げになる、余計なことだと言われているのです」

「私も同じことを言われます。女はそんなに考えるものではないって」

どこかで太鼓を叩いているようだった。ときどきその音が聞こえていたが、歩くにつれて、途切れることなく聞こえるようになった。近づいているということだろう。

「あの太鼓は？」

「祭りの太鼓です。川の方へ下ったところに神社があります。そこで明日、お祭りがあるのです」

「どんなことをするのですか？」

「火を燃やして、お酒を飲んで、夜通し踊ります。子供のときから何度も見ているので、もうすっかり厭《あ》きてしまいました」

「お父上は、その神社に行かれるのですか？」

「いえ、特に役目はありません。寄付をするだけです。酒と米と、それにお金を。父のところへ挨拶に来る人もありますけれど、それは昼間のことです」

「明日は、あまり出歩かない方が良いでしょう。人が多いとそれだけ、隠れやすくなる。危険も多い」

「ええ、承知しております」ハヤは頷いた。

7

街道が見えてくる。道沿いに何軒か家が並んでいて、こちらからは、それらの裏の塀が見えている。その手前で、田畑よりも土地が高くなる。一部には石が積まれていた。そこに三人の男が腰掛けていたが、こちらを見て、一人が立ち上がった。

あの黒い侍だった。もう一人は、昨日も一緒だった大男。あとは、子供だろうか、まだ幼さの残る顔で、乞食《こじき》のような粗末《そまつ》なものを着ている。

「ハヤ様」彼女の手首を摑み、引き留めた。「ここにいて下さい」

「誰ですか、あの人たちは」

それには答えず、そのまま一人で進み出た。

「なんだ、今日は女連れか」黒い侍が、笑いながらこちらへ出てくる。「昨日は二対三、今日は三対一だ。さあ、どうする？」

彼の後方で、一番小さな男が刀を抜いた。顔が引きつったように歪《ゆが》んでいる。大男の方は、長い棒を持っている。柱ほどもある太さのものだった。昨日は持っていなかったから、備えてきたつもりだろうか。

だが、一番手前にいる黒い侍が最も手強い。それは明らかだった。

「気の早い奴がいるが……」黒い侍は、ちらりと後ろの仲間を見てそう呟いた。

彼は笑うのをやめ、こちらへ集中する。重心を下げ、姿勢を整えると、右手を刀の方へゆっくりと近づける。

「お互いに、争う理由はないと思う。余計なことではないか」

「理由？　お主が邪魔だということだ」侍は答えた。「俺は、キダという。名乗られよ」

「ゼンといいます。もう一度言うが、無駄なことに刀を使いたくない」

「無駄ではない」キダはそこでにやりと笑った。「いや、すべてが無駄だ」自分の思いつきが面白かったのだろうか。

滑らかに刀を抜いた。綺麗な抜き方だった。

「それなりの腕前とお見受けした。どうして、それほどの方が、このように身を落とされたか？」

「問答無用。邪魔なものは斬る。それだけだ」

「後ろにいるお二人」そちらを見て少し声を上げる。「命を落とす覚悟があるのか？　今のうちに立ち去るが賢明」

二人は顔を見合わせて、猿のように笑った。なにか言ったが聞き取れない。人間の言葉とも思えなかった。

キダは刀を斜め下へ向けて構えた。じりじりと横に動き、間合いを詰めようとしている。まだ、距離は遠い。一歩では斬り込めない。

逃げることは容易《たやす》い。ハヤがいなければ、逃げたかもしれない。道を真っ直ぐに突っ切ることができる。しかし、今はその選択はなかった。キダはいきなりは斬りつけてこない。つまり、こちらの力を測りかねている。しかし、敵わないと見れば逃げる、といった素振《そぶ》りは微塵もなかった。昨日とは多少違う。覚悟を決めてきたのか、理解はできないが、なにか決断があったようだ。

キダが刀を斜め上へすっと振った。半身ほど前に出る。足の配置はそのままだった。これだけでも、普通の者にできることではない。

険しい顔だった。悲愴《ひそう》にも見えた。

何故、このように必死になるのか。親の仇《かたき》にでも出会ったような、あるいは、自分に無理にそう言い聞かせているような。なにか勘違いをしているのだろうか。わからない。

鍔《つば》を指で押し、柄《つか》に手をかける。それを見て、キダは逆の方へ動く。彼の切っ先は、真っ直ぐにこちらを捉えていた。おそらく、抜けば、また刀を斜めに下げるだろう。今までの一連の動きで、それが読めた。

刀を引き抜く。

思ったとおり、キダの刀が斜めに下がった。

構えるよりも早く、突いて出る。

キダの刀がそれを払うために空を切った。

こちらは刀を翻し、自分の後ろへ。そしてそのまま走った。

キダの刀はもう届かない。

さらに前方へ走り抜け、そこにいた二人へ一気に斬り込んだ。

目を見開く顔。

大男の脚をすくい上げて切り、即座に返して、もう一人の若者の腕を切った。

身を屈《かが》め、大男の棒を避ける。

棒は後方へ飛んだ。大男は、背中から倒れる。

若者は血飛沫《ちしぶき》とともに前に蹲《うずくま》った。

逆方向へ走った。

「卑怯者《ひきょうもの》！」黒い侍が叫び、獣のように唸《うな》って、刀を振り上げた。

その刀が振り下ろされる僅かまえに、逆へ跳び、横から腹を斬った。

ぐっという手応えがあった。

跳ね返るように、身を捻《ひね》る。

地面を蹴《け》って、反対側へ滑り出た。

キダの刀は、地面を叩き。

石が跳ね飛び。

もう一度、持ち上がったが、既に力がない。

その隙《すき》に喉を突くことができた。しかし、その必要はなかった。

キダの着物が血でどんどん黒くなる。

再び刀を斜めに構えようとしていた。

こちらは、ようやく息をする。

キダも息を吐いたが、喉が鳴った。

「見事な腕前だ」キダが顔を斜めにして言う。「は、良い奴に斬られた。これは、はは、思ったよりも、実に、良い始末だ」

「しゃべるな。すぐに手当をすれば……」

「いや、無理だ」キダは刀を構えるのを諦め、地面にそれを突き刺した。それを支えにしてかろうじて立っている。引きつった顔で笑い、仲間の二人の方を見た。

そちらを振り返った。一人は蹲ったまま、痛い痛いと泣いている。大男の方は、地面に座り込み放心の顔だった。二人とも傷は浅いはず。

ハヤが駆け寄ってきた。

「お医者様を呼んで参ります」彼女は言った。

「いらんことをするな！」キダが叫ぶ。「情け無用」

彼の口から血が溢《あふ》れ出《で》た。

ハヤが二人の方へ駆け寄った。手拭《てぬぐ》いを出し、蹲っている若者を起こそうとしている。彼はまだ手に刀を持ったままだったので心配になった。

そちらへ近づくと、若者は本当に泣いている。ハヤが腕に手拭いを巻き付けると、ようやく持っていた刀を放した。血まみれになった手がだらりと垂れ下がった。

大男の方はぼうっとして、こちらをただ見ていた。棒は手放してしまったので、もう武器は近くにはない。刀も持っていなかった。ハヤが、彼の脚を見ている。大いに血が流れているが、こちらも掠《かす》り傷《きず》だろう。

再び、キダのところへ戻った。彼は既に地面に倒れていた。仰向けだった。目を閉じ、静かに眠っているように見えた。驚いたことに、刀を鞘に納めていた。

「医者へ連れていく。大丈夫か？」ときくと、目を開けた。

口を動かしたが、声が聞こえない。顔を近づけると、ようやく聞き取ることができた。

「すまぬ、懐《ふところ》に、金がある。隣村の、イネという女に、届けてくれないか」

「イネ？」

「そうだ。刀はお主にやる」

そこまで言って目を閉じた。顔が少し笑っていたが、すっと息を吐くと、その笑みも消えていった。

懐を改める。たしかに金があった。昨日、クズハラからもらったものだろうか。多くはないが、それだけではなさそうだ。金があるのなら、どうしてうどん代を払わなかったのか、と尋ねたかったが、躰を揺すっても、もう目を開けなかった。

街道が近かったこともあって、大勢の人が集まってきた。カギ屋にたまたまいたという村の医者も来た。ハヤが呼びにいったわけではなく、騒ぎを聞きつけて現れたのである。しかし、キダはもう虫の息で、運んで手当をしても無駄だろう、と早々に諦めた。カギ屋の主人らしい男が、ハヤから事情を聞いた。祭りがあるので、午後には役人が来る。そのときに説明をすると話していた。ハヤは、怪我をした二人は悪党ではない、逃がしてやってほしいと訴えた。若者の方はまだ泣いた顔だった。大男は、土下座をして謝った。

そのカギ屋の主人が、ようやくこちらへやってきた。

「ゼン様とおっしゃるそうで……。事情はお聞きしました。ここはもうお任せになって、店の方へどうぞ。お嬢様とご一緒に」手を擦《こす》って、そう言った。商人らしい柔らかい物腰である。

「申し訳ありません。騒ぎを起こしてしまって」

「とんでもない。ハヤ様をお助けになったのです。立派なことです。私からもお礼を申し上げます」

「隣村のイネという人をご存じですか？」

「は？　いえ、私は存じませんが。どうかしましたか？」

「金と刀をその人に渡してほしい、と言い遺しました」

「この男が？」

「そうです。金は私が預かっています」

「わかりました。では、刀はのちほど……」

「よろしくお願いします」

その場を離れ、カギ屋までハヤと二人で歩いた。大勢が取り囲むようにして見ている。こんなに沢山の人間を一度に見たのは初めてのことだった。

「沢山、人がいるのですね」と呟くと、

「祭りがあるから、集まっているのです」とハヤは答えた。

カギ屋の中に入る。宿屋以外にも、手広く商売をしているようだった。ハヤは、都の叔父に宛てて書いた文を、届けてもらうように店の者に手渡した。そういうことも引き受けるのだ。ハヤが金を払っていたが、その金額は思いのほか安かった。都まで人が往復するのだから、大変な仕事なのではないか、と思えたからだ。

それから、座敷に上がって、休むことになった。ハヤがそうした方が良いと言った。二人で座って待っていると、茶と饅頭《まんじゅう》を店の者が運んできた。それは、昨日、店の前で会った女だった。

「あらま、お侍さん」と戸を開けるとすぐに気づいた。こちらは軽く頭を下げる。「庄屋様のお客様でしたか」

「しばらく、こちらに滞在されます」ハヤが説明をした。

「お食事はどういたしましょう?」

「いえ、少し休んだら、帰ります」

「どうぞごゆっくりと」

女が部屋から出ていくと、ハヤがこちらを見てにっこりと微笑んだ。

「さすがにスズカ流」とだけ言った。

「どこがスズカ流でしょうか?」逆にきいてみた。

「いえ、剣のことは私は存じません。ただお強いということしかわかりません」

「いえ、強くはありません。本当に強ければ、キダを死なせるようなことはしませんでした。あの二人のように、生かすことができたと思います。自分には、その余裕がありませんでした」

自分でそう答えたとき、思い浮かんだのは、昨日のクズハラのことだった。金を払って頭を下げ、キダを追い払ったのだ。彼の剣こそ真の強さだったのではないか。

「お尋ねしたいことがあります」

「何でしょうか？」

「最初に、弱い二人を斬りにいかれましたね。あれは、どうしてですか？　大将を斬れば、二人は逃げ出したのでは？」

「大将が弱ければ、大将から斬ります。家来が弱ければ、家来から斬ります」

「それが、スズカ流なのですか？」

「わかりません。スズカ流の教えを受けたのかどうかも、私にはよくわかりません。ただ、カシュウに教えられたというだけです。敵に大人と子供がいれば、子供から斬ります」

「非情ですね」

「そうです。剣とは非情なものです。いかに相手を動揺させるか、いかに相手を躱《かわ》すか、常に、相手の隙を探し、弱みを突きます。卑怯といえば卑怯、非情といえば非情」

「私は、非難をしているわけではありません。お侍とは、そういうものだとよく存じています」

「恐れ入ります」頭を下げた。「見苦しい弁解をしました」

「素人目《しろうと》にも驚いたのは、刀が一度も当たらなかったことです。音がしませんでした」

「それは、ええ、たしかにスズカの流儀かもしれません」

「何故、刀を当てないのですか？　そうすることで、どんな利が生まれるのでしょうか？」

「さて、どうしてでしょう」これには答えられなかった。

「そうか、秘伝なのですね？」

「そうではありません。これは、当てないようにしているのでもなく、また、なにかの利を求めてしているのでもありません。ただ……、刀の筋を求めると、結果としてそうなるだけです」

ハヤは微笑んだが、しかし首を傾げた。わからない、という顔だった。それはそのとおりだろう、自分にもよくわからないのだから。

「失礼いたします」という声があり、中年の男が戸を開けた。店の者らしい。お辞儀をしたあと、横にあった刀を両手に持ち、部屋の中に置いた。「主より、こちらへお届けするように言われました」

「それは、さきほどのお侍の刀」ハヤがそれを見て顔をしかめる。そして、どうしてこんなものを、という顔でこちらを見た。

「これは、売ればいくらくらいになるものでしょうか？」店の者に尋ねてみた。

「さあ、いかほどでしょうか。私には見当もつきません。お向かいのヒシマサへ行かれてはいかがでしょうか」

「ヒシマサ、ああ、金を貸すという」

刀だけを残し、店の者は戸を閉めた。そちらへ行き、刀を手に取った。柄の部分をじっくり見てみる。綺麗な紐《ひも》が結ばれている。血の汚れも洗われていた。ハヤも近くに来て覗き込んだ。

「刀をお売りになるのですか？　どうしてそのようなことを？　戦利品というのは聞いたことがありますが。これがお侍の流儀なのですか？」

「いえ、そういうわけではありません。ちょっと頼まれたものですから」

「誰から？」

それには答えなかった。ハヤは見ていなかったようだ。彼女はあのとき、二人の怪我人の手当に忙しかった。キダが言ったことも、また彼の金を預かったことも、話さない方が良いと思った。

一足さきにカギ屋を出て、通りの向かいの店に入った。太った男がいて、刀を売りたいのだがと話すと、畏《かしこ》まりましたと頭を下げた。店の中は広くはない。格子に遮られた部屋が奥にあったが、そちらは何に使うものかわからない。男は鞘から抜き、刀を改めた。また、道具を持ち出すと、目貫《めぬき》を外し、柄を半分ほど抜いた。銘を調べているようだ。

「ここは、金を貸す店と聞きましたが」

男は顔を上げ、口を開けた。一瞬、言葉に詰まったようだが、やがてまた元の笑顔になって答えた。

「はい、さようでございますが、なにか……」

「私は、金を借りたいのではなく、その刀を売りたいだけなのですが」

「はい、もちろん、それでもけっこうでございますよ」

「人に金を貸して、踏み倒されることはないのですか？」

「ああ、それはしょっちゅうのことです」

「それでは大損では？」

「はい、まあ、いろいろございますが、そうでもありません。お預かりした質が、貸した金よりも高く売れれば、手前どもの利になります」

「ああ、金を貸すときに、なにか預かるわけか、なるほど」

「はい、それが質でございます」

「だが、それでは……、うん、その、質屋とは、質を売るのではなく、質を買う店になりませんか」

「いえ、でも、その質をまた売りますので」

「そうか……」

つまり、今もこの刀を質にして、金を借りるのと同じというわけか。金を返さなければ、刀を売られてしまう、という仕組みなのだ。

「お侍さん、どちらの方ですか？　祭りを見にいらっしゃったのでしょう？　さきほど、外で騒ぎがありましたが、ご覧になりましたか？」

いろいろ質問をされたが、本人は下を向いて、刀を見つめている。話などどうでも良さそうな素振りだった。

しばらく黙って見ていると、彼は妙なものを持ち出した。木枠に沢山の玉のようなものが並んでいる。それを指で動かすのだ。

「それは何ですか？」

「は？」

「その、手に持っているものです」

「ああ、これ？　これは算盤《そろばん》です」

「そろばん？　道具ですか？」

「そうですよ。勘定《かんじょう》をするものです」

勘定は頭の中でするものではないか、と思ったが、これ以上仕事の邪魔をしない方が良いと感じた。一瞬だけ不快そうな表情が店主の顔に表れたからだ。

「まあ、そうですね。これくらいでいかがでしょうか？」

店の戸が開き、ハヤが入ってきた。

「おやおや、これはお嬢様、お珍しいことです。いかがなさいましたか？」

「いえ、この方が、私のお友達なのです」

「それはまた」主人は、仰《の》け反《ぞ》って目を丸くする。大袈裟な男である。「あ、でしたら、少々、いえいえ、大いに勉強させていただきましょう」

「何を勉強するのですか？」

店主は、算盤という道具を再びこちらへ差し出した。

「これを、もらえるのですか？」これは少し嬉しかった。触ってみたかったし、できることなら、持って帰りたかったのだ。

「は？」店主はまた目を丸くした。

「違うのです」ハヤが前に出て、耳打ちする。「金額をこれで示しているのです」

そのあとは、ハヤが間に入って手続きをしてくれた。名前を書いたのもハヤである。金額は思っていたよりも高かった。良い刀だったらしい。

「これでよろしいかしら」ハヤが筆を返して言った。

「はい、けっこうでございます。期限は設けませんでしたが、半月ほどの間でしたら、流すことはいたしません。もしお気が変わったら、またお受け取りにいらっしゃって下さい」

「あと、その算盤を売ってもらえませんか」ハヤが男にきいた。

「いや、これは、売り物ではないので……。あ、そうそう、そういえば、たしか、算盤ならありましたよ」

店の奥へ引っ込み、しばらくすると戻ってきた。同じ道具を持っている。もっと色が黒く、古そうだった。

「これでよければ、あの、差し上げますが」

「ああ。どうもありがとう」礼を言ってそれを受け取る。

「でも、お侍さんが算盤というのは、聞いたこともありません」店主がにっこりと微笑んだ。

「そんなことはありません」ハヤが言った。「お城ではそういう役目の方もいると聞きます」

「そうなんですか」店主は笑うのをやめ、大袈裟に頷く。

二人で店を出た。店の前にまた人が集まっている。みんながこちらを見ていた。

「あの、それは私が持ちます」ハヤが手を伸ばし、算盤を摑んだので、しかたなく手放す。

カギ屋の横を歩き、来た道を戻った。既にあの場所に、キダはいなかった。医者もいない。

後ろを振り返ると、道の角で何人かがこちらを見送るように眺めていた。

「死んだそうです」ハヤが身を寄せて、小声で言った。「さきほど聞きました」

「そうですか」とだけ答える。

溜息をつき、空を見上げた。雲がなく、高い空だ。黒い鳥が一羽、翼を動かさずに飛んでいた。日の近くなので、長く見ることはできなかったが、ときどき、軽く翻し、向きを変えた。

あの筋はいつも気になる。もっと速く刀を次の筋へ向けること、それを常に考えているが、そのときに思い出すのが、鳥の仕草だったからだ。小さな鳥ほど速い。今飛んでいる鳥は大きく、動きは鈍かった。

あの鳥は、キダの最期を見ていたのかもしれない、と思った。

道の先に庄屋の屋敷が見えてくる。昼時なのか、田畑で働く者もいない。

「算盤というのは、どのように使うものですか？」

そう尋ねると、ハヤは持っていたその道具を返してくれた。じっくりと眺め、小さな玉を動かしてみたが、それほど複雑なものではない。数を書き留めるかわりに、この玉を動かすのだろう、と考え至った。

「なるほど、ようやく意味がわかりました」と言うと、ハヤは笑みを浮かべて頷いた。

「あとで、きちんとお教えいたしましょう」

episode 2 : Bamboo pearl

Sad as it is, we cannot conceal the fact that in spite of our companionship with flowers we have not risen very far above the brute. Scratch the sheepskin and the wolf within us will soon show his teeth. It has been said that a man at ten is an animal, at twenty a lunatic, at thirty a failure, at forty a fraud, and at fifty a criminal. Perhaps he becomes a criminal because he has never ceased to be an animal. Nothing is real to us but hunger, nothing sacred except our own desires.

第2話　バンブー・パール

悲しいかな、われわれは花を不断の友としながらも、いまだ禽獣《きんじゅう》の域を脱することあまり遠くないという事実をおおうことはできぬ。羊の皮をむいて見れば、心の奥の狼《おおかみ》はすぐにその歯をあらわすであろう。世間で、人間は十で禽獣、二十で発狂、三十で失敗、四十で山師、五十で罪人といっている。たぶん人間はいつまでも禽獣を脱しないから罪人となるのであろう。飢渇のほか何物もわれわれに対して真実なものはなく、われらみずからの煩悩《ぼんのう》のほか何物も神聖なものはない。

1

その日の午後は、クズハラの道場を訪ねた。キダとのことを報告するのが筋だろう、と考えたからだ。道場で掛け声が上がっているのが聞こえた。今日は稽古をしているようだ。門から中に入ろうとすると、クズハラが箒《ほうき》を持って出てきた。

「おお、良いところにいらっしゃった」一瞬にしてクズハラの顔が明るくなる。「聞きました、お嬢様をお助けになったこと」

「それは、少々違います。でも、昨日のあの侍を斬りました。隣村の者らしく、キダと名乗りました」

「そうですか。いや、申し訳ない。戻ってくるというのは、こちらの見込み違いでした。私が見た感じでは、あの男は自分をよく知っている。それだけの腕はあった。それなのに、どうして無茶をしたものか」

「はい、同感です」

「良からぬものに取り憑《つ》かれていたのかもしれない」

「なにか、死に場所を求めていたような、そんな感じでした」

「死に場所を求めていた？」

「斬った間際のことですが、斬られることを覚悟していたように見えたのです」

「うん、では、病か？」

「あるいは」

「本人はそれで良いかもしれぬが、周りは大いに迷惑なこと。死ぬと決めた人間ほど恐いものはない」クズハラは言った。「焚き火《たび》で竹が割れ飛ぶのと同じ。危ないので、できるだけ近づかぬ以外にしかたがない」

「はい。後悔しております」

「後悔？　何をですか？」

「いえ、もう少し自分でも考えます」

クズハラは、溜息をついてから微笑んだ。道場の方へ目をやると、クズハラも後ろを振り返った。

「今日は、祭りの前日で職人たちの仕事が休みなのです。それで、何人か来ている。コバが面倒を見ています。ゼン殿も、是非手本を見せてやってほしい。いかがですか。駄目ですか？」

「それよりも、クズハラ殿は、どうしてこんなところで？」少し笑ったかもしれない。クズハラが箒を持っている姿が面白かったからだ。「師範が掃除をして、職人が剣の稽古ですか？」

「いかにも。そう、しかし、私はここで掃除だけをしているわけではありません」

「そうか、見張っているのですね」

「それもある。表に出れば……」一歩前に出て、クズハラは庄屋の家の方角を見た。「向こうの門の前もよく見える。道も遠くまで見渡せます」

「なにか、新しい知らせがありましたか？」

「いや、それはまだ……。しかし、場所を見れば、今は誰もいなくとも、人の動きというものが見えてくる。策を練ることができるというわけです」

これには感心した。自分も振り返って、しばらくそちらの風景を眺めた。

「そうだ」思いつき、逆に森の方を振り返る。「あの石段を上ってきます。高台で、遠くが見えるのでは？」

「ええ。でも、なにもありませんよ。貧相な鳥居があるだけです」

道場の稽古を見るよりは面白いだろう、と思ったので、クズハラに一礼したのち、そちらへ足を向けた。

古そうに見えたのは周囲に草が茂っているせいで、石段自体は比較的新しいことがわかった。しかし上っていくと、それは途中までだった。丸太を埋めた段がところどころにある坂道になり、そのうち、さらに急になって、自然の石や岩だけになった。左右に大きく迂回《うかい》し、急な斜面を登っていく。後ろを振り返っても、もう道場は樹々に遮られて見えない。それよりも、庄屋の屋敷がすぐ下にあるように見えた。敷地の中までよく見晴らせる。母屋があり、離れも蔵も配置がよくわかった。

またしばらく行くと、ようやく頂上が見えてくる。登り切ったときには、さすがにひと汗かいていた。大きく息を吐き、周りをぐるりと見回す。たしかに、この近辺ではここよりも高い場所がない。ずっと離れたところに、大きな山々は見えるが、それはもうこの村ではないだろう。半日歩いても辿り着けないほどの距離である。

この村は起伏が少なく、全体に南へ下がっているようだった。そちらに大きな川が見えた。ぽつんぽつんと小さな森が点在している。祭りを行う神社というのも、そのどれかであろう。カギ屋のある街道の辺りも見えた。道は見えないが、建物が並んでいるのでそれとわかる。

聞いたとおり鳥居があった。朱に塗られていたようだが、既に色はほとんど落ちている。近くに小さな石の地蔵もあった。地蔵だと思われる、という程度のぼんやりとした形だった。あとは、少し奥に墓がある。大きなものではない。三つほどあって、文字らしきものが彫《ほ》られている。庄屋の姓の文字も見つかった。

また、最も高い位置には、地面に大きな石が四つ埋まっていた。それが何か、しばらく考えたが、かつてちょっとした建物があった跡だろうか、と思い至った。地の利を活《い》かして、物見の櫓《やぐら》でもあったのかもしれない。大きな戦が行われた頃のものだろうか。

大勢の兵を動かして戦うというのは、少し考えただけでも、難しいことだと想像できた。人は皆、ばらばらにものを考える。誰も我が身が可愛い。それぞれに私情がある。育ちも、また能力も異なっている。それらをまとめて一団として動かし、戦わせたのだ。勝っても負けても、兵の幾らかは死んでいくだろう。生き残った者は、友を失うかもしれない。それを率いる者は、どうやってその結果を彼らに納得させたのだろうか。

また、そうまでして、天下の上に立とうとする理由は何だろう？

天下を支配することには、どれほどの利があるのだろうか？

侍というのは、戦ってこそ侍だという。戦うために、侍というものが生まれたという。今は、そういった大戦はなくなった。どうしてなくなったのか、とカシュウにきいたことがある。ほんの少しだけ学んだからだ、とカシュウは答えた。何を学んだのか。それは、戦うことの虚《むな》しさだ。カシュウはそう答えた。しかし、もしそうならば、侍というものが既に無用の虚しい存在になってしまわないか。

無駄な戦いは避けねばならない。何故なら、無駄ではない戦いに備えるためだ。自分はそう信じている。無駄でない戦いもあると思う。戦わなければ正しさが証明されないことが、きっと、いつも、そしてまたどこにでも、あるのではないか。

そうでなければ、侍は無駄だ。刀など不要だ。侍が刀を持ち、皆がこうして剣術に励《はげ》むのは、人が正しさを求めている証ではないのか。

自分は信じている。

だが、ときどき、やはり虚しく感じるときがある。

それは……、人を斬ったあとに感じるもの。

斬ったあと、刀を納めたときに形になる。

それ以外のときには、ぼんやりとしかわからないものが、人が死んだとき、その命を自分の刀が断ったときに、たしかに摑めるほど固いものとなる。

何だろう？

これは正しいのか。己は正しいのか。生きることは、死ぬことよりも正しいのか。行き着くところは、その疑問。

正しさとは、何だ？

刀を抜いて、型の稽古をすることにした。

呼吸を整え、切っ先に心をのせる。

ゆっくりと、重さを感じ、そして重さを忘れ、
静かに、風を切る。

翼を翻すように、刀を返す。

息をする。

己の気が、柄から切っ先へ沿って流れ。

さらに静かに。

止めて。

下げて。

前に出る。

握りを軽く。

もう一度。

そして、刀を鞘に戻す。

ふと、空を見ると、また黒い鳥が浮かんでいた。いつもよりも低い。そうか、こちらが高いからか。鳥はどれくらい高くまで飛べるのだろう。というよりも、高さというものは、どこまであるのだろう。

気持ちが少し落ち着いたので、戻ることにした。途中でまた、庄屋の屋敷の付近が一望できたが、外の道に人影はない。敷地の中で、庭仕事をしている者が見えた。なにか運んでいる者もいた。蔵の方である。クローチではない。家の者だろう。

さらに下りていき、石段になったところに、また子供たちがいた。どこから来るのだろう。三人いた。一番大きい子が、五歳くらいか。こちらをじっと睨むように見た。怪しい男に見えたのだろう。

子供たちは、走り去った。子供も動物も、侍を見れば逃げるか。殺気が隠せないのは、修行不足、明らかに足りないものがあるからだ。

子供たちを見届けてから、クズハラの道場へ歩いた。門にまだクズハラがいて、掃除をしていた。

「あの子供たちは？」振り返って見たが、もう三人の姿はなかった。

「あれは、近くの百姓の子ですよ。いつもこの森で遊んでいる」クズハラが答える。「道場を覗いていることもあります。剣術に興味があるのでしょう。子供はみんなそうだ。あの年頃からちゃんと習えば、ものになるのだが」

「コバ殿は、いつから剣術を？」

「あれは、まだまだです。私のところへ来たのが、もう十六か、十七のときでした。それまでは漁師をしていた。いや、捨て子だと本人は言っている。おそらく、侍の子でしょう。なんとなくそんな顔をしている。いくら侍の子でも、長く刀を持たなければ、侍ではない。網を持っていれば漁師になる。鍬《くわ》を持っていれば百姓になる。人間とは、そういうものですな」

自分もどこのどんな生まれなのかわからない。侍の子なのか、百姓の子なのか。最近になって、人伝《ひとづて》に聞いた話はあった。だが、それが本当かどうか、確かめようもなく、誰にもわからない。本当でも嘘でも、もはやどうでも良い。

ただ、カシュウという侍に育てられた、それだけが確かなことだった。

2

　狭い庭を歩き、道場の縁に出た。竹刀で打ち合う稽古をしていた。コバが掛け声をかけている。こちらに気づくと、号令をかけ、皆にこちらを向いて礼をさせた。

「では、少し休もう」コバはそう言うと、縁の方へ出てくる。

「ゼン様、お聞きしました。ありがとうございます。一安心いたしました」キダを斬ったことを言っているようだ。「あの、いかがでしょう。筋を見てはいただけませんか」

　剣の筋のことか。それは、斬り合わなければ見られない。

「見るというのは、構えを見る、ということですか」

「そうです」

「いや、それでは見てもあまりわからない。良いか悪いかはわかりません」

「わかりませんか？　でも、構えを見ただけで、力量が測れると……」コバはクズハラの方をちらりと見た。そう教えられたのだろうか。

「真剣を持って向き合えば、自分が勝てそうか、あるいは敵わないか、ということを感じることはできます」なんとなく、思っていることを口にした。「これは、剣術ではない、動物だってそれがわかる。生きるためには、それを測らなくてはなりません」

「そういうものですか。私にはさっぱりわかりません。昨日の侍だって、わからなかった。あの人は、私よりも強かったのですか？」

「おそらく」正直に頷いた。

「命拾いをしたな、コバ」横でクズハラが笑った。

「お願いします。向き合って構えるだけでけっこうです」

道場へ上がった。数人の男たちが奥の壁際に並んで座っていた。その座り方が、いずれも侍ではない。なんというのか、本当に休んでいる。人間だけがする緩んだ姿勢だった。それが、例外なく全員だったので面白かった。

竹刀をコバが持ってきた。それを受け取り、軽く振ってみる。

「この軽さが、どうも気になります」クズハラに尋ねてみた。「真剣と違いすぎる。これで稽古になるでしょうか？」

「重くすると怪我をします」クズハラが答えた。

「それはそうかもしれませんが、これではいくらでも速く振ることができます」

「それは相手も同じこと」クズハラは腕組みをしたままだった。「したがって、竹刀と真剣で立ち合えば、おそらく竹刀の方が先に相手を打つことができる。真剣の一打のうちに、竹刀が五打は入るでしょう」

「しかし、真剣ならば一打で終わりですからね」

「そのとおり。竹刀の打合いとは、相手の動きを読むための稽古です。手数が多くなり、動きが速くなるので、それだけ多くを体感できる。その速さに慣れることも肝要かと」

理屈がわかったので頷いた。

たしかに、カシュウに教えを受けたときも、最初は木の枝だった。まだ子供だったから、と考えていたが、意図的なものだったかもしれない。

刀を置き、コバと道場の中央に出て向き合った。お互いに一礼をする。

「お願いいたします」コバが言った。気合いが入っている声だ。

膝を折った姿勢で竹刀を前に差し出した。

コバは躰をすっと持ち上げ、息を止め、竹刀を構えた。

こちらも、立ち上がる。軽い竹刀なので、まるで素手で立ち向かうようだ。

コバは躰を前後に動かし、腕に力が入っている。今にも打ち込んでくる、という格好だったが、しかし、重心がどちらの足にあるか一目瞭然《いちもくりょうぜん》。

しばらく見合っていたが、クズハラがよしと声をかけたので、コバは動きを止め、竹刀を納めた。

また一礼をする。

コバがふっと深呼吸をした。

見ていた者も皆真剣な顔になっていた。さきほどよりは、少しだけ姿勢が良い。

「いかがでしょうか？」コバが尋ねた。

「うーん、よく稽古をされているのはわかります」

「どこがいけませんか？」

「いや……」考えてみたのだが、よくわからない。どうしてわからないのかもわからなかった。

「申し訳ない。よくわかりません」正直に答えることにした。

　コバは頷いたが、少しがっかりした表情である。

「では、一度、打ち込んできて下さい」

「え？」

「手加減をせず、私を殺すつもりで」

「いや、それは……」

「そのかわり、一打だけです」

「一打だけ？」

「渾身《こんしん》の一打を」

「あの、そんなことをして、大丈夫でしょうか？」

「当たっても死ぬようなことはない」

「それはそうでしょうが……」

「大丈夫、こちらは打たない」

コバはほっとしたという顔で頷いた。自分が受けるかもしれない一打の方が心配だったようだ。上座にいるクズハラを見ると、彼は今までになく真剣な顔だった。コバを見て頷く。許可が下りた。

再び向き合って一礼。竹刀を前に出す。今度は、こちらも気合いが入った。さきほどよりもずっとコバの姿勢を捉えていた。やはり、打たれる危機感がなければ、相手を測れない。そういうものなのだ。

コバは、何度か出ようとしたが、なかなか来ない。

まだ距離が遠すぎる。飛び込むにしても、打てるのは二歩めになる。

コバは、突いて出ると見せ、竹刀を上段に構え直したが、また元の形に戻った。迷っているようだ。やはり竹刀の動きが軽い。それに比較して、人間の躰はあまりにも重い。竹刀の何十倍も重い。軽い武器に力がのりにくいのは、このためか。

掛け声を上げて、打ち込んできたが、横に動くと、位置が変わっただけで、コバはまた構え直す。

もう一度前に出てきたので、左手だけで竹刀を彼の鼻先に真っ直ぐに差し出すと、慌てて下がった。しかし、意を決したのか、真っ直ぐに突っ込んでくる。

コバの竹刀は上がり、そして下へ振られる。

左へ避けた。半身になり、身を低くする。

横へコバの竹刀が振られ。

また上へ振りかぶる。

天井にも届くかという振りだった。

胴が開いている。

今、コバは斬られただろう。

右へ動き、待った。

コバがまたこちらを向いて、構えた。

もう一度上から振ってくる。

今度は後ろへ下がる。

コバは左へ振った。左へ避けると予想していたのか。彼なりに考えているようだ。ここが動物とは違う。人は失敗をすれば、そこから学ぶ。いつかは正しい筋を見つけるだろう。失敗が命取りにならなければ。

動いているうちに、面白くなってきた。

これは、こちらも得るものが多い、と感じた。

コバは、少々息が上がっている。

構えているが、最初の気力は衰えていた。

動きはやや雑になっているものの、その分、予測が難しく、まるで、飛ぶ虫を相手にしているようだった。

コバが突いてくる。そして、下から振り上げるだろう。

少々体重をかけて、彼の足許へ一撃を打ち込んだ。

竹刀は床に当たり、大きな音を立て、弾け飛んだ。

糸が切れ、竹がぱっと広がる。

コバは後方へ飛ぶように逃げ、そして竹刀を手放した。

「参りました」床に手をついた。その手が震えている。

「申し訳ない、当たりましたか？」

「いえ、当たっておりません」コバが答える。「しかし、その、今の一打に、その、なんというのか……」

道場の中央に戻り、座って礼をした。

「足許にも及びません」コバが言う。「良い経験になりました。一生忘れません。どうもありがとうございました」

「こちらも、学ぶところがありました。ありがとうございました」

「コバ、気づいたか？」クズハラが言った。「お主の竹刀は一度もゼン殿の竹刀に当たっていない」

「ああ、そういえば……」コバはそこでふっとまた大きく息をした。そして、ぐっとなにかを呑み込むように、喉を動かした。「恐ろしいですね。何故、刀が当たらないのでしょうか。相手の筋が見えるのですか？」

「これがスズカ流か」クズハラが言う。「聞いたことはありますが、初めて拝見した」

「いえ、私などは、それを名乗るほどの者では」

「刀を当てないのは、何故ですか？」コバが尋ねる。

「いえ、当てないつもりなどありません」

「稽古をすれば、会得《えとく》できるものですか？　なにか秘伝があるのでしょうか？」

「いや、そうきかれても……」

「そのように、質問ばかりでは、ゼン殿も困られる」クズハラが言った。

コバは茶を出すと言って、通路の方へ出ていった。再び、稽古が始まり、自分はクズハラの横に座ってそれを眺めた。掛け声と竹刀が当たる音がけたたましい。それは不思議な光景だった。

人と人が刀を交えるときは、もっと静かなものである。相手の息遣いが聞こえ、自分の鼓動《こどう》さえ煩《うるさ》い。ここで皆がやっているのは、どうもそれとはほど遠いもののようだ。しかし、ほど遠いことが悪いとは思えない。そんな物騒なものからは、遠い方が良いのは確か。

そう、これは、踊りのようなものだ、と思いついた。躰を動かすことの楽しさが、たぶん見出されるのだろう。世の中から刀がなくなり、このような楽しみだけになれば、それはそれで素晴らしいではないか。これは、子供たちの遊びのようなもの。無邪気《むじゃき》に棒を交え、侍の真似をする。そういう光景と思えば、見ているだけで和《なご》む。

「貴殿ほどの腕があれば、仕官も叶《かな》いましょう」クズハラが小声で言う。「なにか、これといった志《こころざし》をお持ちですか？」

「いえ、まったく」そう答えてから、志というものが自分にあるのかと疑った。「私は、まだなにも知らないのです」

「剣術以外に、知る必要などないのでは？」

「そうでしょうか」

「いや……、私などは、それ以外のものを多く知りすぎた。知ってしまうと、もう知らぬ者には戻れませんな。ですから、知らぬ方が良い。知らぬが羨《うらや》ましい」クズハラはそう言って笑った。

3

庄屋の屋敷に戻り、女中に声をかけてから、離れで一人竹を削っていた。すると、表で声がした。出ていくと、クローチが立っている。三冊ほど書を持っていた。眺めるだけで楽しいから是非、と言い、それを手渡すとすぐに立ち去った。

中に戻って書を開いた。二つは、糸で綴《と》じられている。もう一つは、長い紙が折られて畳まれたものだった。それを開くと、驚いたことに、文字よりも画《え》が多い。風景を描いたもので、色が塗られている。見たこともない鮮やかなものだった。別のものは、最初は何かわからなかったが、人間の躰について、いろいろな部分の名称が書かれていた。見ることのできない内部についても描かれている。これには驚愕《きょうがく》した。どのようにして、こんなものを描いたのだろうか。想像とは思えない。さらに一つは、どうやら物語のようだった。画がつながっているが、同じ人物が沢山の場面に現れているので、この画の中の世界をこの人が歩いていることが想像できた。

最も興味を持ったのは、二冊めの人間の躰に関する書だった。カシュウがこれについては数々のことを教えてくれた。死んだ動物の躰を開いて、これが何で、どんな役目をするものか、と説明を受けたこともあった。だから、まったく知らなかったわけではない。ただ、言葉で聞いていたことと、このように画として見るものは、やはり印象が異なっている。カシュウは、動物も人間もまったく同じだ、と言っていたが、ここにある画は、まさにそのとおりだった。

けれども、不思議なことはある。どこにも、心というものがない。心の臓は胸にあるが、それが心ということだろうか。それならば、頭の中にあるものは、いったい何の役目をするのだろう。ものを見る、聞く、あるいは触れる感覚も、どうして心に伝わるのか。

「ゼン様」戸口にハヤが立っていた。「入っても、よろしいですか?」

「はい、どうぞ」書を片づけ、場を空けた。

ハヤは部屋に上がり、そこに座った。縁の方を一度向き、散らかった竹や道具に目を留めたようだ。それから、部屋の隅に片づけた書を見た。

「クローチ様から、たった今お借りしたものです」

「それは、私も読みました。でも、どうも本当のこととは思えません。人の躰がまるで絡繰《からく》りのように描かれています」

「絡繰りですか……。私は、その絡繰りというものも、よくわかりません」

「人を騙すようなものばかりです。知らない者に見せて、驚かせるものばかり。そうやって、神か仏かと信じさせるんですよ」

「それは何のためにですか？」

「うーん、そうですね、結局は金儲けか、それとも、人を騙して信じさせ、自分の言うとおりにさせるとか」

「この書も、そんな類でしょうか？」

「いいえ、それを書いた人は、自分の考えを描いただけでしょう」

「考えですか？」

「え？　では、何だというのですか」

「見たものを描いたのかもしれません」

「そんな恐ろしいことを……」

「いえ、ああ、すみません」

「ゼン様が謝ることではありませんわ」

ハヤの笑顔が戻った。たしかに、謝る必要はなかったか、と思い直した。

「あの、なにかご用事があったのでは？」

「はい、あの、今夜は母屋でお食事をなさって下さい。父が是非にと言っております。本日のことで、お礼を申し上げたいと」

「承知しました」

「私も同席させていただきます。よろしいでしょうか？」

「ええ、もちろん」

「あれも、ご覧に入れるつもりのようです」ハヤは声を少し落として言った。

「あれ？　ああ……」竹の石のことだ。

どうして声を落とし、あれなどと言わなくてはならないのか。誰かに聞かれているとでもいうのか。この離れの垣に誰かが隠れていても、今の声は届かない。それとも、床の下に潜《ひそ》んでいる者がいるのか。またも、昨夜のことが思い出された。あれは何者だったのか。

「あの、この家には、何人くらいの人がいるのでしょうか？」

「え？　父と私と、それからクローチ様だけですが」

「いえ、そうではなく、使われている人たちの人数です」

「ああ……、それは、どれくらいでしょうね」ハヤは、下を向き、指を折った。「うーんと、そう……、二十人、いえ、もっといるかしら」

「そんなにいるのですか」

「だって、庭の手入れをするだけでも五、六人はいます。馬の面倒を見るのに二人、台所にいるのが、えっと、たしか三人、女中は五人、私の面倒を見てくれるのが二人、父の傍《かたわ》らにいるのがやはり二人、それから……、ああ、うちで寝泊まりしていない人を加えれば、もっと沢山います。職人さんがほとんどですけれど」

「その全員を、ハヤ様はご存じなのですか？」

「もちろん、顔を見たらわかります。名前もだいたいは覚えています」

「でも、新しい人が来ることもあるでしょう」

「そんなのは、しょっちゅうです。入れ替わり立ち替わり」

「その中に、悪党が潜んでいる可能性はありませんか？」

「まあ……」ハヤは口に手を当てた。「そこまで人を疑ってはいけません」

「でも、内情を探ろうと思ったら、そういう人間に紛れて家に入るのが、一番確かな方法に思います。さきほど、あの話をされるとき、声を落とされましたね」

「え？　ええ、それは、そう、たしかにそうです。あれのことを口にするときには、人に聞かれないようにと自然に構えてしまうのです。子供のときからそうでしたので」

「それだけ大勢の人が、誰も知らないことなのですね」

「在処《ありか》を知っているのは父と私だけです。私も、実際にそこで見たわけではありませんが、父に万が一のことがあった場合にと、隠し場所を教えられているのです」

「お父上は、それをどうするおつもりなのでしょうか？」

「どうする、というのは？」

「つまり、使わなければ、価値がないのではないかと」

「ええ、そのとおりです。それは父にお尋ね下さい。私が知るところではありません」

「そんなことをきいたら、ご立腹になるのでは？」

「私にはおききになったじゃありませんか」

「ああ、すみません。そうですね。たしかに……」

「ゼン様は、そうやって、いつもすぐに謝られますでしょう？　それが、侍らしくないと思います」

「そうですか。私も、自分が侍らしいとは思っていませんが」

ハヤはくすっと笑った。

「ゼン様、お生まれは？」

「お生まれ？　歳のことですか？」

「そうです。干支《えと》です」

「それが、よくわからないのです。私は小さいときに、カシュウに預けられたのです」

「どこから？」

「わかりません」

「まあ、そうなんですか。それはまた、お寂しいことですね」

「うーん、いや、べつに、寂しくはありません」

「でも、もともとのお家《うち》がわからない、ということでしょう?」

「はい」

「私だったら、寂しく思います」

「どこの家だとわかった方が寂しいかもしれません」

「変なお方……。お歳もわからないのですか?」

「はい」

「そうですね、私よりも十はお若いでしょう」

「え?」これには驚いた。

「何を驚かれているの?」

「いや、その……」

ハヤがそんな年齢だとは思っていなかったのだ。同じくらいか、上でも二つ三つだと考えていた。自分が十五に見えるとは思えない。するとハヤは二十五よりもずっと上ということになる。まったくそうは見えなかった。線が細く、口をきかなければ少女のようである。たしかに、物言いはさすがに歳相応といったところか。

「どうしたのでしょう、急に黙りこくってしまわれて」

「はい、いえ……」

「嫁に行き遅れている、と思われました?」

「とんでもない、そんなこと……」

「可笑しい……」ハヤは笑いだす。自分の膝をぽんと叩いた。

しばらく笑っていたが、ようやく笑い止むと、袖《そで》を目に当てる。今度は泣いているのか、と思った。

「可笑しくて、涙が出ましたよ」

「そういうことがあるのですね」

「まだ笑わせるおつもりですか? ああ、可笑しい……。いえ、ごめんなさい。ゼン様のことをおききしていたのに」彼女はそこで大きく溜息をついた。「ああ、でも、久し振りです。こんなに楽しいのは。もっと早くゼン様にお会いしていれば良かった」

「どうしてですか?」

「私、来月には嫁ぐ身なのです」

「とつぐ? ああ、そうですか。それは、おめでたいことですね」

「ありがとうございます。父はずっと、婿《むこ》を迎えたかったのですが、上手くいきませんでした。どうしてでしょう。この村では、理屈を捏《こ》ねる難しい女だともっぱらの評判ですからね。でも、都にいる叔父様が縁談を持ってこられたのです。それで、その方と文を何度かやり取りしました」

「その方も、都の人ですか？」

「そうです」

「お会いになったことは？」

「ありません。来月都に上がって、初めてお目にかかります。そこで夫婦になります」

「へえ、よく決断されたものですね」

「叔父様の見立てを信じておりますから。いえ、まあ、それは表向きのこと。うーん、そうではなく、正直に申し上げれば、諦めた、ということですね」

「諦めた？」

「女は、結局はこうしないと認めてもらえない。つまりは、そういうことなのです。侍になることも、学者になることもできません」

「侍か学者になりたいのですか？」

「ええ」ハヤは頷いた。「侍は無理でしょうけれど、学者は本気でなりたかった。ずっとそう願っておりました。勉強をして、そして、子供たちに教えるのです」

「それは、べつに女でもできることではありませんか？」

「ええ、そう思います、私はね。だけど、どなたか立派な方のところへ嫁がなければ、やはり無理なのです。主人の理解があれば、女でも少しはできるかもしれません」

「そういうものでしょうか」

ハヤは頷いた。微笑んだが、何故か目から涙が零れていた。彼女は慌てて、また袖を上げる。

「ごめんなさい。まだ涙が出ているわ。可笑しいのかしら」

「可笑しくはありません」

「どうして、ゼン様にこんな話をしたのでしょう」

「どうしてですか？」

「わかりません。でも、なんていうのかしら。昨日会ったばかりのお方にはとうてい思えません。ゼン様は、その、お話をするうちに、なんだか自分が子供になったように感じます。ええ、無邪気さにつられるのですね、たぶん。いえ、貴方様が無邪気だなんて言っているのではありません。もっと、透き通った感じ、そう、神様みたいな」

「いえ、それは違います。神様は、こんな未熟者ではありませんよ」

「でも、ゼン様の近くにいると、心が洗われます」

どう答えて良いのかわからなかった。しかし、それに近いものを、自分はハヤに対して感じていた。彼女は無邪気だし、話をしていると、それまで気づかなかった正しさに直面することがある。自分はただ彼女の物言いの相手をしていただけで、彼女が見ているのは、鏡に映った自分なのではないか。彼女の言うことを、素直に返すような人間がたまたまいなかっただけなのではないか、と考えた。自分はなにも知らない身だし、なんとか彼女を理解しようと耳を傾けただけのこと。そういうことを言おうと思ったのだが、言葉にすると難しすぎる。上手く説明ができないと感じて、ついに口から出なかった。

4

シシドは小太りで頭の横にしか毛がなかった。しかし、顔はまだ若々しい。ハヤに似た大きな目をしていて、子供のときからこの顔だったのではないか、と思わされた。ハヤが口にした無邪気な感じだ。座敷で会い、挨拶をした。ハヤは彼のすぐ横に座った。娘の命の恩人、と言われ、深々と頭を下げられた。

「見事な腕前と評判でしたよ。村の者が皆、ゼン様の噂をしております」

「そんな大袈裟なことになったのですか。申し訳ありません」

「いえいえ、クズハラ様がこの村に来て以来のこと。剣豪というべき立派なお侍には、滅多に会えるものではない。クズハラ様が目を留められたのも、さすがというほかありません。いや、しかし、こうしてお姿を拝見するだけで……」そう言いながら、シシドは目を細めてしげしげとこちらを見た。「うん、風格と申しましょうか、これが、達人の佇まいというものか、と感服いたしました」

さすがに庄屋ともなると、お世辞が上手い。村のまとめ役ならば、こういった手腕に自然に長《た》けるものか。

「そう、それに、カシュウ様のお弟子様だそうで」

「はい。本当に奇遇です」

「懐かしいことです。私もまだ若かった。先代から引き継いだばかりの頃でした」

「もともと、カシュウがこちらへ来たのは、クローチ様を訪ねてのことだったのですね？」

「さようです。クローチ様は、私が子供の頃から、こちらにいらっしゃいます。先代と同い年で、大変気が合った仲でした。蔵にある書も、先代のときに、二人が集めたものでございます。その書を扱う都の商人を通じて、カシュウ様がこちらへいらっしゃいました。もちろん、竹の石のことをお調べになりたかったのです。でも、当時はここに現物がありませんでした。書き記したものはあっても、現物がない。それではどんな効用のあるものか、調べようもない、というわけです。ですから、クローチ様とよく竹林に入り、竹の石を探していらっしゃいました」

「それで、ついに見つけたのですね？」

「そうです。十日、いえ二十日ほどいらっしゃったでしょうか。ある日の夕刻のことです。そのときは私も、それに弟も一緒に、この捜索に加わっておりました。ああ、あともう一人、手伝いの老人がおりましたから、カシュウ様を入れると、全部で五人になります。そこで、ついに発見したのです」

「竹を揺すれば音がするのですか？」

「え？　あ、いえいえ、そんな簡単なものではありません。音は聞こえませんね」

「では、手当たり次第切るしかない、ということですか？」

「そのとおりです。しかも一本の竹のどこにあるのかもわからない。ですから、すべての節の間を改める必要があります。しかも一山の竹林に数十年に一度、生まれるかどうか、という代物《しろもの》なのです。竹を切り続けていたら、はげ山になってしまいます。いえ、たとえそこまでしても、簡単に見つかるものではありません」

「なにか良策はないのでしょうか？」

「いえ、それはもう、人間の勘に頼るしかありません。勘の良い方には、なんとなくそこではないか、というものが感じられるそうです。あるいは、竹の石の方に、自分を見つけさせる力があるのかもしれませんが」

「その石を持っていると、なにか不思議なことが起こりますか？　持っているだけで効能があるのでしょうか？」

「さあ、それはどうでしょう。ただ、ここだけの話ですが、あれが見つかって以来、たしかに良いことが続きました。都で大火事が続き、木材の値段が跳ね上がりました。この近辺の山の樹が高く売れましたね。蔵は一つだったのに、今は四つになりました。これまでの代よりも、私の代で一番豊かになったかもしれません。もっとも、私は金を使わない性分でして、先代まではいずれも道楽者でしたから、使わない分がただ溜《た》まっているだけ、ともいえますが」シシドは、にこやかに話した。「さて、では、ご覧に入れましょうか」

「本当に見せていただけるのですか？」

「はい、ここに」シシドはそう言うと、袂《たもと》から小さな箱を取り出した。片手にのるほど小さな箱で、竹細工のようだった。

シシドの指がその蓋《ふた》を開ける。

「どうぞ、近くへ」

招かれて前に出る。そして、彼の手の上にのったものを覗き込んだ。すぐ近くに明かりがあり、箱の中に収まっている丸い玉が輝いて見えた。色は白い。しかし、いろいろな色が混ざって渦《うず》を巻いているようにも見える。たしかに、見たことのない美しさがあった。これは、道場にあった貝の玉よりも少し大きく、格段に艶やかだった。また、形も均整が取れている。見たところ、少しの歪《ゆが》みもない。

「綺麗なものですね」感想を正直に述べた。「これは、石なのですか？」

「そういわれております。しかし、石というものが、何をもって石というか、私は知りません。ハヤ、お前はどう思う？」

「石や岩は、土が固まったものです」ハヤが答えた。

「竹から石が生まれるというのが、不思議ですね」

「しかし、竹は竹を生むのですから、そういうことを言えば、なにもかも不思議」

シシドが言ったことは、面白かった。ハヤが言いそうな理屈だったが、やはりこの父があってのこの娘、ということであろうか。

「触ってみますか？」シシドが言った。

「では」

近くに寄り、箱を受け取った。そして、指で中の玉に触ってみる。滑らかな感触だ。摘《つま》んでみると、意外に軽かった。

「これは、石よりも僅かに軽いですね」

「石にもいろいろあります」シシドが言う。「軽い石も重い石もございましょう」

貴重なものなので、早々に返した。シシドは大事そうに蓋を閉め、それを懐に戻した。

「薬にして飲む場合には、それを削るのですか？」

「そうです。粉にして、湯に溶き、さらに何時間も煮立てます」

「昔から、行われていたのですか？」

「我が家の代々の秘伝です。あまり多くの方には話しません。詳しいことも言いません。ゼン様は特別です。なにしろ、娘の命の恩人ですから」

シシドはそこでまた笑った。それから、肘掛《ひじか》けに手をついて、腰を上げた。

「さて、ちょっと、大事なものを仕舞って参ります。しばらくお待ちを。もう、そろそろ食事になりましょう」

襖《ふすま》を開けて、シシドは奥の座敷へ引っ込んだ。また襖を開ける音が聞こえたので、さらに奥か、あるいは通路へ出たようだった。

「いかがでしたか？」ハヤが尋ねた。

「何がですか？」

「竹の石です。ご覧になって、どう思われましたか？」

「どうって、見たままです。綺麗なものだなと」

「お信じになりましたか？」

「信じるも信じないもありません。あれが竹の中から出たとすれば、たしかに奇跡。珍しいものならば、それだけ価値があるように感じます」

「そうでしょうか？」

「どういう意味ですか？」

「いえ、また、あとで、ゆっくりとお話しいたします。常々、私はそれを考えております。もうずっと考え続けてきたといっても良いほどなのです。是非、私の考えを、ゼン様に聞いていただきたいと存じます」

シシドはすぐに戻ってきた。やがて、食事が運ばれてきた。明かりも加えられて部屋の雰囲気が変わり、三人で和やかな宴《うたげ》となった。シシドとハヤのやり取りが面白い。二人の言い合いを聞いているだけで楽しかった。

「そもそも、私に婿を取って家を継がせるというお考えが、消極的だったと思います。それよりも、お父様が後妻を迎えられ、男の子を作れば良かったのです」

「そう簡単にいくものか。後妻をまず選ばねばならぬ。そのうえ、今度は子供を産ませねばならぬ。生まれても、またお前のように理屈を捏ねる娘だったら、どうする？　今よりも酷《ひど》いことになるではないか」

「酷いとは、どういうお言葉でしょうか。ぐずぐずしているから、お一人になってしまうのですよ」

「いや、わからん。お前が出戻ってくるかもしれんからな」

「まあ、なんていうことを……。不吉なことをおっしゃらないで下さい。ゼン様が聞かれているのですよ」

ハヤが顔をしかめてこちらを見たが、そこでまたにっこりと笑みに変わる。シシドはまた笑った。酒を飲んでいるので、気分が良さそうだった。ハヤが酌《しゃく》をするために近づいてきた。最初の一杯だけ飲んで、あとは断っていた。今回も辞退する。

「本当によろしいのですか？」ハヤが首を傾げた。

「はい。飲まないことにしております」

「そうですか」ハヤは酒を置き、膝に手をのせる。「明日はお祭りですから、今頃、村の者はみんなお酒を飲んでいることでしょう」

「ハヤ様は、飲まれないのですか？」

「私は女ですから」

「酒には、男も女もわからないと思いますが」

「面白いことをおっしゃいますこと」ハヤがくすっと笑い、振り返って自分の膳《ぜん》から湯呑みを取った。盃《さかずき》ではない、湯呑みだ。彼女はまず残っていた茶を飲み干した。

「馬鹿話をしたせいか、少し喉が渇きましたわ」そう言って、その湯呑みをこちらへ差し出す。

「こらこら……」シシドが言いかけた。

「嫁入りまえの娘がなんということを」湯呑みを差し出したまま、こちらを見つめて、ハヤは呟いた。

「嫁入りまえの娘がなんということを」シシドが言う。それから、振り返った娘に睨まれ、舌打ちをする。

酒をハヤの湯呑みに注いだ。なみなみとなると、徳利《とっくり》の酒がちょうどなくなった。

「いただきます」ハヤはそれに丁寧に口をつける。そしてゆっくりと、しかし一気に飲み干した。はっと息をつき、「ああ、美味しゅうございました」と言う。

「まったく、こいつが男だったらと、いつも思います」シシドが言った。「無礼は、どうか許してやって下さい」

「竹の石を煎じて飲めば女が男に変わる、となれば、私にそれを飲ませましたか?」ハヤがきいた。

「酔っておるな。何を言うか、馬鹿者が」

「けれど、老いない薬も、女を男に変える薬も、大差はございません」ハヤは澄まして言った。

「同じように、自然の流れに反しておりましょう。ね、ゼン様、そうではありませんか?」

「ええ」頷いてみせた。

しかし、さらに考える。

老いることとは、つまり移り変わること。おそらく、ものが古くなり、朽ちていくことと同じ道理だろう。しかし、男が男であり続け、女が女のままであるのは、犬が犬であり、石が石であることと同じような気がする。生まれたときに、既に男と女は分かれている。同じ腹から生まれても、両者が途中で入れ替わるようなことはないはず。どちらかといえば、朽ちることを留める方が可能なのではないか。

ただ、それでも、まったく老いないというわけにはいかないだろう。死ぬ時期を遅らせる効果がある、といった程度か。そうなると、長寿の秘薬ということになる。そういう類であれば、ほかにいくらでもある。カシュウは、それらについてよく語った。すなわち、誰かがその効き目を試し、実際に長く生きたとしても、それが薬のおかげだと断言することはできない。そもそも、人がいつ死ぬのかということが定まっていないのだから、寿命が延びたのか縮んだのか、判別のしようがないのだと。

けれども、病に効く薬はある。怪我に効くものもある。痛みを和《やわ》らげるものもある。それらは、自然の摂理に反しているとはいえないのか。

場が少し静かになった。シシドが眠そうな顔である。

「お父様、お休みになられては？」ハヤが言った。

「うん、そうさせていただくか……」

「私も失礼をいたします。ご馳走になりました」お辞儀をした。

「退屈だったのではありませんか？」シシドがきいた。

「いえ、とんでもない」

「では、失礼を……」シシドは立ち上がり、部屋から出ていった。

通路にいた女中が膳を片づけに入ってきた。

立ち上がって通路へ出ると、ハヤが少し遅れてついてきて、私の部屋へ、と言った。お茶なら飲まれますか、ときくので、それには頷いた。ハヤは、一度戻り、女中に熱いお茶を運ぶように、と指示をした。

艶やかな廊《ろう》の板が、明かりを反射していた。突き当たって、角を曲がったところで襖をハヤが開ける。真っ暗だったが、待っていると、廊の明かりから火を移し、ハヤが部屋の明かりを灯した。

「どうぞ、こちらへ」

招かれて入り、部屋のほぼ中央にあった座布団に腰を下ろした。作業台のような小さな机が隅にあった。紙や筆が箱の中に収まっている。ハヤも上座に座った。

「さきほどのお話ですけれど、私は、正直に言いますと、竹の石の効能をまったく信じておりません。ですから、あの丸い石には、見た姿が綺麗だという以上には価値がないものと考えております。何故そう考えたのかということを、今からお話しいたします」

さきほど一気に飲んだ酒で、ハヤの頬は少し赤かった。しかし、酔っているとは思えない。言葉はいつものとおり歯切れが良い。いつにもまして、しっかりとしているようにさえ見えた。自分の頭の中にある言葉を、表に出したくてしかたがなかった、と言わんばかりの勢いだった。

「まず、自然の摂理に反しているということです。これは、さきほども申し上げたように、不老というものがそもそもありえないことだからです。生きていることと、老いることは、まったく同義です。赤子から大人に成長するときでさえ、老いているのです。油に火を灯せば光り、熱を発しますが、しかし、油はなくなります。ものが変化をするから、光や熱が生じます。生きていることは、まさにこれと同じ変化の集まりで、私たちも動物たちも命の火を灯し、そして命の元となる油を使い切るまで生きます。ものが燃えれば、そこにあるものは焦《こ》げて、捩《ねじ》れて、やがて灰になります。これがゆっくりと現れるのが、つまり老いというものです。したがって、老いを薬によってなくすことはできません。それは、火を消す以外にない、熱を冷ます以外にありません。それはつまり、死んだ状態です」

「しかし、死んでも、やはり躰は朽ち果てていきます」面白い話だが、つい口を挟みたくなった。

「死んだ躰が朽ち果てるのは、また別の生き物のためです。風の中や土の中にも生き物がいます。それらが食べているのです」

「本当ですか？　では、生きているものをどうして食べないのですか？」

「食べていますよ。でも、それに応じられるほど、生きている躰は、どんどん新しいものを作ります」

「あの、それは、なにかの書にあった話でしょうか？」

「いいえ、私が辿り着いた結論です。私は、花が大好きで、花を採ってきては、植えてみたり、飾ってみたり、あるいは、仕組みを調べるために、細かいところまで観察をしました。花が枯れるのは、花のせいではありません」

「何のせいですか？」

「花はただ、役目を終えただけです。花を枯れさせるのは、別のもの。それは、風の中にあるものです。花を水につけておけば枯れにくくなります。でも、水の中にも細かい風があります。そこで、すべてを凍らせ、花を氷の中に入れておけば、いつまでも美しいままです。氷の中の花は、生きているわけではありません。凍った魚もいつまでも腐りません。死んでいるのに、腐らないのです。それは、風が入り込めないからです」

難しい話に、素直に感心した。この女性が語っていることは、この人が考えたことだ。そこがなによりも素晴らしい、と思えた。

「少し話はずれますが、さきほどの男女のこと」ハヤはそこで少し上目遣いにこちらを見た。珍しい表情だった。「花にも雄と雌があります。そもそも、どうして雄と雌、男と女に分かれているのか、それはたぶん、簡単に増殖しない仕組み、すなわち、抑制のためだと思います。その生き物があまりに増えすぎることに対して、歯止めをかけている仕組みなのです。そういうわけですから、男女の仲というのは、難しいのが正しい、ということになりますね」

そこでまた、ハヤはこちらを見た。しかし、すぐにまた視線を宙へ向ける。

「さて、話を戻します。二つめの理由というのは、ただ単に説明ができないから、それが神秘だ、それが神の業《わざ》だ、という解釈、それだけならば、まだ良いのですが、そういう根拠がないことによって決めつけた神秘と、それによって病が治る、不老の生が得られるといった神秘を、さらに結びつけようとする横暴さを、許してはいけない、ということです。それは、もはや理屈でもなんでもありません。竹の中に石があることは、たしかに私たちの常識からすれば不思議なことです。それは、竹というものが存在することや、石というものがどこにでもあることと同じくらい神秘です。それなのに、どうして、竹や石では、不老の生が得られるという話にならないのでしょうか。異なっているとすれば、単に、珍しいということだけです。そうでしょう?」

「そのとおりです」これは、つい頷きたくなる理屈だった。

「竹の中に丸い石が育つことが、本当に奇跡だとしましょう。でも、その奇跡と不老の生に何の関係があるでしょうか。珍しいものには、なにか御利益《ごりやく》があるという考え方は、古来《こらい》沢山のものに見出せます。そう、茶柱が立つといった類です。珍しいものに対しては、不吉なものか、あるいは幸運を呼ぶものか、とつい想像をします。これは理屈ではなく習慣です。どうして、こんな習慣が生まれたのかというと……。わかりますか？」

「いえ、全然わかりません」首をふった。

「私の話、続けてよろしいですか？」

「是非続けて下さい。大変面白い」

「ありがとうございます。嬉しいわ。はい、どうして、珍しいものを不吉か幸運に結びつけるのか、というと、それは、珍しいものが記憶に残りやすいからです。だから、そのあとたまたま悪いことが起こったり、それとも逆に良いことが起こったりしたときに、ああ、あの珍しいもののせいだ、あれのおかげだ、と考えるのです。べつに、それがなくても、悪いことも良いことも、いつも起こり続けているのですけれど、因果《いんが》を考えたくなるのが人情というもの。そして、そう関連づけることによって、次は悪いことから逃れよう、良いことがまた起こるようにしよう、と縋《すが》るものが欲しい。すなわち、人情が生み出した言い訳のようなものなのです」

「なるほど、それは卓見《たっけん》ですね」

「ですから、竹の石も、たぶん最初に見つかったとき、そのあと偶然良いことがあった。それで縁起の良いものと決めつけられたのです。そのうちに、これは飲めば病に効くはずだ、と言いだす者がいたのでしょう。そこまでいくと、もうずる賢い企《たくら》みの類だといってもよろしいと思います」

それは、少々言い過ぎではないかと思ったが、口を挟まず聞いていた。ハヤの弁舌はますます冴《さ》えてくる。

「これが効くと言っておいて、もしもそれが効かなかったときには、ちゃんと用意した言い訳があるものです。使い方が間違っていた。ここが足りなかった。あれがいけなかった。これでも効いた方ですよ、と言うのです。なにしろ、珍しいものですから沢山はありません。大勢が何度も試すわけにはいかないのですから、どれほど効果のあるものか、比べることができません。いえ、比べる方法があるとしたら、それは、双子のように同じ条件の人間が二人いて、一方には薬を与え、他方には与えない、それ以外にはまったく同じようにする、といった試みをする以外にありません。そのような事例が多く集まって初めて証《あか》されることです。たとえば、沢山いる鶏や魚に与えて調べてもよろしいでしょう、誰かが、そんな試みをしたでしょうか？　少なくとも、真の良薬というのは、そのような結果が長年の間に積もり積もって、ようやく広く薬として使われるようになったものです。言い伝えや、僅か一例の書に記されていたというのでは、心細いかぎり。信じることはできません」

彼女がそこまで竹の石の価値を否定するとは思わなかった。もし、本当にそうならば、今危惧《きぐ》されている盗賊の話は、いったい何のための不安か。

「それでは、ハヤ様は、あの宝を欲しい者にくれてやれば良い、とお考えですか？」

「はい。ゼン様がそれをおっしゃったとき、私は目が覚める思いがいたしました。考えてみれば、代々このシシド家は、そうしてきたのです。今回に限って、自らのものとして隠し持ったこと、それが間違いの元だったといえます。ただ、これは、父には言えません」ハヤは首を横にふった。「あの方は、信じていらっしゃいます。あれが見つかったのは、私が小さな子供の頃。母が亡くなったすぐあとのことでしたから、もう二十年以上も、父はあれを愛《め》でて生きてきたのです。ですから、とても言えるものではありません」

「お優しいのですね」

「信じることには、なにも問題はありません。ところが、今はそれが仇《あだ》となってしまったのです。早々に手放していれば良かった。秘密はいつかは漏れます。漏れれば、そこに人の欲が絡《から》みます。無理にでも手に入れよう、人を殺してでも奪い取ろう。そんな怪物のような考えが育ちます。生来、人の欲望というのは、自分で勝手に築いた妄想に対して抱くもの。実の価値などないことに気づかない。気づかない者どうしが争うのです」

「私も、それが正しいような気がします」

「ゼン様にならば、わかっていただけると思いました」

「しかし、ハヤ様は、悪党に攫われたときには短刀で自害するとおっしゃったとか。そのような価値のないもののために命を落とすというのは、理屈が合わないのではありませんか？」

「さすがにゼン様は、よく理解されていますね。ええ、そのとおりです。私は、自害するつもりなど毛頭ありません。攫われたときには、今、ゼン様に話したとおりのことを敵に説明します。そして、竹の石も、どうぞお持ち下さい、と差し出しましょう。在処も教えましょう。父には申し訳のないことですが、娘の命と比べて、いずれが大事かということがわからないほど、あの方も老いぼれてはいらっしゃらないはずです」

「そうですか。わかりました。少し気が楽になりました」

「楽になさって下さい」ハヤは微笑んだ。「お祭りを楽しんでいかれるのが良いと思いますわ。変な争いに巻き込まれないよう、お互いに気をつけましょう。本当に、できることならば、その敵の大将に会って、早くこちらの真意を説明したいものです」

「お父様に内緒で、ですね？」

「ええ、そう。そこだけが、どうしても理屈では割り切れないところなのです」

「今のことは、誰かにお話しになりましたか？　ハヤ様の真意をご存じの方はいないのですか？」

「誰にも話したことはありません。ずっと心に秘めて参りました。でも、どうしても今日は我慢ができず、ゼン様にだけは聞いていただきたいと考えました。はしたないことですが、お酒を飲んで勢いをつけました。たぶんそれは、私という人間のことを、わかっていただきたいという欲の現れでしょう。まことにお恥ずかしいかぎりです。どうか、どうかお願いいたします。胸にお収めになって下さい」

　ハヤは頭を下げた。

「いえ、聞いて良かったと思います。実は、私も話を聞いた当初から、どうも信じる気になれませんでした。私は、世間の常識というものを知らない。だから、聞いたことだけから、私が知っていることだけから判断をするしかありません。私にしてみれば、どうしてそんなものを信じるのか、という方がむしろ不思議です。そう、あれは海の貝が作る玉に似ていますね。クズハラ様の道場にも一つ飾ってありました」

「真珠ですね」

「シンジュというのですか。あれは、本当ですか？」

「本当です。貝の中に最初、なにかの弾みで小さな石が入るのです。その石の周りに、貝が少しずつ自分の液を塗っていく、それであのようなものが作られます。貝は、貝殻を持っていますでしょう。あの貝殻の傷を直すために、液を出すことができるのだと思います。貝殻の裏側の艶やかさは、あの玉に似ています」

「では、石ではないのですね？」

「石といっても、いろいろなものがありますが、貝殻は、ほとんど石のようなものかと。石の中に貝が入っているものもあります。人や動物の骨だって、石のようなものです。歯だって石みたいでしょう?」

「ああ、そう言われてみれば、そうですね」

「牛の角なども、石のようです。金物ほど強くはありませんが」

「刀を作る鋼《はがね》は……、あれはもともとは石ですか?」

「石です。普通の石よりも硬くて重くて、強い石だそうです。その石を焼いて、叩いて、強いものだけを残し、弱いものが溶け出るようにします。だから、元の石よりもさらにずっと強くなるのです」

「なるほど。そういうことを、ハヤ様はどのようにしてお知りになったのですか。やはり書を読まれたのですか?」

「はい、そうです。ほとんどは、クローチ様から教わりました。私が子供のときからずっと、クローチ様が私の師です」

クローチは、たしかに奥の深そうな人物だった。その意味ではカシュウに似ている。友人だったというのも納得できる。

自分も、子供のときからカシュウが師だった。ハヤと自分の二人に共通する、理屈に頼る質《たち》は、理由を突き詰める師から学んだものだと思われる。

話が途切れ、ハヤはしばらく黙っていた。自分も、今ハヤが話したことを考えていた。そして、どうすれば現在の問題を上手く解決することができるだろう、という方向へ考えていこうとしている。

ただ、頭の良いハヤならば、既にそんなことは考えたはずであり、その彼女でも、これまで手が打てたわけではないのだ。自分に良い策が思いつけるという自信もなかった。

「今一つお話ししておきたいことがあります」ハヤが言った。「さきほど私、後妻を迎えられない、などと横柄《おうへい》な口をききましたが、父には、好いている女の人がおります。一年ほどまえに、この家に来て、今は父の身の回りの世話をしています。父は内緒にしているつもりですが、それは見たらわかります。どこかで見つけて、連れてきたようです。いえ、私は全然悪いことだとは思っておりません。気にしているのは父の方です。私が家を出ようと決めたのは、実はそのことがあったからなのです。私がいなくなれば、父はきっと後妻を迎えるでしょう。私が近くにいては、あの方は言い出せないのです」

5

離れに一人で戻った。いちおう、庭をぐるりと回って異状がないか確かめた。門は閉まっている。誰も庭にはいなかった。月が出ているので明るい夜だ。そして、静かだった。

クローチの蔵の前も通りかかった。窓から中の明かりが確認できた。やはり、蔵で寝泊まりしているようだ。

離れの垣の内で、刀を構え、剣の型を確かめた。ただ構え、刀身に映る月明かりを眺めた。雑念を振り払い、呼吸を止め、ゆっくりと切っ先を走らせた。

すっと、周りの闇が消えて、明るい草原の中に立つ自分を見た。けれども、次の瞬間には、地面に星が瞬《またた》き、己の頭上に地面があった。刀はいつも躰の中心にある。

斜めに刀を向ければ、どこからともなく落ちてきた露が一筋流れた。また振りかぶれば、さらに風の中に数え切れない蝶《ちょう》が舞った。それらは、やがて人の手の形となり、指を動かすのだった。

呼吸を戻し、自分が動いていないことを確認する。

躰も剣も、動いてはいない。

ただ、心に映したものが動くだけだ。

動くと考えているだけだ。

人は生きているのではない。

生きていると考えるだけだ。

では、考えるとは、何か？

背筋が寒くなる。考えるとは、すなわち恐れることだろう。考えるほど恐ろしくなるからだ。考えないものは、なにも恐れない。恐れるから藻掻《もが》く。逃れようとする。それを活路という。刀は、その活路を走る。それが筋だ。相手を斬らなければならない。そこにしか、己が生きる道はないからだ。

生きるということは、すなわち死に物狂いというわけか。

鞘に刀を納め、部屋の中に入った。まだ、二夜めなのに、もう長くここにいるような気がした。シシドの家のことを古くから知っているような錯覚があった。カシュウがここを訪れたのは、二十数年もまえのこと、自分が生まれるまえのことなのに、そのときのカシュウと自分を無意識に重ねているのかもしれない。おそらく、カシュウも竹の石については、自分と同じように考えたはずだ。それは、ハヤが語った理屈に近いものだったはず。カシュウが迷信の類を信じるとは思えない。

したがって、カシュウが竹の石を探し求め、それをついに発見したという話は、どうもそのままではないように思えるのだった。きっと、表向きとは違う目的があったのにちがいない。

さて、それよりも問題は、自分がこれからどうするのか、ということ。

シシドの家の危機は、本当のことだろうか。クズハラが内密に得た知らせというのは信じられるものだろうか。それがもし本当の場合、どうすれば解決ができるか。敵は奇襲してくるのが当然。毎日万全の防備をするなど無理な話。ここは城でも砦でもなく、兵もいない。襲われれば、たちまち家の者は囚《とら》われ、あるいは殺される。

ただ、宝が奪われるかどうかはわからない。それは、隠し場所による。小さなものだから、どこにでも隠せるだろう。その気になれば、絶対に見つからない隠し場所が作れるはずだ。

それを敵も当然予想している。予想しているから、攻められないのか。人を殺したところで利はない。捕らえてみたところで口を割らなければ、それまでだ。宝がもっと大きなものであれば、隠しようがないから、すぐに攻められていただろう。

問題は、その宝が実は価値のないものだ、という点である。ハヤの意見に自分は同意する。実物を見せてもらったが、どう考えてもそれほどの価値があるものとは思えない。金と同じだ。金も価値があるものとは自分には思えない。ただ、世間の大勢が信じているから、そのやり取りができるというだけである。竹の石の場合もまったく同じで、効用を信じる者は、あれを得るために大金を出すだろう。人の命に代えても奪おうとするだろう。

なんとか、やめさせることはできないものか。ハヤが言ったように、敵の大将と話ができるならば、説得するなり、あるいは、宝をくれてやるなりすれば良い。ただで与えれば、価値がないものだということを知るかもしれない。

否、そんなに容易くことが運ぶだろうか。おそらく、簡単に差し出せば、偽物にちがいないと疑うだろう。こちらの言うことなど信じてもらえないのではないか。人間というのは、自分が信じるものによってのみ動かされる。信じるものに基づいてすべてを考える。カシュウがそう言っていた。見たままのもの、あるがままのものを認めているのでもなく、考えているのでもない。見るものさえ、信じるものによって歪められる。そこにないものさえも、妄信していれば、たしかにあるものとして見えるという。

敵の姿もなく、守るべき宝も価値がない。ただ、不安があるだけだ。

布団は既に敷かれていた。横になって考えたのは、昨夜の訪問者のことだった。今夜は来ないのだろうか。会って、もう少し詳しく話がしたいものだ、と思った。

しかし、そのまま朝になった。ぐっすりと眠れたようだ。これは、幸せなことである。何事もなく、このように日々が過ぎていけば良いのだが。

女が運んできた朝飯を食べた。そのあと、片づけにきた彼女に、風呂《ふろ》に入らないか、ときかれた。

「朝から風呂ですか?」と問い返すと、

「祭りの日ですから」と言われた。

なにかそういう風習があるのだろうか。とにかく、母屋へ案内され風呂に入った。良い香りがする湯だった。花の香りだろうか。どこか、そんな香りである。外で薪《まき》を燃やしている女に、湯になにか混ぜているのか、と尋ねると、知らないという。これは普通の風呂だと言い張った。普通ではないと言っているのではない、と謝ったのだが、どうも謝ったようには受け取らなかったらしく、本当に私は知らないのです、と泣きだしてしまった。どう勘違いしたのかわからない。

これには少々困った。着物を着てから、もう一度謝ろうと思ったが、既に姿が見えなかった。それで、母屋の中、通路を歩き、人を探した。すると、ばったりとハヤに出会った。

「おはようございます」挨拶をしてから、風呂のことで礼を言う。そして、風呂場で女が勘違いをしたようなので、困っていると説明した。

「はい、承知しました。ちゃんと話しておきましょう」

「ありがとうございます。こちらは、何がなんだかさっぱりわかりません」

「あれは、風呂の湯の香りではなく、桶《おけ》の香りです。最近新しくしたのです」

「そういえば、綺麗な桶でした」

「知らないことをきかれたので、叱られたと思ったのでしょう。お侍さんと話すことが、彼女にはもう特別なことなのです」

「そういうものですか。謝っておいて下さい」

「わかりました」

「いろいろお世話をしてもらっていることにも、感謝をしていると」

「そんなことを伝えたら、また勘違いされましょう」

「どうしてですか？」

「世話をするのは彼女の仕事。当たり前のことです。そういうものに、礼を言ったり、感謝をするのは、筋違いなのです」

「私はそうは思いませんが」

「いえ、それが世間の常。普通の者には、ゼン様のお気持ちは通じません。逆に、なにか下心がある、と疑われるだけです」

「それが勘違いの元ですか」

「そういうことです」

「難しいなあ」思わず溜息をついた。

「お祭りを見にいきましょう」

「あ、はい、べつにかまいませんが。でも……、あまり人が多いところへは出られない方が良いのでは？」

「人混みへは近づかないようにします」

むしろ人混みの方が安全だろうか、とも考えたが、よくわからない。そもそも、どんな場所で、どんな人たちが集まるのか、想像するばかりで、実際に見たことはないのである。

「わかりました。お供します」

「なんだか、お姫様になった気分です。お侍さんを従えて出歩くなんて」

ハヤの支度《したく》があるため、離れに戻って待った。クローチから借りた書を読んだ。風景画が収められたものには、地名が書かれていた。ということは、実際にこういう風景の場所があるということである。少なくとも、その書にある風景で自分が知っているものは一つもなかった。自分は、実物を眺めながら描くのか、あるいは見たものを思い出して描くものか、少し想像してみた。実物を画というものを描いたことがない。紙の上に実際のものを記すことは、考えてみると難しいことだとわかる。田舎の風景よりも、街の風景の方が面白い。大きな橋を大勢の人間が渡っている画をしばらく眺めていた。

例の女が部屋に入ってきた。表情は硬く、戸口に立って、ただじっとこちらを見る。なにかを持ってきたのではなさそうだった。部屋の掃除だろうか。

「あの、すみませんでした」立ったまま頭を下げた。

「ああ、いえ、こちらこそ」風呂のことだ。「なにか、私の言葉が悪かったのでしょう。文句を言ったつもりはなく、ただ、良い香りがしたので、理由をきいただけだったのです」

「はい」女は頷いた。

しかし、まだ立っている。今はこちらを見ているわけではなく、自分の足許を見つめていた。膝をついているのでもない。座りもしない。

「どうしましたか？」

「はあ……」ちらりと視線だけ上げてこちらを見る。「あのぉ、この家が襲われると聞いたから。あの、皆殺しにされるかもしれんと」

そういう話は、やはり家の者にも伝わっているのだ。

「でも、お世話になっているから、逃げるのもいかんし」

「心配をしているのですね？」

「お侍さんが来たから、もういよいよだって」

「私のことですか？」

「そうです」

気休めを言ってやるべきだったかもしれないが、残念ながら、適当な言葉を思いつかなかった。黙っていると、女はそのまま立ち去った。どうやら、風呂での話で泣いていたのではない、ということらしい。その説明がしたかったのだろう。

不安になるのは、もっともなことだ。むしろそれらを忘れて普通の暮らしを続けることの方が不思議といえる。

戸口で声がしたので出ていくと、クローチが立っていた。手に書を持っている。

「新しいのを持ってきました」それをこちらへ手渡す。

「あ、では、昨日のものをお返ししなければ」と家の中に入ろうとすると、

「いや、急ぐものではありません。ゆっくりとご覧になられるのがよろしい。では、ごめん」と立ち去ろうとした。

「あ、あの……」

「はい、何ですか？」クローチは立ち止まり振り返った。

そこで、今の女中のことを話した。

「家の者は皆、心配しているでしょうね」

「そう。一時《いっとき》のことであれば、我慢もできようが、ずいぶん長くこの状態が続いている。逃げ出

した者もあると聞きます」

「いつ頃からのことなのですか？」

「うーん、もうかれこれ、そうですな、二年くらいになるのでは」

「そんなにまえから」

「そうですよ。最初の頃の方が、張りつめておりましたな。昼間でも門を閉め、夜も交代で見回りをしておりました。竹槍《たけやり》を持ってね」クローチはそこで少し微笑んだ。「いつの間にか、それも緩みました。そういうものは長くは続かない。今はもう普通のことになってしまった。本当に来るのか、という疑いの方が大きくなっている。ゼン殿の世話をしている女は、まだ若い。あれは来たばかりの者です。だから馴染《なじ》めないのでしょう」

なるほど、今の状態は、既に緊張が緩んだものなのだ、と理解した。自分はもっと緊迫した状態を想像していたのだが、少し考えを改めた方が良いかもしれない。

「あの、もう一つ、おききしたいことがあります」クローチに近づいた。「竹の石のことですが、カシュウが見つけて以来、探しにいった者はいないのですか？」

「さて、どうでしょうな。それは、誰でも探しはしたはずです。ただ、私が知るところでは、大勢で大捜索をしたということはなかったし、また、もちろん見つけたという話も聞かない。そう簡単に見つかるものでもありますまい」

「シシド様が指示をされて、家の者が探すということはなかったのでしょうか」

「なかったと思いますよ。つまり……」クローチも声を落とした。「あの一つで、シシド様は満足されたのでしょう。代々竹の石を採ってきた家なのに、自分のところには一つもない、その不満がもともとの捜索の動機だったわけです」

「では、カシュウがここへ来るまえには、何度か捜索を行っていたのですか」

「ああ、そうそう。そうです。やっていましたな。でも、見つかりませんでした。やはり、スズカ・カシュウという男には、そういう運がついていたということです」

「運?」思わず首を傾げてしまった。

「信じておられないご様子ですな」

「あ、いえ、失礼しました」

「信じずとも、結果としては、運がついて回るもの。カシュウ殿が天下の剣と呼ばれたのも、あれは幸運の結果。本人がそう語っておりましたよ。実力だけでなれるものではないと」

「どのような幸運だったのでしょう?」

「いや、昔のことです。私は詳しくは知らない。聞いたかもしれないが、すっかり忘れてしまいました。あまりにも、沢山のことを毎日頭に入れるから、端から忘れていってしまう、というわけですな」クローチは笑った。

6

ハヤは美しい装いだった。鮮やかな着物、それに髪飾り。一瞬じっと見つめてしまったが、気がついて視線を逸《そ》らせた。それから、お姫様と彼女が言ったものを想像した。姫というのは、高貴な者の娘のことだが、どんな姿をしているのだろうか。おそらく、着ているものと、飾りが違うだけだとは想像する。それは、男でも同じだろう。人間自体が違っているとは思えない。たとえば、犬と馬のように別のものであろうはずはない。もしも、そこまで違うものならば、同じ言葉を話すこともないだろう。

海の向こうにいる人間は、どうなのだろう。言葉が違うというのは、別の動物だということだろうか。

動物というのは、不思議なことに、姿形や大きさが違い、行動も性格も異なっているのに、たとえば、目や耳の数は同じだ。三つ目の動物は見たことがない。いずれも、人間とだいたい同じところに顔があり、耳があり、手や脚の数も同じだ。大きく違っているのは、人間に尾がないというくらいではないか。もっと沢山の違いがあっても良いはずなのに、どんな理由でこのように似たものとなったのだろう。

門を出て、二人で並んで歩き始めたときに、その疑問をハヤに尋ねてみた。すると、

「何を考えていらっしゃるのかと思えば、そんなことですか？」と笑われてしまった。「着物のことなど、一言もおっしゃらないのですね」

「あ、いえ、綺麗だと思います」

「それはどうも」ハヤは少しだけ口を尖《とが》らせたが、すぐに笑顔に戻った。「動物は、だいたい同じ形ですけれど、虫になるとずいぶん違います。虫の脚は六本あります。蜘蛛《くも》は八本あります。鳥には翼がありますが、手がありません。ヘビには手も脚もありません。水の中のものは、さらに違いますね」

「大きな動物は、しかし、だいたい同じ形です。これは、やはり人間に近いものということですか？」

「普通にある答は、神様がお作りになったのですから、人の知恵の及ぶところではない、ということです。けれど、私はそうは思いません。神様がいるとは思えない。こんなに沢山のことを神様が全部決めるなんて無理な話です。この世にあるものは、自《おの》ずと生まれたもので、誰かが考えて作ったものではありません。その自ずと生じるものが、生き物ということです」

「しかし、手や脚が自ずと生じたとは思えません。生まれたときからあります。何故、皆が同じ本数の手や脚を持って生まれるのでしょうか」

「そういうことを考えるゼン様が、とても素晴らしいと私は思います」ハヤは遠くを見る眼差しだった。「どうして、皆はそれを問わないのでしょうか？　いえ、私にはお答えするだけの知恵がありません。もっともっと学んで、調べて、そういうことを考えている人と話がしたい。それでも、すべてを知るには、あまりにも世の中は大きすぎる。人間は小さすぎます。あっという間に死んでしまうのです。しかも、毎日食事をして、夜は眠って、しなければならないことがいっぱい。私はまだ恵まれていますけれど、普通の人はもっと忙しいのです。お百姓さんは、日が昇れば畠に出て、ずっと仕事をしなければなりません。不思議なことに目を向けて、考える暇などありません。人と議論をする言葉を覚える時間もありません」

「だけど、お祭りは、みんながするのですね」

「そう」ハヤは頷き、そしてくすっと吹き出した。「そうですね。本当に、変なこと。きっと、考えないことの後ろめたさなんじゃないかしら」

「そんなふうに考えているでしょうか」

「考えてはいないけれど、なんていうのかしら、そうやって、正しいものから外れていくことを嘆いているのです」

「どういう意味ですか？」

「お祭りには、きっと昔は大事な意味があったと思います。なにか重要なことを決めたり、みんなの意志を確認する場だったんじゃないかしら。それが、今は単なる無礼講《ぶれいこう》になりました。お酒を飲ませて、実害のないもので鬱憤《うっぷん》を晴らさせる、そういう代用というべきもの」

難しくて、よく理解できなかった。ハヤが考えていることは、きっと自分にはわからないだろう。ごく一部の簡単なものだけを、彼女は語っているのではないか、と思えた。

　昨日の場所の近くを歩いていた。キダを斬った場所だ。道のどの辺りだったか、と目が自然に探していた。血は地面に吸い込まれ、もう跡もわからない。黙って、そこを通り過ぎ、カギ屋の横を通る。

　店の前で掃除をしている女がいた。街道には、何人か人の姿がある。向かいの質屋の戸は相変わらず閉まっていた。ハヤは、「ちょっとお待ち下さい」と言い残し、カギ屋の女のところへ行った。なにか話しかけていたが、すぐに戻ってきた。

　しばらく街道を進むと、やがて左に分かれ道があった。真っ直ぐの広い道で畠と林の間を抜け、ずっと先に鳥居が見えた。かなり大きな鳥居だ。大勢の人間が集まっているのもわかった。太鼓の音が鳴っている。竿《さお》を立て、高いところに長い布を結んでいる。風に靡《なび》かせているのだ。旗のようではあるが、なにかが描かれているわけではなさそうだった。

　その道を進み、何人かの人間とすれ違った。同じ方向へ歩いている者も、いつの間にか数人いる。近いところに他人がいるのは、どうも緊張する。特に、自分一人ではないので余計に気をつけなければならない。

　ほとんどの者は、ハヤに頭を下げた。ハヤもそれに応えている。顔見知りなのだろう。

　鳥居に近づくと、地面に品を並べて、それを見せている人たちがいた。よく見ると、竹で作ったものが多い。

「あれは、何をしているのですか？」ハヤに尋ねた。

「竹細工を売っているのです」ハヤが説明してくれた。「職人の小遣い稼ぎです。この地は、竹細工が盛んなので、沢山の職人がいます」

並んでいる品々は、たしかにどれも竹で作られたもののようだったが、何に使うのかはよくわからないものが多い。籠《かご》や桶の類はわかったが、鳥の形に削ったものや、笛のようなものもある。子供が大勢近くに集まり眺めているから、子供のおもちゃなのかもしれない。

太鼓の音は大きく、そして複数になった。笛の音も聞こえてきた。神社の鳥居を見上げると、大木のように高い。もちろん、木でできているわけだから、これよりも大きな樹があったのだ。その樹を切り倒し、形に削り、組み合わせる。そこまでは想像ができたが、いったいどうやってこれを立てたのだろう、と不思議に思った。大勢の人間で力を合わせたのだろうか。もちろん、大きな建物を造ることに比べれば単純な作業かもしれないが、一時に大きな力が必要になるはずだ。

一番高いところに、文字が書かれた額があった。奇妙な形の文字で読めなかった。

その鳥居を潜《くぐ》ると、神社の境内《けいだい》になる。辺りは高い樹が立ち並ぶ森林だが、土地自体は平たく、山ではない。

神社というのは、寺とはまた違うものだ。寺には仏像があるが、神社にはその種のものがないという。神様を祀《まつ》ってあるが、神様には姿がないということだろうか。仏様は、話に聞けば、我々と同じ人間だったという。神様は人間ではない。人間よりも昔からこの国にいたらしい。そういう話はカシュウから聞いたのだが、カシュウは作り話だ、と笑っていた。作り話ならば、このような立派な鳥居を立てるのは不可解なことだ。やはり、信じている者が多いということか。

そうか、竹の石と同じだ。

昨夜、ハヤが話してくれたことを思い出した。神に祈れば、良いことが起きる。そう信じている者は、良いことがあれば神のせいにする。なにも起こらなければ、神様のおかげでなにごともなかったと思う。もし悪いことがあれば、祈りが足りなかったと考えるだろう。そう解釈すれば、なにがあっても信心は深まるばかりである。

だから、これだけの人間が集まり、これだけの建物が造られる。きっと神を信じているのだろう。世の中には、竹の石の類は、数知れず存在するにちがいない。否、たとえば、侍が刀を信じるのも、考えてみたら同じではないか。剣の道に正しい生き様があると信じている。信じているからこそ、辛《つら》い鍛錬を乗り越えることができる。どこが違うというのか。

こうして突き詰めてみると、つまりは、己を信じることが難しいために、なにかほかのものに縋ろうとする、ということだろうか。それさえ手放さず大事にしていれば、自分は救われる、と考えるのだ。自分を信じることができるならば、最初からなにもいらない。刀も神も、祈ることも縋ることも無意味だ。しかし、その域に達することができるのは、よほどの達人あるいは高僧か。

振り返ってみると、自分はまだ自分を信じることができない。とうていできない。このような中途半端な強さでは、なにも解決できない。人を救うこともできない。それだから、落ち着かないし、逃げてばかりだ。できるだけ、難しいものを避けようとしているではないか。

辛い修行をしようとは思わない。できれば楽をしたい。そう考えているのは、この程度で満足しているからではない。そういう修行によって本当に高みに上がれるとは、今ひとつ信じられないからだ。信じるためには、どうすれば良いだろう。理屈を考えれば考えるほど、あらゆるものが信じられなくなる。信じるというのは、つまり考えずに済ますことだから、正反対なのだ。

広場のようなところに出た。中央には櫓《やぐら》が組まれ、松明《たいまつ》が周囲で炎を上げている。藁で作ったものを被って、その火の周りで踊っている集団があった。大勢が取り囲んで、それを見物しているようだ。すぐ近くには、神社の建物があり、白装束《しろしょうぞく》の姿が何人か見えた。それぞれに不思議な道具を手に持っている。

見たところ、どこかで酒を飲んでいる様子はない。しかし、近くの者をよく観察すると、男は皆顔がほんのりと赤い。それに肌を出すほど薄着だ。寒くないのだろうか。寒さを忘れるために酒を飲んできたのかもしれない。

ハヤに尋ねたいことが沢山ありすぎて、もう黙っていることに決めた。いちいち質問をしていたら彼女も迷惑だろう。それに、理由など知らなくても良い、という気もする。つまり、重要な意味はないものばかりに思えた。

しばらく、あちらこちらを見て回る。白い紙を持っている者が多いのに気づいた。行列になっているところがあって、その先頭では、皆がその紙をもらっている。白装束の女が大きな箱を持っていて、一人ずつその中に手を入れ、折り畳まれた紙を取り出していた。そして、その紙を広げて文字を読むのだ。じっとそれを眺めていたら、横に立ったハヤが視線の先を追い、教えてくれた。

「あれは、お神籤《みくじ》です」

「おみくじ？　ああ、籤ですか。それは知っています。当たるとなにかもらえるのですね。金をかけているのですか？」

そう言われてみれば、金を払っている様子だった。つまり、買っているのである。

「神様の籤ですから、お金が当たるわけではありません。ただ、幸運が当たる。そういうわけです」ハヤはそこで目を上に向ける。私は信じていませんけれど、という顔だった。

「あんなに沢山の人がみんな幸運になるなら、本当に凄い神様ですね」

「いえいえ、みんなではないのです。不運が当たる人もいます。そういう悪い運勢も書いてあるのです」

どこからともなく、聞いたことのある音色が耳に入った。少し辺りを見回したが、なにしろ太鼓に笛、加えて大勢の人の声が渾然《こんぜん》となって、喧噪《けんそう》も甚《はなは》だしい。またすぐに聞こえなくなった。

ゆっくりと歩きながら見物を続ける。できるかぎり、近くにいる者とハヤの距離に気を配った。侍は少なく、ほとんどは百姓か、職人か商人。男も女も同じくらいいる。子供は走り回っているし、老人は方々で石に腰掛け、地面に座っている。声を荒らげ、喧嘩に近いような言い争いもあった。笑い声も方々で上がっている。賑やかなことだ。この賑やかさがもの珍しく、とにかく見るものが多くて目が疲れそうだった。

「あそこで、少し休みましょう」とハヤが指さした。

小屋があった。その前に布を被せた腰掛けが出ている。誰も座っていないのは、おそらく高い金を取るからだろう。茶を飲めるところのようだった。団子もあると板に書かれている。しかし、人気《にんき》がない。

ハヤが小屋へ近づくと、男が出てきてお辞儀をした。「お茶を二つ」と彼女は告げ、振り返ると、「ここに座りましょう」と言った。

布の下は木でできた粗末な台だった。それが机だと思っていたので、ハヤが腰掛けるのを見てから腰掛けた。あと何人も座ったら壊れるのではないか、と思った。茶を飲むだけでいくらか金を取るというのは驚きである。

出てきたものは、緑色の奇妙な茶だった。これは初めてではない。苦手にしているものだ。口に少し含んでみると、やはり大変に苦い。ハヤがこちらを見ていて、笑いを堪《こら》えているので、我慢をして飲むことにした。こんなものに金を払う者は多くいないはず。人気がないのも頷ける。

また、あの音色が聞こえてきた。振り返ってみる。

「三味線の音がしますね」

「え？」ハヤが首を傾げる。そして、やはり後ろを振り返った。「あ、本当。珍しいわ」

「祭りのものではないのですか？」

「ええ、私が知っているかぎりでは」

しかし、すぐに音が止んでしまった。

「お昼はカギ屋さんで食べましょう」ハヤが言う。彼女は空を仰ぎ見た。太陽の位置を確認しているのだろう。まだ昼には少し時間がある。

店で茶を飲んでいるとはいえ、外に座っているので、通りかかる人々がじろじろと眺めていく。どうも、これは気恥ずかしい。どうして恥ずかしいのかといえば、すぐ隣に美しく着飾ったハヤが座っているからだ。最初はもう少し離れて座っていたのに、茶が運ばれてきて、その盆が台のそれぞれの端に置かれた。その場所を空《あ》けるために、ハヤが躰を寄せてきたのだ。今さら自分だけ立つわけにもいかず、茶の苦さと同じくらい気持ちが苦い。落ち着かない。

「三味線って、猫の皮で作るんですよ」ハヤが言った。

「え、あの、えっと、四角いところ、白いところですか？」

「ええ、周りは木でしょう。そこに太鼓のように皮が張ってあります」

「そうか、そういえば、太鼓に似ていますね。太鼓は何の皮ですか？」

「あれは、牛とか馬じゃないかしら」

「猫か……、やっぱり、柔らかいからでしょうか」

「知りませんけれど、良い音がするのでしょうね」

「音というものは、何ですか？」

「音は、ものが震えることです」

「震える？」

「そうです。音が出るものは、触ると震えています。耳が聞こえない人がいますけれど、手で触れば音が出ていることがわかります。遠くの音を知るときも、太鼓に顔を触れていればわかります。遠くの音で、太鼓の皮が震えるからです」

「ハヤ様にきけば、なんでもわかりますね」

「いえ、知らないことばかりです。音のことだって、どうしていろいろな音があるのかわかりません。人の声だって、誰の声なのか聞き分けられますね。声がそれぞれ違うでしょう？　不思議ではありませんか」

「そうだ、稲妻のあとに雷が鳴ります。あの音は、どこが震えているのですか？」

「さあ、どこでしょう。雲がぶつかっているみたいに思いますけれど」

「雲がぶつかるのですか。あれは、湯気や煙のようなもので、ぶつからないのではないでしょうか」

「ゼン様とお話をしていると、本当に厭《あ》きませんね。うーん、稲妻は、クローチ様がエレキテルだとおっしゃっていました」

「それは……、何ですか？　エレキ？」

「エレキテル。私も言葉しか知りません。クローチ様は、それを作り出す絡繰りがあるともおっしゃっていましたけれど、ご本人も見たことがないそうです」

「稲妻を作り出す絡繰りですか。何のために稲妻を作り出すのでしょう」

「それは、たぶん、明かりのためじゃないかしら」

「でも、光るのは一瞬なのでは？　眩《まぶ》しくて使えないのでは？」

「どうでしょう。それは海の向こうの国の書にあったそうです。やっぱり、ものをぶつけると現れるんだそうですよ。火打ち石のようなものですね」

「私は、稲妻は炎だと思っていました」

「火薬というものは、ご存じですか？　火の薬と書いて、火薬です」

「いえ、知りません」

「火をつけると、ぱんと弾けるほどの勢いで燃えるものです。大変危険なものです。沢山集めて火をつけたら、もう大変なことになります。でも、それを使って作った花火という遊びがあります。夜に火をつけて、遠くから眺めるのです。見ているだけならばとても綺麗なのですが、それに火をつける人は命懸けです」

「それは、ご覧になったことがあるのですか？」

「ええ、一度だけ、その見世物がこの村に来ました。私が子供の頃です。それで、クローチ様におききしたら、都では珍しいものではないとおっしゃっていました。あ、そうだ、鉄砲《てっぽう》をご存じですか？」

「それは知っております。見たことはありませんが」

「あれも火薬に火をつけて、鉄の玉を飛ばすのです」

「なるほど。では、鉄砲も夜に見たら、綺麗なのですね。稲妻も綺麗といえば綺麗です」

「敵が鉄砲のときは、どうやって立ち向かうのですか？」

「飛び道具に対しては、逃げるしかありません。弓矢でも吹き矢でもそうです。小さいものほど速く飛びますから、避けることが難しくなります」

「そうでしょうね。戦では沢山の鉄砲が使われたそうですけれど、そういうもので人を殺すというのは、なんだか間違っているような気がします」

「それは、刀で殺しても、槍で殺しても、同じなのでは？」

「だって、面と向かって、名乗り合うこともないのでしょうし、誰に討たれたのかもわかりません。それでは、侍の道に反しませんか？」

「己が生きるために、相手を斬ります。戦でも、それは同じことだったと思います。道具の違い、やり方の違いは、無関係のように私には思えます」

「いえ、私が言いたいのは、剣の修行をして、立派なお侍さんになっても、子供が撃った鉄砲で殺されてしまうかもしれない、ということです。それではあまりにも哀れでは？」

「カシュウは、剣の道を究《きわ》めましたが、病気で死にました。同じことではないでしょうか？」

「そう……、ああ、そうかもしれませんね」ハヤは目を細めて頷いた。「カシュウ様が亡くなったことは、私、クローチ様から聞きました」

「あ、ハヤ様には話していませんでしたか」

「はい。今お聞きしました。だから、是非伺いたいのですけれど、ゼン様は、そのときどんなお気持ちでしたか？」

「カシュウが死んだときのことですか？」

「ええ。お辛いとは思いますけれど、もしよろしければ、教えていただきたいの。私は、小さいときに母が死んで、もう本当に悲しくて悲しくて、一年くらい泣いてばかりおりました。ですから、たとえば、父が亡くなったら、やはりまたあのときのように悲しいのだろうかと心配でなりません」

「私は、小さいときから、十数年、カシュウと二人だけの生活でした。カシュウしかいません。そのカシュウが死んだのです。でも、カシュウは、いつも人が死ぬとはどういうことか、という話をしてくれましたし、自分が死んだときには、どのようにすれば良いのか、と細かく指示をしました。私はそれに従っただけです。悲しむということはまったくなく、ただ、山を下りて旅に出る、その新しさを受け入れるしかありませんでした。もしかしたら、悲しいという気持ちを、もう子供のうちに失ってしまったのかもしれません。悲しみよりも、もっと別のもので、心がいっぱいになりました」

「どんなもので、いっぱいになったのですか?」

「美しさを知る心、強さを感じる心です。今の私には、美しさや強さを見失うこと、それこそが悲しく、寂しいことです。人の死も、それが美しく強いものであれば、悲しむべきものではないと思います」

7

もう一度祭りの様子を一巡り見物してから、来た道を戻った。まだまだ、神社の方へ向かう人の方が多かった。街道へ出て、カギ屋に入った。店の者が「お待ちしておりました」と言った。行きに店の前を通ったとき、立ち寄ることを約束していたようだ。昨日と同じ部屋に通され、しばらく待つことになった。庭が綺麗だからご覧になると良い、とハヤにすすめられ、通路に出た。明るい方向へ進むと途中から縁になっていて、庭を眺めている先客が三人いた。

小さな庭が焦げた色の塀で囲われている。地面には白い砂が敷き詰められ、ところどころに黒い岩が置かれていた。また、見たこともない小さな松の樹がいくつかあった。砂には、筋の模様が現れていて、その筋が交わることなく、幾重にも並んでいるのだった。これには驚いた。手間をかけたものであることはわかるが、雨が降れば流れて消えてしまうのではないか。だとすれば、また模様を入れ直すのだろうか。そんな心配をしながら眺めていたところへ、横から声をかけられた。

「ゼンさんじゃないですか」

通路の端に白い笑顔があった。ノギである。紅の着物にも見覚えがある。たちまち近づいてく
る。背中に三味線の棹《さお》が見えた。

「ああ、そうか。神社で三味線を弾いていましたね」

「あら、いらっしゃったんですか？　どうして声をかけてくれなかったの？」

「いえ、三味線の音だけが聞こえたのです」

「嬉しい。私の三味線だって、わかったんですね」

「いえ、わかりません」

「なんだ。相変わらず、お上手《じょうず》がないこと」

白い玉の首飾りをしている。竹の石と同じだ。ただ、少しだけ小さい。

「何をご覧になっているんでしょうか」ノギがきいた。

「その首飾りです」

「数珠《じゅず》じゃありませんよ」

「それは、貝が作るものだそうです」

「貝？　貝って、海にいる、あれ？　まさか……」

「ノギさん、竹の石って知っていますか？」

「竹の……、石？　知りませんよ、そんなもの」

「そうですか」

「本当に変な人だよ。こちらにお泊まりですか？」

「え、いえ、食事をするために」

「あ、じゃあ、ご一緒しましょうよ。ね、良いでしょう？」

「ああ、いや、それが……、その、ちょっとそれは」

「どうして？　駄目ですか？」

「実は、仕事中なんです」

「嘘ばっかり」

「本当です」

「だって、ぼうっと庭をご覧になっていたじゃないですか。何の仕事なんですか？」

「ある方をお守りしているのです」

「おやおや」ノギは目を丸くした。「へえ……。まあ、それじゃあ、しかたがありませんね。ゼンさんが嘘をつくはずがありませんからね」

「嘘ばかりだと言ったじゃないですか」

「え？　何ですか？」

「そう、あの松は、どうしてあんなに小さいのですか？」庭を指さして尋ねた。

「は？　ああ、盆栽《ぼんさい》ですか」

「ぼんさい？」

「盆栽だから小さいんですよ」

　その答では納得できなかったが、とりあえず、特に珍しいものではない、ということはわかった。

「じゃあ、これで」軽くお辞儀をして、通路を戻る。

「盆栽の話だけですか……」後ろから声をかけられた。「また、会って下さいよ」

　部屋の襖を開けると、もう膳が並んでいた。ハヤはしかし、まだ食べていない。待っていたようだ。

「すみません。お待たせしました」

「いいえ。どうでしたか、お庭は」

「驚きました。あのようなものは見たことがありませんでした」

「あれは、都のどこかの庭を真似て造ったと聞きました。都にあるものは、もっと大きくて見事だそうです」

「松が小さいですね。あと、砂の筋は整えるのが大変でしょう」

「盆栽といいますが、大きくならないように、工夫をして育てるのです。縛ったり、切ったりして。人間の思うとおりに、虐《いじ》めて育てると、ああなるそうです。それから、砂の模様は、きっとそれのための道具があるのでしょう。さあ、召し上がって下さい」

頷いて、箸を手に取った。ハヤの答は、こちらの疑問をいつも正しく受け止めてくれる、と感心するばかりである。

「いずれも、人の欲望の現れかもしれませんね」ハヤはつけ加えた。「なんでも支配して、なんでも作り出せる、と人は思いたいの。まるで神様になりたいみたいでしょう?」

神様になりたい、という言葉を自分でも考えてみた。そうかもしれない。侍が強さを求めるのも、同じではないか。剣に万能を求め、いつからか己の姿が歪《ゆが》められる。そういうことがあるとカシュウが話していた。己がなるべき強さを越えてはならぬと。その意味は今もわからない。まったくその域には達していないからだろう。

料理を食べていると、すぐ近くで三味線の音が聞こえた。ノギが別の部屋で奏《かな》でているのだ。聴覚えのある音色の流れだった。黙ってそれを聴きながら食べた。

episode 3 : Beastly rain

It held that in the great relation of things there was no distinction of small and great, an atom possessing equal possibilities with the universe. The seeker for perfection must discover in his own life the reflection of the inner light. The organisation of the Zen monastery was very significant of this point of view. To every member, except the abbot, was assigned some special work in the caretaking of the monastery, and curiously enough, to the novices was committed the lighter duties, while to the most respected and advanced monks were given the more irksome and menial tasks.

第3話　ビースツリィ・レイン

禅の主張によれば、事物の大相対性から見れば大と小との区別はなく、一原子の中にも大宇宙と等しい可能性がある。極致を求めんとする者はおのれみずからの生活の中に霊光の反映を発見しなければならぬ。禅林の組織はこういう見地から非常に意味深いものであった。祖師を除いて禅僧はことごとく禅林の世話に関する何か特別の仕事を課せられた。そして妙なことには新参者には比較的軽い務めを与えられたが、非常に立派な修行を積んだ僧には比較的うるさい下賤《げせん》な仕事が課せられた。

1

祭りの日の午後は、クズハラやコバたちと一緒に、庄屋の庭を歩き、どのように警備をするのかを話し合った。クズハラが、特に今夜は何人か見張りを立てる、と話した。

「なにか、そのような動きがあるのですか？」と尋ねると、クズハラはじろりとこちらを見て頷いた。珍しく鋭い眼光が感じられた。どうやら察知される確かなものがあったのだろう。

「いずれにせよ、このところしばらく警備を怠《おこた》っていたので、また引き締め直すつもりでいたのです。夜中に十人ほど人を配置します。以前にやっていたことがあるので、人間はいます。ただ、侍ではない。単なる見張りです」

まともに刀を使えるのは、コバを含めても僅かに三人である。警備をする十人は、道場の門下生のようだった。つまり、百姓か職人ということだ。刀を持っているのだろうか。持ったことがない者だっているはずである。したがって、異状があったら、いかに早くそれを知らせるのか、という点が重要だろう。

それを話すと、クズハラは、伝達は徹底させる、と頷いた。なにもなくても、半時《はんとき》もしたら、点呼を取り、確認をする、と指示してあるという。

「私とコバは、門の近くにおります。ときどき庭を歩いて回るつもりです。ゼン殿は、離れにいらっしゃって下さればけっこう。なにかあれば呼びにいきましょうし、あの場所ならば、ことがあれば声が聞こえましょう」

「母屋にいなくても良いでしょうか？」

「母屋は、いちおう戸締まりをしてもらいます。出入りができるのは、裏口だけにします。その裏口には、ゼン殿のいる離れが一番近い。外からは戸を叩いても、もし名乗らなければ、絶対に開けぬように、と家の者には指示をしております」

「わかりました」

コバが立ち去ったあと、クズハラと二人だけになったので、本当に今夜が危ないのか、と尋ねた。

「祭りがあるので、村の若い者の多くは、神社に集まっている。それだけ、この近辺が手薄になる、と考えるでしょう」

「それが根拠ですか？」

「いえ、もっと確かなことを摑んでいるのです。まえに申し上げたように、私の使っている者が、この近辺の各所を見回っています。街道沿いはもちろんですが、山の中の道も見張っています。昨夜のことですが、隣村との境の辺り、かなり深い森の中ですが、野営をしていたそうです。街道に出れば、いくらでも宿はあるのにです。馬が三頭、人数はわかりませんが、十人よりは多いだろうと」

「では、そこを見張り続けていれば良いのでは？」

「いえ、朝にはもう消えていた。見失いました。現在も探しています」

「その、見張っている人というのは、侍ではないのですか？」

「侍ではありません。彼らは、潜んで近づき、見たり聞いたりするのが役目、戦うことはできません。いわば、そういう職人です」

「なるほど」

「とにかく、目と鼻の先まで来ていることは確か。いつ襲ってきてもおかしくない。ただ、確証はありません。まったく別の盗賊団かもしれない。また、既にこの村を標的にすることはやめたかもしれない。以前には、たしかに狙われていた。実際にそういう企《くわだ》てがあることを、内部の人間から聞いたのです。しかし、その密偵はその後行方《ゆくえ》がわからなくなった。おそらく殺されたのでしょう。それで、警戒を強めたのですが、結局来なかった。ですから、企てが漏れたことを知って、別の標的に切り換えた、という可能性もある。そうであれば助かる。しかし、今のところ、近くで大きな被害があったという話は聞きません。一年以上にもなります。おそらく、ほとぼりが冷め、もう来ないだろうとこちらが油断をするのを待っているのでしょう」

「慎重な盗賊団なのですね」

「あれは、普通の盗人《ぬすっと》の類ではありません。統制の取れた、いわば兵です。普段は普通の商いをしたりして身を隠しています。大きな仕事しかしない。名家の宝しか狙わない。無駄な戦いはしませんが、戦うときは容赦がありません。そういう連中です」

「本当かどうか疑わしい宝よりも、もっと価値のあるもの、金とか宝物を狙えば良いと思うのですが」

「そこです。つまり、依頼した人間がいるということですよ」

「ああ、どうしても、竹の石が欲しいと？」

「そう、金も富も持て余している者も、命だけはどんどん先細りになります。いくら出しても欲しいと思う人間が、きっといるでしょう」

　もしそのとおりならば、ハヤが言ったように、敵の大将に竹の石が無価値だと説得をしても無駄だ。無価値であっても、信じていなくても、それが金になるのであれば、奪う意味はある。結局のところ、無条件にくれてやるのが一番良いが、あまりに簡単に渡せば、また疑われる。適当に隠しておき、適当に見つけさせ、持っていかせるのが最良の策と思えた。どうすれば、それが実現できるだろう。難しい。なにしろ、持ち主のシシドは、あれを信じているし、手放したりしないだろう。それができるならば、クズハラを雇ったりしない。早々にどこかへ献上してしまえば済む話である。

「クズハラ殿は、あれを信じているのですか？」まだ、クズハラの考えを聞いていなかったので、確かめようと思った。

「竹の石ですか。私は、そうですね、八分は信じている。しかし、二分は疑っている。そんなところです」

そんなに信じているのか、と驚いた。やはり、信じているから、シシドの依頼を受け、守ろうとしているのか。

「都にいる時分から、竹の石のことは知っていました。そういうものがある、という話を聞いたことがあったのです。公家《くげ》たちの間では、その僅かな粉が高い値で売り買いされているとも聞きました。ただ、この村がその産地だとは知らなかった。シシド様から最初に聞いたときには、本当に驚きました」

「あれを見せてもらったのですね？」

「そうです。見れば、まさしくこれは本物だと思いました。貝の玉とは輝きが違う。あれが竹の中で作られたとしたら、やはり神の業としかいいようがない」

「道場に貝の玉がありましたね」

「あれでも、馬が何頭も買えるほど高価なものです」

「え、そうなんですか。貝殻を開けたら採れるものがですか？」

「いえ、滅多に見つかるものではないのです。つまり、竹の石と同じく、数が少ない。その珍しさに値がつく」

「あの玉は、薬にはならないのですか？」

「なると言う人もいます。効用も諸説あるようです。私はよくは知りません。私が持っているあれは、以前に仕えていた方からいただいた品です。そういう大事な品ですから、削って飲むわけにもいきません」

ノギの首飾りを思い出した。煎じて飲むという話は彼女はしていなかった。それに、そのような高価なものだとも思わなかった。一粒で馬何頭とも交換できるとしたら、あの首飾りも相当な値打ちがあるだろう。ノギ自身それを知らないのではないか。

「さて、とにかくは、警備をきちんとして、相手に諦めさせる。すんなりと諦めてくれれば良いが」クズハラは呟くように言った。

コバが戻ってきて、今度はクズハラと一緒に、母屋のシシドに報告にいくという。ここで二人とは別れ、自分は屋敷の外を歩いてみることにした。表の道沿いは何度も通ったのでよく知っているが、それ以外の三方向は、どうなっているのか、外からじっくりと見たことがなかった。

まず、南が道に面している。この面の西寄りに門がある。そこから東へ向かって歩いた。道場とは反対方向、つまり街道へ出る方角である。塀は左にほぼ真っ直ぐに続いている。道はどんどん低くなるため、塀は途中から石垣の上になり、最終的にはかなり高くなる。また、道は次第に南へ曲がっていくので、敷地の南東の角は、道より少し離れていた。草を踏み分けて入っていく。東の塀の外側には傾斜した草原が広がっている。一段下がって東には畠があり、さらに下がって田がある。田と畠の間には畦道《あぜみち》があるようだ。

東の塀は高いが、梯子を掛ければ、乗り越えることは容易い。外からは、塀の内はまったく見えない。自分が使っている離れがあるのは、この近くのはずである。

草原は、北へ向かって緩やかに上っていて、塀もそれに合わせて高くなっている。敷地の中も、傾斜があっただろうか。気づかなかったのだから、あっても、これほど急ではない。もしかしたら、内側は平たく、塀だけが高くなっていたかもしれない。この東の塀は、南の塀に比べると、幾分短い。つまり、敷地は東西に長く、南北はやや短い四角形だ。東の塀には門はない。窓のような穴もない。

草が深くなったが、ようやく、北東の角まで来た。北側は高い樹が立ち並ぶ森だった。角から近いところに、小さな裏門がある。少し離れると、塀の内側に蔵が見えた。屋根が並んでいる。クローチがいる蔵が一番近い。昨日は、この裏門の存在にはまったく気づかなかった。蔵に隠れて見えなかったのだ。

裏門から出たところから森の中へ続く小径《こみち》がある。どこへ通じているものかわからない。試しに、門の戸を押してみたが、開かなかった。内側に閂《かんぬき》がかかっているのだろう。

森の中、樹の間を歩く。さきほどの小径以外には、人が歩く道はない。しかし、こういう場所は慣れている。落葉が堆積《たいせき》した地面の軟らかさを懐かしくさえ感じた。

しばらく西へ向かって進むと、ずっと先にクズハラの道場が見えてきた。左に続いていた塀は終わり、ここが庄屋の屋敷の北西の角だ。細い道が現れたので、そこを進むことにする。道場の方へ向かっているようだった。屋敷の西の塀には出入口はない。塀から少し離れたところに、ほぼ塀に沿って窪《くぼ》みがある。水が流れていた跡のようだった。飛び越えられるほどの幅だ。あるいは南の田に水を引くためのものかもしれないが、今は使われていないようだった。道から逸れ、塀に近いところを歩くことにした。相変わらず森の中の軟らかい地面である。クズハラの道場は、ここよりは少し高い位置にあった。全体に、北と西へ行くほど高くなる。ほぼ西に小山がある。昨日登った小さな鳥居がある山だ。

樹を見上げる。どれも真っ直ぐに伸びている。これに登れば、塀の内側を見ることは容易い。しかし、縄か梯子がなければ登れないだろう。手の届く高さには枝がない。南の道が下に見えてきた。

一周してわかったのは、正門と裏門以外には、出入口がない、ということ。道具を使わず、こっそり入ることも難しい。そして、外からは中の様子がまったく見えないことだった。周囲は草原か森林だ。夜に歩けば音がする。密かに近づくことは難しいのではないか。ただ、一気に攻め入るならば、梯子があれば簡単だ。敷地は広く、数人の見張りでは、すべてを常に見守ることは困難。闇に紛れ塀を越え、中で揃ったところで母屋へ攻め入る。戸を壊して中に入る、という策だろうか。

戸を壊せば音がする。そこで、駆けつけた者と争いになる。どこで守れば良いだろう。

おそらく夜だ。松明《たいまつ》があったとしても暗い。飛び道具はほとんど意味がない。近づいて、一人ずつ斬るしかない。そういう戦いになるはずだ。

敵がどこから来て、どう守るのか、とあれこれ想像をした。しかし、本当にそんなことになるのだろうか。守るには、庭に出るよりも、建物の中で待ち、敵の侵入を誘った方が賢明ではないか。そもそも、刀というのは屋内で最も威力を発揮する武器だ。屋外の広い場所では、槍や長刀《なぎなた》の方が有利といわれている。刀の長さは、部屋の中で天井や柱に当たらず、自由になる最大限のものとして割り出された。

守るべきは、家の者たちだ。敵は、人を殺しにくるのではない。ただ、宝の在処をつきとめるためには、人を脅し、口を割らせるしかないのだから、人を追うことになる。使用人が知っているはずはない。一番に狙われるのは主人だ。ならば、シシドの寝室の前で護衛するのが最も有利。ただし、そこで待っていれば、外の争いはこちらの不利になる。見張りの者たちが皆殺しにされることだってあるだろう。

味方がいることが重荷になる。そう思った。

たとえば、宝がここにあって、それを自分一人だけで守るならば、やるべきことは単純。ただ宝を懐に持ち、出会う者を斬れば良い。一人ならば、どこに潜み、いつ出ていっても良い。敵か味方か見極める必要もない。迷いは一つも生じないだろう。

そうする手はないのか。

全員をどこかに隠し、クズハラと自分の二人だけで立ち向かえば良いではないか。それが一番弱みのない、まさに万全の構えというもの。

ただ、それは、今夜敵が来るとわかっている場合の話だ。毎日そんなことを繰り返すわけにもいかないだろう。先手の有利、敵の有利は、まさにそこにある。攻める方は時が選べるからだ。

2

そのまま夜になった。なにをしても、なにもしなくても、毎日夜になる。庄屋の屋敷は、多少の緊張はあったものの、ごく普通に見えた。庭を見回る番の者は二人で一組になり、明かりを持たずに巡回することになった。明かりを持っていては、相手に遠くから見られやすいからだ。槍を持っていたし、腰には刀も携えていた。気合いは入っていたようだが、不安そうに眼《まなこ》が動いた。しかたがないだろう。誰だって恐ろしい。当然である。道場で見た顔もあったし、そのうちの一人はシンキチだった。また、初めて見る顔もあった。ちょうど十人で、この一晩で全員の顔を覚えることになった。

月が出ていたので、それほど暗くなかった。屋敷は雨戸を閉め、明かりも漏らさなかった。玄関の近くにだけ松明が焚かれ、クズハラがその明かりを避け、少し離れた場所に陣取っていた。コバは、その玄関から門に近い場所を中心に歩き、ときどき、門の外を確かめる役だった。

自分は主に離れにいたが、落ち着かないので、何度か庭に出て、母屋の周りをぐるりと歩いた。見回りの者に幾度か出会った。味方だとわかるように、姿が見えたら、片手を上げることになっていた。

風もなく静かな夜だった。月はどんどん移動し、そのうちに雲に隠れた。深夜には闇が深くなった。

離れに戻り、横になったものの、眠ることはできなかった。クローチの書があったので、明かりをつけて、それを眺めたが、明るさに目が慣れるのもまずいと思い、また明かりを消してしまった。

少し眠ったが、すぐに目が覚めて、外へ出た。

誰の姿もない。気配もない。

風がときどき少しだけ吹く。その風が、遠くから太鼓の音を運んできた。祭りは夜通しするらしい。村の者の多くは、今夜は眠らないのかもしれない。

であれば、皆が寝るのは、夜が明けてからか。夜よりも、むしろ朝方の方が危ない、と思えた。

それで、また離れに戻り、横になった。目が覚めたときには、都合良く朝方になっていた。

外に出たが、日はまだ昇っていない。東の空が明るくなりかけている。風も止み、太鼓の音も聞こえなかった。母屋では、煙が上がっている。既に起きている者がいるようだ。

玄関の方へ歩いていく。松明の近くにクズハラがいた。松明が暖かいからだろう。

「おはようございます」小声で言い、頭を下げる。

「来ませんでした」そう呟くと、クズハラは息を吐いた。

「まだ、わかりません。朝方かもしれない」

「これだけ明るくなると、それはないでしょう。逃げるときにも大勢に見られてしまう。闇に紛れて姿を消すのが奴らの鉄則です」

「どうしますか、これから」

「もう少ししたら、ひとまず、見張りを解きます。休ませます。無理をせず、躰と気を整えた方が良い」

「そうですね」

明るくなると、日差しが暖かく感じられた。松明も消え、夜の見張りをした者たちが玄関前に集まった。道場へ引き上げるらしい。コバが十人を引き連れて門から出ていった。代わりに、昼の番をする二人がやってきて、敷地内の見回りにいった。クズハラはシシドに報告にいき、自分はしばらく、誰もいなくなった門の近くで番をしたが、ハヤが玄関に現れ、お食事をして下さい、と告げた。

離れではなく、母屋の部屋で食事をした。どこからか話し声が聞こえたが、自分は一人だった。ハヤが気を利かせて、このようにしてくれたのだろう。温かい汁が美味しかった。

それから、離れに戻り、また少し横になり、眠ってしまった。しかし、やはりすぐに目が覚める。外に出ると、まだそれほど時間は経《た》っていないことが日の位置でわかった。

母屋の玄関前を通り、門の方へ向かった。外を眺めていると、ハヤが出てきた。自分のすぐ横に立ち、同じようにしばらく、遠くを見ていた。

「今日はもう大丈夫みたいですね」と話すと、

「お疲れさまでした」と応える。

「竹林へ、竹の石を探しにいってきます。すぐに戻りますから」

「え？」ハヤは首を傾げたが、ゆっくりと笑顔になった。「私もご一緒してもよろしいですか？」

「実は、そうしていただけるとありがたい、と考えていました」

「どうしてですか？」

「近くにいていただければ、お守りすることができます」

「ちょっと待っていて下さいね。支度をして参ります」

門から出たところで、しばらく待った。道を歩く者もなく、また畠にも人影はない。太鼓も聞こえない。道場の方も静かだ。子供たちが遊ぶ姿も見えない。空には雲が多く、昨日のような晴天ではなさそうだった。

ここへ来た日に始めた竹細工はまったく進んでいなかった。そうだ、シンキチにやり方をきけば良かった。今夜にでも、尋ねてみよう。夜は長いのだから、話をする機会はあるだろう。

自分で作る弓とは別に、道場の弓を借りることも考えた。少し練習をすれば使えるようになるはず。役に立つことがあるかもしれない。そんな策を考えているうちに、ハヤが現れた。さきほどと同じ着物だったが、裾《すそ》を少し上げ、足首に布を巻いていた。

「藪の中に踏み入る覚悟のようですね」と言うと、

「そうじゃありませんか」と澄まして応える。

そこまでは考えていなかった。最初の日に入った竹林は、普通に歩くことができた。あそこは、特に手入れがされていたのかもしれない。

その同じ場所へ向かった。シシド家の竹林なので、気兼ねがいらない。すぐに到着し、道から逸れ、林の中に踏み入った。傾斜があるところでは、ハヤに手を貸した。奥へと進み、地面の平たいところへ出る。その辺りは竹が疎《まば》らで、そのかわり高い立派なものが多かった。良いものを選び、ときどき間引いているのだろうか。

「そういえば、あのとき、ゼン様は竹を刀でお切りになったのですね。今気づきました。道具をお持ちではないので」

「普通は、何で切るものですか？」

「鋸《のこぎり》です」

「鋸では時間がかかりましょう」

「竹を一刀両断できる者など、そうはおりません」

立派な竹に触れ、少し揺すってみた。耳を澄ませてみたが、音はしない。何本か試してみたが同じだった。さわさわと上の方で葉が揺れる音がするだけである。

「音はしないと聞きました」やっているることと矛盾するが、ハヤに言い訳をした。

「では、何故揺すっているのですか？」

「音がしないなんて、信じられないからです。丸いものです。転がるのが自然というもの」

「音が鳴るのならば、少しは見つかりやすいでしょうね。風が吹けば目立ちます」

「ハヤ様、これはと思う竹がありませんか」

「うーん」ハヤは周りを見回した。「いいえ、どれも同じに見えます」

「もし玉を作るとしたら、それなりに年を重ねた竹だと思いますが」

「そうかしら」

「ですから、古い竹が有望ではないかと」

「それでしたら、つまり、太くて大きいものということになりますね」

「この辺りの竹は大きい」

「そう」ハヤは上を見上げた。「でも、不思議ですね」

「何がですか？」

「私たち、竹の石など、まやかしだと話し合っていたのに」

「そう。しかし、割り切れないものです。僅かにも疑うところがあるならば、ときには、それを試さねばなりません」

「そういうものでしょうか」ハヤはそこで溜息をついた。

「疲れましたか？」

「いいえ。大丈夫です。あ、ゼン様、その竹は？」彼女は腕を伸ばし、指さした。「ほかのものより、ちょっと艶が良いわ。ね、色が違いましょう。切ってみますか？」

「これですか？　どこを切りましょうか」

「ええ、そう。どの高さでもかまいません。切りやすいところで」

「そちらに下がっていて下さい」

ハヤの位置を確認してから、刀を抜いた。刀の筋を見て、その先の振り下ろされる場所にも気を配る。呼吸を整えてから、振りかぶった。いざという瞬間に思い留まり、刀を鞘に納めた。

「どうされたのですか？」

「虫がいます」

ハヤが近づいてきた。その竹に小さな天道虫《てんとうむし》がとまっていた。

「本当だ」

「ほかの竹にしましょう」

「虫を追い払いましょうか？」

「いえ、可哀相《かわいそう》です」

少し離れた場所で、では、これはいかが、とハヤが示した竹を、今度は切った。竹はほぼ真っ直ぐに地面に落ち、刀を納めたのち、倒れるまえにそれを支えることができた。ハヤの反対側へ押して、そちらへ倒した。

二人で近づいて、残っている竹の切り口を覗く。真っ白な綺麗な筒の中は、もちろん空っぽだった。

「こういうことを何千本もしたのでしょうか?」尋ねてみたが、一人でやったら一日では無理だ、と思った。

「そうは思えません。カシュウ様でしたら、いかがでしょう? そのようなことをなさいますか?」

「しないと思います。自分ならば、せいぜい三、四本ですね」

「カシュウ様は、どれくらい切られたでしょうね。それほど多くはなかったはず。それで見つけたのですから、やはり奇跡というほかありません。人並み外れた勘というのか……」

「私はカシュウと十年以上一緒に暮らしてきましたが、そういった霊感のようなものを見せてくれたことは一度もありませんでした。むしろ、そのようなものを否定する教えが多かったと思います」

「今のゼン様を見ていれば、私もそうだと思います。表向きのことをつい口にしてしまいましたが……。そう、勘というよりは、なにか理屈のある見分け方をご存じだったのではないでしょうか」

「クローチ様がやはりなにか、特別な方法をご存じなのではありませんか。カシュウが切ったとき、切る竹を決めたのはクローチ様だと聞きました」

「もし、ご存じならば、クローチ様は私には教えて下さるはずです」

ハヤはまだ切った竹の中を覗いていた。

「竹の節は水も漏らしません。このように密封されているものに、どうして異物が入るのか。もし、入るとしたら、やはり染み込むように、液として入る以外に考えられませんね。それが時間をかけて、あのように固まるのでしょうか。松などで多く見られますが、樹は脂《あぶら》を出します。それを採っていろいろなものに利用します。あの脂のようなものではないでしょうか。竹には脂がありませんけれど、目立たないだけで、実は樹の脂と同じような働きをするものがあるのかもしれません」

結局、切ったのはその一本だった。切り倒したまま、持ち帰ることもしなかった。竹藪の中を引き返し、また道まで戻った。

「私たち、何をしにきたのでしたか?」途中でハヤが可笑しそうに呟いた。

竹の石を採りにいくと言ったのは自分である。しかし、何がしたかったのかと問われると、答えに窮する。今は、馬鹿馬鹿しい時間だったと感じていたし、来るまえにも無駄なことだと充分にわかっていたはずだ。しかし、それでも実際の場所に立ち、実際に触れて、その作業をしてみないと納得できないような気がした。

結局のところ、あらゆるものがそうなのではないか、とも思える。考えてみたら、生きることなど無駄の骨頂ではないか。馬鹿馬鹿しいことが最後にわかるだけのような気もするのだ。

午後も静かで、何事もなかった。

風が出て、空では雲の流れが著《いちじる》しい。雨が降りだしそうだった。

夕刻に、門の外に出て周囲を眺めていると、道を近づいてくる姿が遠くに認められた。女だ。見覚えのある着物だったので、こちらもそちらへ歩いた。庄屋の塀の一番端の辺りで出会った。ノギである。三味線は持っていなかった。

「ゼン様は、庄屋様のところにおいでになると聞いたので」

三味線を持っていないのは、このまま旅をするということではない。こんな時刻からどこかへ行くはずもなく、単に自分に会いにきたのだと理解した。

「お話ししたいことがあるのです。うーんと」ノギは周囲を見回した。「どこか、そういう場所はないの？」

「ここで聞きます」

「立ち話なんて落ち着かないけれど……」

「ここの方が、誰にも聞かれません。家の中では、誰に聞かれるかわからない」

「どうして秘密の話だとわかったの？」

「ノギさんの顔を見ればわかります」

「あのね、私、カギ屋に泊まっているでしょう。それで、変な話を聞いちゃったんですよ。竹の石がどこにあるのか、と侍が話し合っているの……。ゼンさん、竹の石のこと、ほら、言っていたじゃないですか。なんかね、庄屋さんの家のことについても、あれこれ言っていましたよ」

「話をしていたのは、どんな奴です？」

「うーん、立派なお侍さんと、お金持ちの商人？　そんな感じ。あと、そのほかに二人いましたね。旅人《たびにん》ふうの人が」

「見たのですか？」

「私ね、その部屋で三味線を弾いて、ちょっと部屋を出て、戻るときだったんです。襖を開けたら、話は終わっちゃいましたけど」

「昨夜のことですか？」

「そう」

「彼らは、まだカギ屋にいますか？」

「いいえ、朝にはいなくなっちゃいましたよ。早くに発ったみたい」

「四人だけですか？」

「私が見たのは四人。ねえ、これって大事なことでした？」

「知らせてくれて助かりました。今のこと、誰にも話さない方が良いです」

「わかった。秘密にしておくわ。ねえ、今夜はいかが？　カギ屋にいますよ」

「今夜は駄目です。夜は仕事があります」

「何の仕事？」

「言えません」

「ふうん。何かしら」ノギは庄屋の屋敷の方へ目を向ける。しかし、塀の中はもちろん見えない。

振り返ったが、門の前には今は見張りの姿もなかった。中の見回りをしているのだろう。

「では、これで……」頭を下げ、戻ろうとした。

「なんか、聞いたんですけど、庄屋様のお嬢様とずっとご一緒だったそうじゃありませんか」

「はい、それが仕事です」

「あらま、夜もですか？」

「夜が大事なのです。今夜も寝られません」

「まあぁ」ノギは口に手を当てた。「ぬけぬけとよくそういうことを……。なんだい、もぉう」

もう片方の手でこちらを叩こうとする。「わざわざ知らせにきてあげたのに」

「は？」

「がんばって下さいまし。さようなら」ノギはくるりと背中を向け、歩きだした。

見ていると、途中で振り返り、片目の下に指を当て、舌を出した。どういう意味なのかわからない。なにか怒っているようだった。礼の言い方が悪かったのかもしれない。

門まで戻ると、道場の方からクズハラが近づいてきた。彼は遠くを見て、ノギの姿を認めたようだった。

「あれは、誰ですか？」

「ああ……」自分も振り返って、彼女を見た。「道を間違えたようです」

面倒なので嘘をついた。咄嗟にこういう嘘がつけるようになったのも、最近のことである。だんだん、世間というものがわかってきた証かもしれない。

「なにか、新しいことがわかりましたか？」こちらからきいてみる。クズハラの手下が、相手のことを探っているはずだからだ。

「既に、何人かはこの村にいます。森に潜んでいる様子はない。祭り見物を装って潜入しているのでしょう。馬は隠せないから、探しているのだが、それはまだ見つかりません」

ノギの話とも一致する。近くにいることは確かなようだし、庄屋の話をしていたのだから、狙いもまちがいない。ノギから聞いた話は、とりあえずは黙っていることにした。

「今夜は雨になりますな」クズハラは空を見て言った。「今のうちに、休まれた方がよろしい」

今夜来るという意味だろうか。クズハラはそのまま玄関へ行き、屋敷の中に入っていった。自分は離れの方へ歩く。途中で二人の見張りに出会い、片手を上げて挨拶した。

3

離れに入るつもりだったが、急にクローチのことを思い出し、会いにいくことにした。彼は、この警備についてどう思っているだろう。意見を聞いてみたくなったのだ。それで、一昨日借りた三冊の本を離れから持ち出し、これを返しにきたという名目を作った。

母屋の北側へ回り、蔵に近づいた。ついでに、蔵の裏手へ行き、裏門を確認した。太い門が丈夫そうな金具を通っていた。この出入口はあまり使われている様子がない。

蔵の前に戻り、段を上がって、クローチの名を呼んだ。返事が聞こえ、しばらくして戸が開き、クローチが顔を出した。

「これをお返しに上がりました」書を持ち上げて示す。

「ああ、そんなお気遣いなどよろしいのに。まあまあ、中へどうぞ、ちょうど茶を飲もうと思っていたところです」

「では、少しだけ。失礼します」

蔵の中に入り、まえのときと同じ場所に座った。今日は、このまえほど散らかっていない。

「クローチ様は、夜はどちらでお休みでしょうか？」

「母屋に寝室がありますが、ここで眠ってしまうことの方が多いでしょうか。ここは、夜もそれほど冷えないのです。壁が厚いせいでしょうな」

クローチは、茶の葉を急須に入れ、火鉢の上の薬缶を布を使って摑み、お湯を急須に注ぎ入れた。

「このところまた、見回りをしているようだが、なにか確かな前兆があったのですか？」

「はい。確かとはいえませんが、クズハラ殿が怪しい動きを察知されているようです」

「だいぶまえにも、このように備えていたが、なにも起こらなかった。諦めたのか、割が合わぬと判断したのか。もうこのまま終わるものと思っておりましたが、またということは、うん、つまり、天下人のどなたかが、そろそろ危ないということでしょうかな」

そこまでは考えていなかった。そういうことがあるから、竹の石を奪おうとしているのだろうか。

「私にはよくわかりませんが、そのような理由のあることならば、なにも非道の手を使わずとも、事情を説明し、譲ってほしいと願い出れば良さそうなものです」

「そのとおり。貴殿の言うことは正しいが、しかし、それでは世間が回りません」

「世間が回らないというのは？」

「間に入った者が、利にありつけなくなる。奪い取ることが商売の者がいれば、そうしなければ手に入れることはできない、と主《あるじ》に進言しましょう。自分の商売に仕事が回ってくるように仕組むわけですな」

「盗人も商売ですか」

「うん、まあ、似たようなもの」

「もし、盗賊が襲ってきたら、クローチ様はどうされるのですか？　たとえば、こんな危ない場所にいない方が良いのでは、とはお考えになりませんか？」

「そう考えたこともあるが、長年世話になっている居候《いそうろう》の身、自分だけはとのこのこ逃げ出すわけにもいかず、どこといって行く当てもない。どうしたものか、と考えているうちに、まえのときは終わってしまいましたな。まあ、今度もそうなってくれると嬉しいが……。私は、ここに籠もって、じっと静かにしている以外にできません。騒ぎがあれば、明かりを消し、戸が開かぬようにして、鳴りを潜めておりましょう」

「ええ、それがよろしいと思います」戸を見た。内側に閂がある。ならば、立て籠もることはできるだろう。ただ、打ち壊されれば、それまでのこと。盗賊は蔵の中を改めようとするのではないか、と少し心配になった。そうはならないように自分が働かなければならない。

竹の石のことも、それから稲妻のことも、あるいは、借りた書にあった人間の腹の中のことも、いろいろと話をききたかったが、今はそのときではない、と思われた。

クローチの蔵を辞去し、母屋の裏を通って玄関の方へ回った。既に松明に火がつけられていた。クズハラもコバもいる。見張りの者も集まりつつあるようだ。

家の者が握り飯を運んできて、準備をしていた。漬け物もあった。それが彼らの夕飯らしい。

日は沈んでいるが、まだ薄暗い程度。しかし、空には黒い雲が近くを動き、生暖かい風も出ていた。まだ雨は落ちてこないが、いつ降りだしてもおかしくない。

奥からハヤが現れ、こちらへと手招きする。近づくと、家に上がるように、と言われた。通路を彼女のあとについて歩く。ハヤの部屋まで来た。

「こちらにお食事を運ばせました」

部屋の中に膳が用意されている。二人分あった。ハヤも一緒に食べるつもりのようだ。

「皆は外で食べております。私だけ特別というわけには……」

「ゼン様は特別です。私の護衛をしておられるのですから」

「わかりました」頷いて、部屋に入った。

食事をする間は黙っていた。ハヤも話をしなかった。途中で雨音が聞こえ始めた。襖が閉まっていたので外は見えないが、大粒の雨が降りだしたような音だった。

食べ終わり、箸を置いたあと、思っていたことを口にした。

「今夜かもしれません」

ハヤも持っていた椀を戻し、箸を置いた。

「雨だからですか？」

「それもありますが、カギ屋で昨夜、竹の石の話をしていた男たちがいたそうです」

「誰からそんな話を」

「たまたま、知合いが居合わせて、聞いたのです。それを、さきほど知らせてくれました」

「それが盗賊だと？」

「確証はありませんが。竹の石の噂をする者は、普通はいないでしょう。ここにあることさえ知られていないのですから」

「ゼン様、ここにずっといて下さい。ゼン様のお側《そば》にいれば、恐くはありません」

「私は、いつも私とともにいますが、恐いものは恐い」

「恐い？」

「はい。剣を向け合うときも恐い。相手のことを考えるだけで恐い」

「お侍さんでも、恐いのですか？」

「恐いから策を考えるのです。私が家の中にいては、外が手薄になります。敵は外から来るのです。迎え撃つのは外です。残念ながら、ここにいるわけにはいきません」

「でも……」

「いざというときには、すぐに駆けつけます。なによりもハヤ様をお守りいたしましょう。できるかぎり、この部屋にいて下さい」

ハヤはまだ半分も食べていない膳を横に下げ、それから、下を向いて黙っていたが、そのうちに両手で顔を隠してしまった。

「どうしたのですか？」

「どうか……」ハヤは顔を隠したまま震える声で言った。「どうか、お怪我のないように」

「はい」

「私には、祈ることしか、できないのでしょうか」

「ご心配なく」

ハヤは喉を震わせ、苦しそうに息をする。

白い頬に涙が伝い。

床に手をつき、躰を前に。

「許されることならば、今すぐに、貴方様とここを逃げ出したい」

「何をおっしゃるのですか」

「いえ、気が違ってしまったのでしょう」ハヤは笑おうとする。しかし、顔は歪み、またそれを両手で覆い隠した。「なんという愚かなこと……。なんという恥知らず。ああ……、どうしてもっと早く、ゼン様にお会いできなかったのでしょう。私は来月には、この家を出て、都へ上ります。もう、なにもかも、どうでも良い。今夜、盗賊に殺されたいとさえ思います」

「お気を確かにお持ち下さい。皆が、シシド様とハヤ様をお守りしているのです。ご本人がそのようなことでは……」

「どうか叱って下さい。本当に情けないこと、見苦しいこと」

「不安になるのは当然のこと。しかし、それは相手も同じ。襲ってくるのは人間です。化け物の類ではありません」

「どうしてそんな非道を行うのか。とても人間とは思えません」

「いえ、人間だけです、こんなことをするのは。恐いから、恐れるから、敵を襲うのです。弱いから、刀を振るい、敵を殺そうとするのです」

「でも、お侍さんは……」

「侍も弱い。刀を持っているから強いわけではありません。みんな恐い。みんなが不安なのです」

ハヤは背筋を伸ばし、手を膝の上に置いた。そして、じっとこちらを見つめたあと、手をついて頭を下げた。

「私を守るよりも、ご自身をお守り下さい。いつでも、逃げ出して下さい。貴方様の御身が大事。それをどうか、忘れないで下さい。どうか、どうかご無事で……」

4

そのあと、主のシシドに会った。クズハラからも、今夜が危険であることが伝えられていた。不安そうに眉《まゆ》を顰《ひそ》めた顔だったが、取り乱しているというふうではない。さすがに落ち着いていた。

「こんなことならば、金を出してもっと大勢の者を雇えば良かった」彼は呟くようにそう言った。「なにか適当な理由をつけて、お上に申し出れば、あるいは何人か出してくれたかもしれない。その方がよほど高くつくか……」

もともとそれができなかったのは、竹の石のことが秘密だからだ。理由が説明できないから、手が打てなかったのだろう。

こうなるまえに、竹の石を見つけたとお上に報告し、これまでどおり素直に献上してしまえば良かったのである。そう考えたが、もちろん黙っていた。その葛藤《かっとう》は、既にこれまでも、シシドにはあったはず。なにごともなければ、という思いに引きずられてきた。今すぐにも決断できることだが、しかし、それは今夜の襲撃を防ぐ策にはなりえない。

村の祭りは今朝で終わり、村の者は後片づけをしているという。大勢の人間は雨のまえに村を離れただろうか。外は大雨で、弱まる様子はない。次第に激しくなっているとさえ見受けられた。

玄関へ見にいくと、外の松明も消えていた。クズハラとコバは、庇《ひさし》の下で雨を凌いでいる。

「酷い雨になりました」コバが言って息を吐いた。

風も吹き荒れているようだ。東の空がときどき明るくなる。稲光だ。地面の見える範囲は、水が躍《おど》っている。屋根に当たる雨音なのか、ごうっという騒がしさが絶え間ない。これでは、人も馬も、足音など聞こえないだろう。

見回りの者は笠《かさ》を被っているようだが、着物はずぶ濡《ぬ》れである。まだまだ宵《よい》の口《くち》だというのに、闇は深く、近くも見えないほどだった。見回りをするにも、この状態では歩くことも難しいのではないか。

「まあ、幸いなことといえば、火縄《ひなわ》が使えないことだ」クズハラが言った。

鉄砲のことらしい。火を使う道具だから、水を嫌うようだ。そういうものなのか、と多少は安《あん》堵《ど》した。

正門は閉じられ、外に味方はいない。全員が敷地の中で備えることになった。玄関から西へ少し行ったところに納屋がある。馬屋のすぐ隣だ。味方のうち、見回り以外の者はそこに集まっているとコバが話した。ではそちらを見てきましょう、と言い、表に出た。

「ゼン様、蛇《じゃ》の目《め》をお使い下さい」コバが後ろから呼び止める。

コバが広げてくれた。丸い大きなものだが、重くはない。その柄を片手で持ち、雨の中へ出ていった。

納屋には六人いた。シンキチの顔もあった。土間の中央を土で囲い、小さな火を焚いていたので明るかった。それぞれの顔がよく見える。緊張した顔ばかりだ。二組が見回りに出ているということだった。

「今夜、本当に来るのですか？」シンキチがきいた。

「わからないが、来るつもりでいた方が良いでしょう」

「何人くらいですか？」別の者がきいた。

「わかりません。とにかく、無駄に戦おうとせず、仲間に知らせること。それが皆さんの第一の役目です」

揺れる明かりの中で六人の顔が頷いた。

しばらく、そこにいた。見回りの者が戻ってきて、別の者が出ていくのを見ていた。雨に濡れているから、戻った者はすぐに火の近くに座って手を前に出す。その手が震えているのがわかった。寒さのせいばかりではないだろう。

外が一瞬光ったと思うと、雷の轟音《ごうおん》が鳴った。地面が揺れるほどだった。

「近いな」と誰かが言う。

それでも、雨は一時《いっとき》ほどではない。少し弱くなったようだったので、蛇の目を広げて、また外へ出ることにした。

母屋の北側を歩く。雨戸が閉められ、建物の明かりは漏れていない。少し離れたところに、僅かな明かりが見えたが、それは四つ並んだうちの一番端、クローチがいる蔵の小さな窓だった。その前を通り過ぎ、裏門を確かめるために裏へ回ろうとしたとき、空が光った。

一瞬、塀の近くに、動くものが見えた。

雨はそれほどでもなく、再び辺りは闇に包まれた。

おそらく、相手もこちらを見ただろう。

気づかない振りをして、そのまま歩き、間合いを詰める。

蛇の目を投げ、走った。

相手も走る。

塀に沿って、追う。

離れに近い垣へ追い詰める。

刀を抜こうか、と思ったとき。

走る音が消え、人影を見失う。

だが、また空が光った。

すぐ横に、いた。

柄に手がいく。

「お待ちを」耳許で囁かれるくらい近くに声があった。

「何者だ」と尋ねたが、聞き覚えのある声だ。

「敵ではありません」

「このまえの者か。何をしている」

「ただ見届けるだけの者です。なにもいたしません」

「ただ見届ける？　何を見届ける」

「まもなく、攻め込みましょう」

「どこから？」

「東」

「どうして知っている？」

相手は答えない。地面に片膝《かたひざ》をついている。刀を持っていないように見えた。下を向いているので顔も見えない。

「クズハラ殿に仕えているのか？」

「いいえ」

「では、誰に仕えている？」

黙っていた。答えるつもりはないようだ。

「敵はどちらから入る？」

「東の塀を越えて」すぐ横の塀のことだ。「既に、すぐそこまで来ております」

「何故、それを知らせるのだ？」

「敵ではないからです」

「では、味方か？」

「ただ見届けるだけ」

一歩離れた。そうすれば相手は不安になり、こちらを見上げるだろう、と思ったからだ。しかし、下を向いたままだった。刀を抜かれたらどうするのか。斬り捨てられる距離だ。

「私の名を知っているのか？」

「存じております。ゼンノスケ様」

「では、そちらも名乗られよ」

「名前はありません。ナナシとお呼び下さい」

「ナナシ？」

「では、これにて」

そのままの姿勢で、後ろへ下がり、垣の中に吸い込まれるように消えた。通れるほどの隙間が垣に開いているのか、と覗き込んだが、暗くてよくわからなかった。

迂回して離れの庭に入り、辺りを探してみたが、もう気配もない。

5

まず蛇の目を拾いに戻った。再び雨が強くなっていたからだ。

今、立っているのが、まさに東の塀の脇だった。塀に近づき、耳を澄ませたが、なにも聞こえない。雨の音が喧《やかま》しすぎる。

蛇の目を広げて立ち、じっと待った。ここにいるよりも、さきにクズハラに知らせにいくべきか、と迷った。だが、既にそこまで来ている、とナナシは言った。であれば、待ち伏せるべき。

奇襲は奇襲を恐れるという。カシュウの言葉だ。

蛇の目に雨が当たる音を聞かれるのではないか、と思ったものの、雨はさらに激しさを増し、それぞれの音を掻き消し一体となり、方角もわからぬほどになった。上からばかりではない、風に煽《あお》られ、横からも雨が当たる。もはや蛇の目も頼りない。

稲妻で辺りが一瞬明るくなったとき、少し先の塀の上に人影が見えた。遅れて雷が轟《とどろ》く。その音に紛れて、素早く蛇の目を閉じ、塀に立て掛けた。

塀から数歩離れ、庭木に身を寄せる。

動きがわかった。

話し声も聞こえた。

塀の上にいる者が、こちらを眺めているようだ。

見回りの者が来るか、とそちらを見たが、暗闇しかない。

塀の上から、こちらへ飛び降りた。そのまま見えなくなる。

しかし、また塀の上に現れる。別の人間だ。

さきに下りた者が、立ち上がり、辺りを窺《うかが》っている。早く下りろと手招きをした。二人めは、長い武器を仲間に手渡してから、飛び降りた。躰が重そうな奴だ。二人は少し手前に出た。だが、次の者を待っている。

三人めが現れた。梯子を掛けているのだろうか。

しかし、違う場所にも人影が。

二つめの梯子か。

今、出れば、二人を斬れるかもしれない。

だが、塀の別の場所にさらにもう一人。三つめの梯子だ。

二人が飛び降り、四人になった。

五人めも飛び降りた。

この五人めは、最も近く、すぐ近くだった。さきほど塀に立て掛けた蛇の目に、その男は気づいた。辺りを見回している。

こちらを見た。じっと見る。見られたかもしれない。

大きく息を吸ってから、走り出た。

五人めに向かって、突き進む。

相手の目が大きく見開くのがわかった。

稲妻が光る。

男の影が塀に落ち。

太い刀を持っていたが、それを振りかぶるまえに、こちらが突っ込んだ。

刀を抜き、斜めに振る。

男の首を斬った。

その勢いのまま、右へ走る。
塀の上で叫ぶ声。
どどどっと雷が鳴り。
槍を持った男が構え。
驚いた顔。
槍を振った。それを避けて、通り抜け。
後方の男を目指す。
そちらはまだ刀を抜いていなかった。大きな男だ。
変な声を出した。
雨で濡れた顔を手で拭《ぬぐ》った。
動きが遅い。
次の男を一瞬だけ見る。
大男の腕を刀が掠《かす》め。
相手が持っていたのは長刀《なぎなた》だった。
その刃《やいば》は、まだ遠い。
左へ跳ね。
後ろから来た、さきほどの男へ刀を向ける。

相手は下がった。
大男が長刀を振る。
その懐へ飛び込み、脇差しを抜いて、腹を突く。
男を押し倒し、長刀を奪った。
後ろから来た男に長刀を振る。
それを投げ。
再び走る。
塀の上から二人飛び降りた。
叫び声が上がる。
さらに走る。
一人めが倒れているところまで戻った。
身を屈め、辺りを窺う。
すぐ近くに倒れている男の首に触れた。
もう生きていない。
手にぬるっとした感触。
血だろう。
しかし、雨がすべてを流す。

塀の上を見る。三人の目がこちらを向いていた。
「そこだ！」と一人が叫ぶ。
下にいるのはあと五人か。
上に三人。
外にはまだいるだろう。
塀の上の一人が弓を構えるのが見えた。
後方へ走った。
庭木の陰《かげ》へ。
こんと音がする。矢が樹に当たったようだ。
雨で、矢が飛ぶ音が聞こえなかった。
獣のような声とともに、一人が突っ込んでくる。
鎌《かま》のような武器だった。
低く出て、相手の横を逆へ走る。
「おのれ！」
別の男も来た。
刀を振った。
塀から三人が飛び降りる。

八人になった。
さらに、また塀の上に。
雨の中を走った。
地面は滑る。
後方から来て。
振り返らず、横へ跳び。
相手の筋を見る。
二人めは少しあとだ。
上から振り下ろされる刀。
僅かに横を抜け。
躰をぶつけるように飛び込む。
刀の根本で、下腹か股《もも》を引き斬った。
次の奴が来る。
後ろへ下がり、すぐにまた出る。
相手の刀が横へ。
また一人走ってくるのが見えた。
立ち上がり、刀を構える。

相手はにやりと笑った。

自信があるようだ。

手を広げ、後ろの仲間に待つように指示した。

顔の横で刀を真っ直ぐに立てて構えている。

姿勢。足の位置。

雨が地面に当たって跳ね。

頭にも、顔にも、肩にも。

ゆっくりと息をする。

幸い、仲間は少し離れている。

この侍が自分を倒すのを待っているのだ。

塀からまた飛び降りる人影が見えた。

時間を稼いでいるのかもしれない。

すっと牽制《けんせい》の刀を振る。

相手は動かない。

なかなかの腕前のようだ。

「雇われているのか」その男が低い声で言った。「ならば、二人を斬ったのはそちらの仕事。いたしかたない。今のうちに立ち去られよ。無駄な殺生《せっしょう》はしない」

塀を越えた人数は、十人を超えただろう。もっといるかもしれない。
後ろへ下がった。
相手は出てこない。
そのまま走った。
玄関の方へ。
振り返ったが、追ってはこないようだ。逃げたと思ってくれたか。
途中で仲間二人と出会う。一人はシンキチだった。びっくりした顔だった。
「盗賊だ。十人はいる。既に塀を越えた。クズハラ様に伝えてくれ」
二人は玄関の方へ走っていく。
しばらく、そこで待った。しかし、誰も来ない。どこへ行ったのか。
大きな音がする。
母屋だ。
「来たぞ！」という声。
別の見回りか。
そのあと、呻《うめ》き声が聞こえた。
どんどん、と音が続いている。
戸を壊そうとしているのか。

そちらへ向かった。
垣の中から飛び出してくる。
ぶうんとなにかが近くを飛んだ。
すぐ後ろで枝が折れる音。
横へ走った。
鎖鎌《くさりがま》か。
また、近くへ飛んできた。
地面に当たって、土と水が跳ね飛んだ。
低く構え、辺りを見回す。一人か。
違う、もう一人いる。
そちらへ突っ込む。
立ち上がった。
叫び声。
鎖の音。
きんと高い音と、弾ける石。
男は後ろへ下がり、庭の灯籠《とうろう》へ隠れた。
追う。

後ろを気にしつつ。刀を真っ直ぐに突く。
灯籠の穴を通し、相手の胸を。
振り返る。
鎖鎌が横から。
腕で避ける。
鎌は灯籠に当たった。
鎖が腕に巻きついたので、それを摑みぐっと引く。
灯籠の向こうで男が倒れる。
刀を引き抜いて、身を倒しながら振った。
突っ込んでくる男が上に。
首筋を斬った。さらに地面を転がり離脱。
鎖を解《ほど》く。
呻き声を上げる男。
蹲《うずくま》っている。
戸を叩く男はどこだ。
女の悲鳴が聞こえた。
自分が倒したのはまだ五人。

立ち上がって走った。
明かりが漏れている。
雨戸が壊されていた。既に屋内へ入ったか。
そこから家の中へ入った。
通路を進み。
立ち止まって、耳を澄ます。しんと静まり返っている。
足音を立てないように歩くことにした。
ハヤの部屋へ。
通路に明かりがあった。
もう少しというところで、角の先に刀の光が見えた。
一人か。
さきほどの侍ではない。
じっと待っていると、やがて顔を出した。
そこを突く。
ぎゃっと声を上げて、後ろへ飛《と》び退《の》いた。
顔を押さえている。
持っている刀を振り回す。

腕を足で蹴《け》り除《の》け、首を突いた。

はっと息をする音。

振り返ると、襖が開いていた。

柱に摑まるようにして、ハヤが立っている。

通路の明かりを吹き消してから、彼女の部屋に入り、静かに戸を閉めた。刀をひとまず納める。

額《ひたい》からは、雨なのか汗なのか、滴《しずく》が滴《したた》り落《お》ちる。

「大丈夫ですか？」

「家の中まで入ったのですね」ハヤの声は震えている。

「どうか静かに」それから、頷いてみせた。

真っ暗闇だから、見えないだろう。身を寄せる彼女の鼓動が伝わってくる。縋りつくように、こちらの着物を摑んでいる。子供のようだった。

しばらくそのままじっとしていた。

ようやく、普通の呼吸に戻った。

物音を聞こうとしたのだが、屋根の雨音と、ますます頻繁になる雷鳴しか聞こえない。

少なくとも、近くに敵の気配はなかった。

「もはや、ここにいるしかない」小声で彼女に告げた。

ハヤは頷いたようだ。
通路に出るのは危険だろう。
「父のところへ」ハヤが囁いた。「私はここに隠れております」
そのとき、ぱんという音が聞こえた。
「鉄砲？」ハヤが言った。
聞いたことがない音だった。家のどこかにはちがいない。
そのあと、男の声が聞こえた。唸っているような低い声だった。
「どこだ！」という声も響く。
戸を開け閉めする音が、近づいてきた。
ハヤがしがみつく力が強くなった。
それを制して、彼女から静かに離れる。
立ち上がり、襖に近づいた。
通路に足音。
こちらへ来る。
二人か。
「暗いな」その声は近い。
襖を僅かに引き、指を入れる。

前を行き過ぎたところで、襖を開けた。

明かりを持った男が、

「ん？」と振り返る。

抜いた刀で、その額を下から斬った。

明かりが落ちる。

その男が倒れるよりさきに、翻って後ろへ出る。二人めは闇の中だった。長刀を持っていたようだが、長すぎる。

最初の振りを躱《かわ》してから飛び込み、正面から喉を突いた。声もなく息だけを漏らして、その男も崩れた。これで八人。

すぐに戸口へ戻る。

床に落ちた明かりも消す。

「シシド様のところへ行きます。一緒に来て下さい」

ハヤの顔は見えない。しかし、彼女は立ち上がり、通路に出てきた。震える手を取り、ゆっくりと進む。

角まで来ると、明かりがあった。

彼女の顔も見えた。大丈夫そうだ。

ハヤが指さした方へ曲がる。

人が倒れていた。家の者のようだった。

血が流れている。目を開いたまま、息は既にない。

ハヤが跪《ひざまず》く。手を触れようとしたが、思い留まり、こちらを見る。首をふって応えた。彼女は再び立ち上がり、そして、目を閉じ、静かに息をついた。

声が聞こえた。何人かいる。

短い悲鳴のような。

次の角を曲がると、刀を持った男が立っていた。鎧《よろい》を着ている。兜《かぶと》も被っていた。振り返って、こちらを向いた。

ハヤの手を離し、前に出る。

男は突進してくる。

おお、と声を上げた。

刀を振りかぶる。胴が開いているが、鎧がある。

横に跳んで、襖を開ける。中に人がいた。女のようだ。壁際に蹲っている。

男が刀を振り、襖を切った。

膝を折り、低く構え、返しの振りを読む。

そこへ刀が来る。

切っ先が通り過ぎ。

突っ込んで、低く水平に振る。

脚を斬った。

男は声を上げる。

もう一度刀を振り上げたが、脚が崩れ、躰は前に。

後ろへ回り、腕を取って、脇から突いた。

ぐっと音がして、血を吐く。

力が抜けるのを待ち、慎重に離れた。

九人。

ハヤが部屋の中へ。

もう一人いるようだった。二人とも無事らしい。すぐにハヤは出てきた。

通路をさらに進む。ハヤが後ろをついてくる。

前方は明るかった。

入ってきたところが見えた。壊された戸はそのままだ。辺りに人はいない。外は雨がまだ激しい。だが、雷鳴はもう遠かった。

6

ぱんとまた鉄砲の音。

方角はよくわからなかった。家の中か外か、それもわからない。角を曲がると、真っ直ぐの少し広い通路に出た。その先に通路が十字に交わるところがある。見覚えがあった。そこを左へ行くと玄関だ。シシドの部屋は右か。奥へ進めば厨《くりや》のはずである。

人の気配があった。小声で話す声も近かった。

何人かいる。

玄関の味方かもしれない。

ゆっくりと進んだ。

ハヤはすぐ後ろで、躰が触れるほど近かった。

あと数歩というところで、右から人が現れた。

後ろへ。ハヤを押し戻して下がった。

女の着物のように派手な色だった。

血に染まっているのかと思えるほど鮮やかな赤。

着物の模様だった。刀は抜いていない。こちらを向く。目を細め、微動しない眼《まなこ》が真っ直ぐに睨んだ。

「ああ、お主か。さきほどの」その声で、雨の中で向き合った者だとわかった。「逃げたと思ったぞ」

最後の言葉は、少し愉快そうに響いた。

おそらく、この男が頭《かしら》だろう。そうでないにしても、最強であることはまずまちがいない。

足許を見た。着物が長い。

濡れている。

足は片方しか見えなかった。

刀は二本。ほぼ同じ長さのものが二本だ。

珍しい。二刀流か。

右の戸が開き、男が飛び出してきた。

そちらへ刀を向ける。男は止まり、しかし、刀を振り上げた。さらに切っ先を喉元《のどもと》へ。男は尻《しり》餅《もち》をつき、部屋の中へ消えた。

その刀を前に向けつつ、後ろを察する。ハヤは離れたようだ。

右の部屋の男は、奥でまた刀を構え直している。

正面の派手な男は、刀をまだ抜かない。

顔は笑っているように見えた。

「惜しい。雇われているのであろう。もはや無意味だ。主は死んだ。お主の義理はもう終わったのだ。立ち去るか、それとも我らに加わらんか」

黙っていた。その物言いは、やはり頭のようだ。

左の通路から男が一人顔を覗かせる。手下のようだ。頭が待てと手で示した。

「奥にいるのは、庄屋の娘か。命を取ろうとは言わぬ。お主が刀を納めれば、我らは立ち去る。既に目的は達せられた」

少し後ろへ下がった。

ハヤを確かめる。通路の角まで下がって身を隠していた。

「玄関の侍は、二人とも倒した。お主の味方はもういない。外に幾らか雑魚《ざこ》がいるようだが、逆らわぬかぎり殺しはしない」

二人とは、クズハラとコバのことだろうか。

「なあ、考えろ。まだ若い。その腕が惜しい。無駄死にするな」

玄関が開いているようだ。

微かな風が、前から後ろへと抜けていく。

それとともに、なにかが燃える匂い。

右から別の男が現れ、筒をこちらへ向けた。

同時に、左の襖が押し倒され、叫び声とともに、男が。

右の部屋へ飛び込んだ。
ぱんと音が鳴る。
そこで刀を構えていた男を斬り払った。
そのまま突き進み、通路へ出る。
鉄砲を持った男が振り返るのを、横から斬った。
頭が刀を抜くのが見えた。やはり二本だ。
倒れるように、逆へ跳び。
追いかけてきた男の腹を下から突いた。
男を持ち上げ、投げ捨てる。
これで、十二人斬った。
立ち上がる。
ぶうんと鳴って。
頭の刀が。
さらに奥の部屋へ。
転がり入る。
「おのれ!」
立ち上がって、通路を横断。

横からきた刀を避ける。
同じ筋をもう一度刀が通る。
左の手首を掠った。
さらに後退。
襖を押し倒し。
また通路に出た。
刀が逆から。
もう一本は上から。
下がる。
体勢が悪い。
構える暇もない。
さらに突っ込んでくる。
速い。
刀が空を切る音。
戸に当たり、柱にも当たった。
かん、かんと鳴る。
また来る。

右へ跳び。
目の前を切っ先が。
起き上がるのも無理。
上から突いてくる。
畳に刀が突き刺さる。
この隙に、さらに後ろへ下がり、ようやく膝を立てることができた。
間合いがあった。
呼吸をする。
相手も息をした。
立ち上がった。
周囲を見る。もう手下はいないのか。
もはや、自分と相手の二人だけか。
考える暇もなく、敵は刀を振って突進してくる。
右手も左手も利くようだ。
片手で操っているとは思えない刀の速さ。
さらに下がった。
まったく攻める機が見えない。

呼吸が苦しかった。
だが、これだけ動けば、相手も疲れるはず。
再び見合った。
息を吐く。
来るか。
動かない。しかし、出ていくには危ない。
斜め下と、斜め上に刀。
それを、ゆっくりと回し。
前と後ろに構え直した。
後ろの刀が見えない。
まさに、二人いるのと同じ。
否、相手はあくまでも一人。
見ているものは一つ。
口に血の味がした。
左の手が血で滑りそうだったが、拭う暇はない。
じっと待った。
呼吸を悟られないように、静かに息を。

明かりは遠く、相手の表情はほとんどわからない。
ただ、眼光は美しいほど白く。
今は脚が見えた。
なにか策はないか。
僅かでも、斬り込める隙があれば。
しかし、動けない。
見合ったまま、じりじりと後ろに下がった。
すっと滑らかに突いてくる。
一本が中央に。
もう一本は見えなかった。
右へ跳ぶ。
その一本が下から。
後ろへ。
刀を振ったが、この隙にまた突かれる。
脇に切っ先を受けた。
大丈夫だ、浅い。
下がるしかない。

刀は振れない。
振れば、そこが隙になり、攻め込まれる。
横に動き、倒れた襖を踏んで通路へ出た。
体《たい》が入れ替わり、明かりが背になる。
相手の躰から湯気が上がっているのが見えた。
自分の躰も濡れている。
雨と血と汗と。
後方で微かな軋《きし》みが鳴る。
思い切って、振り向きざまに走る。
通路の角に、槍を構えた男が立っていた。
その向こうに一瞬、ハヤの着物が見えた。
男の槍を下から切り、僅かに返して、首筋を斬る。
振り返って、すぐに刀を向けたが。
敵は出てこなかった。
間合いは充分に遠い。さらに、下がって立ち上がった。
「ご無事ですか？」ハヤに声をかける。
「はい」と彼女は応える。

自分の躰を見る余裕が初めてあった。
左手は血に染まっている。
脇の傷も出血していた。
左の股《もも》にも、浅い傷があるようだった。
痛みはない。
血の甘い香りがしただけだった。
通路には夥《おびただ》しい血が流れている。
血飛沫《ちしぶき》の跡が、壁を染めている。
倒れている者、呻いている者。
奴は来ない。
どうした？
向こうも疲れているのか。
十三人斬った。
もう手下はいないのか。
味方もいないのか。
雨の音だけが。
自分の息。

そして鼓動。

さらに下がって、ようやくハヤの顔を見ることができた。

白い顔がこちらを見つめていた。

言葉はない。

彼女の近くに敵はいない。ほかに、家の者が二人いるようだった。啜《すす》り泣《な》いている声が聞こえた。世話をしてくれたあの女中のようだ。

息を吐き、気を込める。

刀を握り直した。

唇《くちびる》を嘗《な》め、血の甘さを味わう。

息を吸い。

止める。

相手が出てきた。

こちらも突き進む。

走る。

声はなく。

ただ、板を蹴る足音。

柱だ。

戸を打ち破り、そちらへ突っ込む。
刀が来る。
一本めが髪を掠り。
伏せた。
二本めが目の前を通る。
ごんと音がして、家が揺れた。
刀が柱に当たった音だった。
立ち上がると同時に。
斜め左下から。
敵の筋を追うように刀を振り上げた。
二羽の鳥が舞うように、相手の刀と自分の刀が飛ぶ。
翻し。
上から来る一筋を避け。
跳ね飛ぶように躰を持ち上げ。
渾身の力で振り下ろした。
手応え。
そして、即座に下がり。

切っ先を敵に向ける。
斬ったのは、相手の一本の腕だった。
それは、柱に食い込んだ刀を抜こうとしていた腕。
二歩、相手は後退した。
血が噴き飛び。
重心を崩し。
もう一本の腕はまだ戦おうとしていた。
来るか。
立ち上がって、斜めに構える。
一本ならば、正面から相手になれる。
しかし、やがて敵の躰は傾き。
息を吐く。
ぐうっという恐ろしい声と血。
やや下を向いていた顔が上がり。
笑うような顔を。
鋭い眼が宙をさまよっている。
膝が崩れる。

血が床に落ちる音と。
板の上に流れ広がる赤と。
刀を持った片手が、床についた。
次に肘《ひじ》も落ちる。それでは、もう刀を振ることはできない。
さらに顔が下がる。
目が細くなる。
それでも、少し躰を戻し。
刀を置いた。
片手が、板の血を掬《すく》う。
真っ赤な手を顔の前に。
笑った。
「綺麗だな」頭は言った。
こちらを見る。
「ああ……」男は息を吐いた。
刀を構えたまま、こちらも動けなかった。
それだけの殺気がまだあったからだ。
「雨がやんだか?」

片腕から流れ落ちる血の音。
男は、生きている手で、その血をまた掬った。
雨の音は続いている。
聞こえないようだ。
笑っていた顔が、目を閉じる。
静かになった。
息を止めたようだ。
そして、背後へ向けて、
ゆっくりと傾き、
仰向けに倒れ、
どんという音が鳴った。
自分の赤い血の中に倒れ落ちた。
大きく息を吐き、
真っ直ぐに立ち、
一礼した。
あまりにも、あっぱれ。
見事だった。

言葉にできるのはそれだけだった。

静かだ。

雨の音だけになっていた。

もう一度、大きく息をついた。

唾《つば》を呑み込んだ。

血の味がする。

躰の熱がわかった。

汗が噴き出る。

さらに、苦しいほど息を何度も繰り返していた。

「ゼン様？」

ふうっとまた息を吐く。

「ゼン様」ハヤが背に触れた。

自分の刀を見た。

飛んだ血が僅か数滴ついているだけだった。

自分の着物を見て、綺麗なところで刀を拭い、鞘に納めた。

「お怪我をされています」ハヤが言った。

通路に倒れている者を確認した。生きている者もいるが虫の息だった。鉄砲の小さな火種がまだ燻《くすぶ》っていたので、踏み消した。通路の角の柱には、刀と手首がまだ残っていた。

7

明かりを灯し、ハヤと二人でシシドの部屋を見にいった。シシドは床の間の近くで倒れていた。首筋を斬られている。血があまり出ていないが、鋭い一刀が命を奪ったためだろう。目を瞑り、顔も歪んでいない。眠っているようだった。ハヤは、父の前に座して、しばらくじっと動かなかった。泣くこともなく、またなにも言わなかった。こちらも、言葉を思いつかず、黙っているしかなかった。

同じ部屋にもう一人女が倒れていた。こちらは背後から肩を斬られ、着物が血に染まっていた。血飛沫が欄間《らんま》の高さまで飛んでいる。家の者らしい。ハヤはなにも言わない。しばらく、その部屋にいたが、ハヤをそこに残し、家の中を歩き、方々を見回ることにした。自分が斬った者たちは、まだ倒れたままだったので、武器を拾い、遠ざけておいた。家の者で倒れているのは二人だった。いずれも絶命している。どちらも若い男だ。

玄関には、コバが倒れていた。微かに息があったが、目を開けない。外から家に入ってきたところを斬られたようだ。傷は二箇所。肩から胸へ。そして首を刺されているようだった。出血が酷く、いずれも深い。駄目かもしれない。動かさない方が良いと考え、そのまま寝かしておく。

表に出たところに、クズハラが刀を持ったまま倒れていた。また、その付近に一人の敵が死んでいる。クズハラは息があったが、胸から血を流していた。

「鉄砲にやられた」と言った。「どうです？　みんなは無事ですか？」ときいた。

シシドが死んだこと、ハヤは大丈夫なこと、頭《かしら》と見られる二刀流は倒したことを手短に話す。

「逃げていった者がいましたか？」

「わからない」クズハラは溜息をつく。

そのまま目を瞑ってしまったので、雨の当たらない庇の下まで躰を引きずって移動させた。

門の戸は閉まったままだった。

雨はまだ降っているが、勢いはなく、音を立てるほどではない。

玄関の近く、明かりが届く範囲だけでも地面の半分は水溜まりだった。

「誰かいますか」と大声で呼ぶ。

しばらくすると、納屋の方角から何人か恐る恐る現れた。その中にシンキチの顔があった。人数を数える。二人いないようだった。斬られたとは限らない。どこかに潜んでいるのなら良いのだが。

「敵は？」シンキチがきいた。

「十四人は斬った。クズハラ様とコバ殿の手当を」と依頼する。「まだ、どこかに敵が潜んでいるかもしれない。油断をしないように」

シンキチは何度も頷いた。

そうして、また家に入り、シシドの部屋へ戻った。

ハヤはまだ父の前に座っている。さきほどのままだった。

ただ、こちらを一瞥した。

その戸口に腰を下ろす。

役目は終わったか、と思う。

少し疲れているのが自分でもわかる。

眠りたかった。しかし、今しばらくここにいよう。

頭を巡ることは、あの二刀流のことばかりだった。

何度も繰り返し、刀の筋が過《よ》ぎった。

あるいは、これは夢か、とも思う。

半時ほど、無言の時間が続いた。

ハヤが黙って部屋を出ていき、すぐに戻ってきた。手拭いと桶を持っていた。彼女は、すぐ横に膝をつき、血のついた自分の手を拭い、怪我をしたところを縛ってくれた。一番深いのは左手だったが、骨までは達していない。血はほとんど止まりつつあった。

お互いに無言。

言葉というものを思いつきさえしなかった。

手当が終わったところで、怪我をした自分の手を、ハヤは両手で覆うようにした。そして、頭を下げ、その手に頰を寄せた。

傷は今になって痛んだ。だが、それよりも心の方が痛い。

わかっていたことなのに、どうしてこうなってしまったのか。

主は殺された。

敵の数が多かった。武器も強力だった。

クズハラを撃った鉄砲は、おそらく家の中からだっただろう。外は雨だから、まず家の中へ入り、そこから攻めたのだ。そういう策だった。

通路を近づいてくる足音がしたので、立ち上がって出ていくと、老人と老婆の二人だった。こちらを見て驚き、通路の端に蹲った。しかし、盗賊でないとわかったようで、震えながらまた立ち上がって近づいてきた。

部屋の中を覗き込む。老婆がひいっと息を詰まらせた。

「お嬢様」老人が呼んだ。

「私は大丈夫です」部屋に座していたハヤが答える。意外にも声はしっかりとしている。「父上は殺されました。皆は大丈夫ですか？」

老人が手を合わせ、念仏を唱えた。

「誰か、お医者様を呼びにいって下さい。怪我をしている者がいるはずです」ハヤは立ち上がって、通路へ出てきた。

老婆が泣き顔でハヤに縋った。

「もう大丈夫。恐かったでしょう」膝を折りハヤが言った。「もう終わりました。みんなにそう知らせてきて」

二人は頷き、廊下を戻っていった。

「誰かいないか」という声が聞こえた。

部屋を横断し、縁まで出ていく。盗賊が壊した戸の外に、クローチが立っていた。蛇の目を持っているが、雨は小降りのようだった。

「ゼン殿か。静かになったので、見にきたのだが……」

「ご無事でしたか」

「いや、私は、なんともない。蔵へは来なかった。盗賊は、どれくらい来たのですか」

「シシド様が亡くなりました」

「え？」クローチはびっくりした顔になる。そのまま家の中へ上がり、シシドの部屋へ行った。

クローチが駆けつけると、ハヤが声を立てて泣きだした。床に伏せ、子供のように泣いている。

クローチはシシドを見て、傍らに膝をつく。主人の手を取り、脈を見たようだった。溜息をつき、上を向いた。

「酷《むご》いことを」と呟いた。

それから、ハヤのところへ近づくと、彼女の肩に触れた。ハヤは頷き、泣くのをやめ、クローチの顔を見た。

「ハヤさんが生きていて良かった」クローチが言う。「竹の石は奪われたのですか？」

ハヤがこちらを見たので、二人の近くで膝をつく。

「奪われました」ハヤは答えた。

「どこにあったのですか？」とクローチが尋ねる。

「父の枕の中です」

立ち上がって見にいくと、シシドの近くに枕が転がっていた。裏側に口が開いている。そこに塡《はま》っていた小さな板も近くに落ちていた。四角い穴があったが、中身はなにもない。空だった。枕には血飛沫の跡が残っている。

「では、あの男が持っているかもしれない」そう言って立ち上がった。二刀流の頭のことである。

「私も行きます」

ハヤが明かりを持ってついてきた。

「大丈夫ですか？」振り返って尋ねる。

「それは、私が言いたかったことです」

あの男が倒れているところまで来た。床の血はまだ乾いていない。明かりで照らし、それを避けて近づく。男の派手な着物は、血でさらに赤くなっていた。袂《たもと》と懐を探った。腰に着けている袋も確かめた。しかし、それらしいものはない。

「箱に入っていましたね？」

「そうです。小さな竹の箱に。その箱が、あの枕の中にぴったり収まるようにできていました」

先日見た箱とさきほど見た四角い穴の大きさを思い浮かべる。片手で握って隠すことはできない大きさである。男の躰を調べたが、どこにもない。鉢巻きをしていたので、それも外してみたが、見つからない。

通路や部屋の中で倒れている手下を調べることにした。一人ずつ、持ち物を確認した。息をしている者は一人もいなかった。金や小物の類は出てきたが、箱はない。竹の石は見つからなかった。

戦っている間に落としたのではないか、と考え、近辺を捜索した。しかし、どこにもない。

「誰かほかの者が持っていったということでしょうか」ハヤが言った。

「そうですね。どこかへ隠すとは思えません。頭が持っていると思ったのですが」

「彼が頭ではなかったのでは？」ハヤが言った。

それは考えつかなかった。たしかに、その可能性はある。最強の男が頭とはかぎらない。ハヤの言うとおりだ。

「では、そいつは、逃げたということですね」

「おそらく」ハヤが頷く。

「どこから逃げたのだろう。表の門は閉まっていました」

「もう良いのです。あれが宝だったのは、父が持っていたからこそ……。今となっては、なんの価値もありません」

「塀は梯子がないと越えられません。門を見てきます」

玄関へ行く。既にクズハラやコバはいなかった。道場の者たちが運んだのだろう。門まで行くと、通用口は門が開いたままだった。これも、道場の者たちが開けたもの。さきほど見にきたときには、たしかに閉まっていた。

外に出て、左右を見る。

雨は上がっていたが、暗闇しかない。門から離れると、右手に道場の明かりが見えた。左手から馬が嘶《いなな》くのが聞こえる。そちらへ道を走った。塀が途切れる辺りに、馬が二頭いた。近づくと、樹に手綱《たづな》が結ばれている。

クズハラの話では、馬は三頭だった。一頭は誰かが乗って逃げたのかもしれない。草むらを奥へ進む。塀に梯子が三つ掛かっていた。竹を縄で縛って作った簡易なものだ。すぐ近くで作ったのだろう。ここから賊は侵入したのだ。

逃げたのはおそらく一人。手下がまだいたのなら、馬を使っただろう。こんな近くまで馬が来たのに、誰も気づかなかった。大雨の音に掻き消されてしまったのだ。

いや、気づいていた者が一人いた。ナナシだ。彼はどこへ行ったのか。まだ近くにいるかもしれない。ことの顚末《てんまつ》を見届けただろうか。もしそうならば、逃げた一人のことを問いたかった。

道を戻り、門から入った。門を閉めておくことにする。玄関にハヤが待っていた。

「外に馬がいました。二頭です。たぶん、もう一頭いて、それに乗って一人逃げたのでしょう。出るとしたら、ここ以外にないのですが……。あ、いや、裏門かもしれない」

「裏門があると知っていたでしょうか」ハヤが言った。

「下調べをしていたかもしれません」

家に上がり、彼女と二人で通路を歩き、厨へ行く。ハヤが火をつけて湯を沸かした。もう一人家の者がそれを手伝った。

湯で湿らせた手拭いをハヤが絞ってから持ってきた。それで顔を拭《ふ》く。手拭いが赤くなった。

「お疲れでしょう」ハヤが言う。

「いえ、大丈夫です。あの……」一言、謝るべきだと思った。

「何でしょうか」

「申し訳ありません」頭を下げた。

「どうして？」

溜息が出た。自分でもよくわからない気持ちが、喉から上がってきた言葉を塞《ふさ》いでしまった。

自分は、できるかぎりのことをしたつもりだ。しかしそれでも、結局は主人を救えなかった。宝は奪われ、敵の頭は逃げたのだ。そういうことを言いたかったのだが……。

「感謝しております」ハヤが頭を下げる。それから、彼女も溜息をついた。「ゼン様がいらっしゃらなかったら、私も、皆の命も、なかったかもしれません」

そうだろうか。

あの男は幾度か言っていた。無駄な殺生はしないと。自分が立ち向かわなければ、あのまま立ち去っただろう。主人を脅し、宝の在処をつきとめた。ほかにはなにも取ろうとしなかったではないか。ハヤもクローチも無事だったはず。家の者も、抵抗さえしなければ殺されなかっただろう。それは、クズハラやコバがいなくても、結局は同じだった。

いったい、我々は何をしたというのか。

ただ、武装していた故に、お互いに死人が出た。片方だけならば、どちらも死なずに済んだ。違うだろうか。

そう考えると、胸を締めつける苦しさが襲ってくる。平静を装っているが、叫びたい気持ちをじっと呑み込んでいた。とにかく、情けない。不甲斐《ふがい》ない。悔やみきれない。

ハヤが厨から手拭いと桶を持って出ていくので、あとをついていった。シシドの部屋へ彼女は入った。戸を閉めなかったので、戸口に立って待った。

彼女は、父親の躰を手拭いで拭いている。

泣き顔ではない。むしろ穏やかな、優しい顔だった。

彼女が手伝ってほしいと言ったので、部屋に入り、シシドを床まで運んだ。そこでまた、ハヤは父の着物を整え、髪を直し、顔を何度も拭いた。

それが一段落すると、部屋の隅へ行った。もう一人死んでいる者がいる。どこかへ運びますか、とハヤに尋ねると、父の横に、と答える。

そうか、この女がシシドが好いていたという者か、とわかった。二人で、この部屋にいたのだ。斬ったのは、おそらくあの男。二本の刀を自在に操った、あの侍だ。シシドの首への一刀は、急所を一寸《いっすん》も外していない。苦しむ間もなかっただろう。

しかし、女の方は違うかもしれない。後ろから斬られている。彼女は逃げようとしたのだ。何故、女まで殺したのだろう。

8

そのまま母屋で夜を明かした。ハヤがずっと近くにいた。ハヤはまるで関係のない話を沢山語った。それは、子供のときの思い出だった。ただ、父親は一度も登場しなかった。母親も出てこなかった。彼女は動物が好きで、犬や猫を可愛がったそうだ。鳥の雛《ひな》が樹から落ちていたのを見つけ、それを拾って持ち帰り、家で育てた話もあった。

何が言いたかったのか。おそらく、話に出てきたどの動物も今はいない。つまり死んでしまった、ということだろう。人間は動物よりは少しだけ長く生きることができるようだ。それでも、最後は皆死んでしまう。死んでしまえば、抜け殻になる。躰は冷たくなり、朽ちていく。そして、やがて土に還《かえ》る。

人も動物も、死ねば悲しいもの。彼女の口は、一度もそれを言葉にしなかったけれど、ときどき微動する瞳は、ただそれだけを語っていた。

自分は、カシュウが死んだときに、彼女のように泣かなかった。カシュウは父親ではない。しかし、二人だけで生きていたのだから、まるで自分の半分が消えるような体験だった。初めてのことで、どうして良いのかわからず、ただ、カシュウの言ったことを思い出し、彼の言葉だけで心を満たそうとした。自分の言葉を汲み入れていたら、きっと、なにもできず、山を下りることもなく、朽ちていくカシュウの亡骸《なきがら》に寄り添っていたかもしれない。

今思うと、そうならなかったのは不思議だ。

誰かに操られるように、山を下りたのだ。そうしなければ、自分まで消えてしまうような気がした。たぶんそれが、恐かったのだろう。

傷の上に巻いた布をハヤが取り替えてくれた。血は止まっているが、痛みは逆に大きくなった。目を瞑ると、自分の鼓動が、ここに傷があると高鳴っているようだった。しかし、それも忘れてしまうほど、躰は疲れていた。

目を瞑り、少し眠ると、二刀の筋が稲妻のように走り、はっと目が覚めた。

そしてまた、あの死闘を最初から思い出した。一振り一振りをすべて鮮明に覚えていた。何度も繰り返し思い出したが、やはりどこにも攻める隙がなかった。特に、最初の刀は速かった。手を切られたときだ。あのとき、自分は必死に逃げた。咄嗟に僅かにでも避けた方向が幸いして、これだけの傷で済んだ。もし攻める気持ちが強く、多少でも斬り込んでいれば、とても避けられなかっただろう。相手は、こちらが出ようとした瞬間に二刀めを振った。その間合いは、実に精確だった。人間の呼吸の間合いを知っているのか、それとも動きが読めるのか。いずれにしても、無駄というものがない。あの時点では、勝ち目はなかった。

勝てた要因は、相手が疲れたからだ。

自分の倍か、それ以上の年齢だったのではないか。あそこまで攻め続けなければ、疲労も多少は少なかっただろう。しかし、攻め続けるが故の強さだった。ああいう剣なのだ。受けることのない、攻めの一手の剣。力尽きるまで刀を振るのか。二刀の利は、たしかに存分に発揮される。受けるときには二刀はいらない。一刀が受け、もう一刀が攻める。それが普通の二刀流だと聞いていたが、あれはまるで違っていた。異色の剣というほかない。

考えながら、また少し眠っていた。刀を肩に抱え、柱にもたれ座った姿勢のままだった。

目を開けると、通路の先の戸が開いていて、明るい日が差し込んでいた。近くにいたはずのハヤの姿がなかった。

立ち上がり、明るい方へ歩く。縁にハヤがいて、雨戸を開けていた。東の空が眩しい。雲も少ない。破壊された戸の残骸《ざんがい》を、老人が片づけていた。それ以外にも、庭先に何人か出ている。

「おはようございます」ハヤが頭を下げた。

「眠ってしまったようです」

「ゆっくりお休みになって下さい」

「役目は終わりました」

「え?」

「お暇《いとま》をしなければなりません」

「何をおっしゃるのですか」ハヤは怒った顔になる。

頭を下げて、庭に下りた。履き物を履いたままだったのだ。昨夜のことを確認しておきたかった。

「ゼン様」ハヤが呼んだ。

立ち止まろうとしたが、何故か足は止まらなかった。役目が終わったというよりも、役目を果たせなかったことが情けない。さっさと後始末をして、ここを立ち去ろう。

ナナシの忠告を聞いて、最初の夜だけにしておけば良かった。まだ修行が足りない。未熟だ。もう一度、山に戻るべきなのではないか。そんなことを考えて歩いた。

足は離れの方へ向いている。

自分が斬った者たちが、まだ倒れていた。この位置だったか、と辺りを見回す。そうだ、ここであの男と最初に向き合った。雇われているなら立ち去れ、と彼は告げたのだ。

なんという正論。

なんという慈悲。

あれこそ侍だ。それに比べて自分はどうだ？

向かってくる刀をただ避けることしかできず、自分の正義もわからぬまま、気がつけば、大勢の命が消えている朝に、こうして刀を担いで、人の庭先を歩いている。吐きたくなるほど嫌悪を感じずにはいられない。

どこに正義があった？

正義とは何だ？

お前は何をした？

何をしようとした？

彼は、自分を信じていただろう。立派だった。彼には彼の正義があったはず。余計な殺生はしないと言った。手下に待てと命じたではないか。仲間が斬られたあとにそれを言ったのだ。

まるで、戦うことの美しさを知っているようだった。

自分というものを知っているようだった。

あの柱がなければ、自分は死んでいたかもしれない。おそらく殺されていただろう。どうして、生かされたのか。

それは、今はわからない。

さっぱり、わからない。

生かされたからといって、もう一度、彼と戦うことはできないのだ。もう一度戦って、運ではなく、己の技で勝ちたかった。そうしないかぎり、勝った意味がないではないか。生かされた意味がないではないか。

東の塀まで来た。ここにも倒れている者があった。最初に斬ったのはこの男だったか、と顔を見る。女のように白い顔の、まだ幼い者だった。

一人ずつ確認をして、自分の刀の跡を調べた。その一刀をよく思い出した。自分が思っていたよりも深いものもあり、また、浅いものもあった。闇の中、雨の中、足場も悪く、いつもよりは不確かだった。

それから、北へ歩き、クローチの蔵を見ながら、裏門へ回った。門は開いていた。それどころか、戸が開け放たれたままだった。外に出てみたが、近くには誰もいない。家の者が、この時刻に出たとは思えない。やはり、逃げた奴は、ここから出ていったのか。

森の中を抜けてきた風が顔に当たった。近くの枝や葉が動く。右手へ歩き、東塀の外を見る。道の方に馬がいる。こちらの方が高いため、よく見えた。人影はない。

地面を見た。草のない、土の地面を探して。

すぐに、人が歩いた跡が見つかった。屈んで、斜めから見てみる。ぬかるんでいたのか。少し滑っている。縄の模様は履き物の跡か。さらに先にも同じ跡があった。それほど遠くない。大きな男ではない。走ったことを考えても、歩幅は自分よりも短かった。

その先は草原になる。足跡はもうない。

少し戻って、門の近くで今一度地面を探してみると、今度は逆向きの足跡が見つかった。つまり、裏門へ向かう方角だ。どういうことだろう。同じ足跡だろうか。模様や大きさは同じに見える。

さらに探したが、もう見つからなかった。

手下に梯子を上らせ、裏門の閂を開けさせたのか。そして、逃げるときもここから逃げた。何故、梯子を使わず、わざわざこの遠い門を通ったのか。

再び東へ出ると、道を人が歩いてくるのが見えた。こちらへ向かっている。五人だった。

先頭の男は見覚えがあった。カギ屋の近くで斬り合いをした日の医者だ。それから、ノギの姿があった。あと三人は男だ。ノギがこちらを見て、気がついたのか、手を振った。ほかの者となにか話をしたあと、ノギだけが残った。手を振って呼んでいる。地面を確かめながら、そちらへ下っていくことにした。

「ゼンさん、どうしたの?」まだ遠いのに、大声でノギが言った。

地面に落ちているものはないか、と気をつけながら歩いたが、なにもなかった。残っているのは、壁に立て掛けられた竹の梯子だけだ。大雨だったので、多くの草は倒れている。彼らが草原のどこを歩いたのかさえわからなかった。

「何をしてるの？」また彼女が呼ぶ。

「話があるなら、こちらへ」と言うと、

「着物が汚れるじゃない、ご免だよ」と答える。

ようやく、道に出る。門の方を見たが、既に男たちの姿はなかった。庄屋の家に入ったようだ。

「大変なことがあったんだってね。お医者を呼びにきたとき、もう大騒ぎだったんだから」ノギが言う。「あ、ゼンさん、怪我をしているの？　大丈夫？　ねえ……、何があったの？　ただの盗人《ぬすっと》じゃなかったの？」

道に残る馬の蹄《ひづめ》の跡を調べた。雨とはいえ、道の土はもともと踏み固まっている。多くは見つからない。ただ、来た方角はわかった。

馬が繋がれているところへ行き、二頭をじっと見た。ノギが近くまで来る。

「ねえ、本当に、大丈夫？　ゼンさん？」

「ノギさん、馬に乗ったことはありますか？」

「は？　いえ、ないよ、そんなの……。どうして？」

「乗れるものですか？」

「どういうこと？　乗れるもの？　そりゃあ、乗れるものなんじゃない？　だって、乗っているでしょう、お侍さんとかが」

目が合った一頭を選んで、綱を解き、背中によじ登ってみた。

「あ、ゼンさん、大丈夫、無茶をしないで」

首筋を撫《な》でて、顔を寄せる。

「大丈夫だ。味方だから」

「ちょっとちょっと、馬に人の言葉は通じないよ」下でノギが言った。「やめておきなって」

「庄屋の家のハヤ様に、私が馬に乗って出かけたと伝えてくれませんか」

「やだよ」

「どうしてですか」

「べえ！」ノギがまた舌を出した。

「では……」お辞儀をした。

道の方へ行こうと躰を向けると、馬がそちらへ歩く。落ちないように前のめりになっていたが、そのうちに躰を立てることができた。振り返る。

「わかったよ、伝えとくから。気をつけて」ノギが手を振って叫んだ。

しばらく、のんびりと馬を歩かせる。調子が良い。少し進んだところに、分かれ道がある。

真っ直ぐに行けばカギ屋、左へ入れば、例の竹林だ。竹林への道は、さらに奥へ続いている。山へ上る道だ。

なにも言わず、馬がどちらへ行くか、と見ていると、馬は迷うことなく左の道へ歩く。

「こちらなのか？」と声にしたが、もちろん馬は答えない。

一度降りてみることにした。手綱を持ったまま、馬の前に回って、顔を撫でてやる。なにか食べさせてやりたかったが、どんなものを食べるのか知らない。畠のものを食べるのか、草を食べるのか。しかし、大人しい動物だ。よく躾《しつ》けられている。

地面を調べてみると、蹄の跡がほどなく見つかった。

馬の言うとおりだ、と思う。もう一度、首を撫でてやった。仲間のところへ戻りたいか、あるいは、昨夜いたところへ戻るのかもしれない。そこで餌《えさ》をもらったからではないか、と考える。

再び馬の背に乗った。馬はまた道を歩きだす。もう少し速く歩いてもらいたいのだが、どうやってそれを伝えれば良いのかわからない。

鳥の鳴き声が聞こえる。沢山いるようだった。群が森のどこかに集まっているのか。飛んでいる姿は見えない。

しばらく歩いたとき、その群が飛び立った。一斉に羽ばたく音が鳴き声とも重なり、うねりのように響いた。森の上に、無数の黒い点が動き、大きな布がたなびくように、空中で翻《ひるがえ》った。

それに驚いたのか、馬が駆け足になる。

「そうそう。これくらいが良い」と小声で馬に伝えた。

episode 4 : Madder sunset

Those of us who know not the secret of properly regulating our own existence on this tumultuous sea of foolish troubles which we call life are constantly in a state of misery while vainly trying to appear happy and contented. We stagger in the attempt to keep our moral equilibrium, and see forerunners of the tempest in every cloud that floats on the horizon. Yet there is joy and beauty in the roll of billows as they sweep outward toward eternity. Why not enter into their spirit, or, like Liehtse, ride upon the hurricane itself ?

第4話

マダー・サンセット

　この人生という、愚かな苦労の波の騒がしい海の上の生活を、適当に律してゆく道を知らない人々は、外観は幸福に、安んじているようにと努めながらも、そのかいもなく絶えず悲惨な状態にいる。われわれは心の安定を保とうとしてはよろめき、水平線上に浮かぶ雲にことごとく暴風雨の前兆を見る。しかしながら、永遠に向かって押し寄せる波濤《はとう》のうねりの中に、喜びと美しさが存している。何ゆえにその心をくまないのであるか、また列子のごとく風そのものに御《ぎょ》しないのであるか。

1

道を歩いている。自分が歩いているのではない。馬が歩いているのだ。しばらく乗っているうちに、要領がだいたいわかってきた。どこに重心を置いていれば馬にとって楽なのか、歩きやすいのか、ということを考えた。馬は四本の脚で歩くが、これは人間が這《は》っているのと同じ。犬や兎を見ていると、走るときには、前の脚を揃えて動かすが、馬はそういう走り方をしないようだ。そこまで必死になって駆けることもない、という了見かもしれない。もし犬や兎のような走り方をされたら、乗っている人間が堪《たま》ったものではない。馬は人間を落とそうとは考えず、この点は驚くべきものだと思う。どちらへ歩かせるか、また立ち止まらせるのも、やり方がわかった。しかし、まだ歩く速度は馬任せだった。

今はのんびりと進んでいる。馬にしてみれば、飼い主とはぐれたことは、さほどの大事でもないのか。食べ物がもらえるところへ向かうだろうと考えたが、腹が減っているといったふうでもない。よくはわからないが、立ち止まって道ばたの草を食べるといったこともしなかった。ただ、少なくとも、繋がれているときよりは、歩いているときの方が機嫌が良さそうだった。なんとなく、息遣いでそれがわかる。

道は次第に上っていく。谷に沿って山の奥へ入っていく。最初はときどき小さな畠があったが、やがて右も左も森になった。村に近い間は半分は竹林だったけれど、それも見かけなくなり、真っ直ぐに伸びた高い樹が多くなった。人里離れた場所ではある。しかし、この道があるのだから、人が来る範囲であることはまちがいない。

久し振りに一人になれたことで、多少は気が楽になった。

やはり自分はこのような山の中で、他者に関わらず生きていくのが性《しょう》に合っているのかもしれない。それは、人間らしい生き方ではない、すなわち、獣に近い生き方といえる。しかし、ただ自分の身を守り、食べるものを探し、自然を愛でて生きていけば良いというのは、気楽なものではないか。

一方では、人の里に出ることは、山にはない刺激がある。人間は、獣よりも多彩で計り知れない。煩《わずら》わしいことや、危険なことも多いが、しかし、数々の新しさに出会うことができる。

いずれを選択するか、という問題だ。少なくとも、カシュウは自分に山を下りるように命じた。後者を選ぶことを強《し》いた。だが、そのカシュウ自身は、人里を離れ山に籠もった人間だった。

いずれが正しいのかはわからないが、いずれかだけを取るよりは、両方を経験した方が良いだろう。両方を見ずにどちらかを取るのは、選んでいるのではなく、片方をただ諦めていることに等しい。

こんなふうに考えられるのは、山を下りたおかげだな、と今は思っている。つまり、煩わしいものの悪いことばかりではない、ということだ。

なんというのか、とにかく他者との関わりで得られるものは、一人で想像するものをはるかに超えている。それは剣を交えることでも然り、またただ話をするだけでも、あるときは剣以上のものを得たと感じることができる。

ハヤとの話には、実に興味深いものがあった。書を読んでも同じ経験ができるだろうか。否、自分の疑問をぶつけることは、書では難しいだろう。それは、今のように、ただ山道を歩くだけのことでは経験できないものだ。それが、人の交わりの捨てがたいところか。

不思議なことに、昨夜の戦いのことは、もうどうでも良く思えた。まだ考えが足りない、もう少し反省すべきだ、と感じていたのに、今は反対に、敵の技の冴えを清々《すがすが》しく感じた。あのような新しい剣に巡り会えたことが幸運だったとさえ思う。稽古では絶対に習得できないもの、そのぼんやりとしたものが、摑めそうな気がしていた。その予感は嬉しい。そう、嬉しいと感じるのだ。普通の者が見たら、気が違っていると思うことだろう。

もちろん、その嬉しさが感じられるのは、己が生き残ったからだ。その幸運も重なっている。

何故生かされたのか、と悩ましくもあったが、
生かされたのだから、それで良いではないか、

生きていれば、そのうち考えつくだろう、と思えてきた。

馬に揺られているうちに、どんどん胸が澄み、気持ちが軽くなった。ただ必死に動いた、という充実感も、今頃になって抱くことができた。この遅れた感覚には驚くばかりだ。考えるよりも速く動くことは、つまりは自分の意志ではない。自分の躰が、自分の意志以外のもので動いていることが、ああいった極限の状況でわかる。

自分の躰はけっして自在なものではない。

否、それどころか、

自分が考えること、感じること、思うことさえ、自在ではない。

そういうことがわかると、その愚かさに笑えるほどだった。

だから、

そんな愚か者が、よくもあの二刀を躱《かわ》し、ただ一本の刀で、唯一の筋を貫《つらぬ》いたものだ、と感心する。それは、驕《おご》りなどではない。この馬鹿馬鹿しさが、滑稽《こっけい》だと思う。だから、笑えてくるのである。

今、自分は何をしているのか、とときどき思い出した。悠長に過去を振り返っているが、この道の先には何があるのか。何を目指しているのか。そして、自分はさらに何をすれば良いのか。

後ろを見れば笑えるが、前を見れば笑ってはいられない。

けれども、馬はそんなことは知らない。ぼんやりと風景を眺めながら散歩をしているつもりにちがいない。

　風景はさほど変わらない。山は迫り、谷は深くなった。途中に分かれ道はなかったので、迷うこともなかったが、この道がどこへ通じているのか、誰かに尋ねておくべきだった、と後悔した。村を出てから、道沿いに人家は見当たらず、また人にも出会わない。

　ところが、馬が道を逸れて、樹の間へ入った。草を分けて進む。土地が傾斜し、下っているので、前のめりになった。これでは乗っていられないと思い、途中で飛び降り、その後は、馬のあとをついていくことにした。

　馬は、走るということはなく、ただ、先へ先へと歩く。どんどん下っていった。そのうちに、水の音が聞こえてきた。

　切り立った岩肌の途中から水が落ちている場所に出た。その岩の上にも樹があるので、どこから水が来るのかわからない。下には澄んだ水が丸く溜まり、それがまた、端から茂みの中へ流れ込んでいく。湧《わ》き水《みず》というには大きく、また滝というには小さい。

　馬はそこで水を飲んだ。

「そうか、水が飲みたかったのか」と思わず話しかけてしまったが、もちろん、馬は答えない。自分も水を飲んだ。冷たい山の水である。その冷たさが懐かしい。周囲はどちらも高い。ここだけが低く、まるで大きな穴の底にいるようだった。馬に少し休憩をさせるべきだと思ったし、乗っていただけなのに、自分も意外に疲れていた。思い出すと傷は痛み、躰の節々《ふしぶし》がぎこちない。馬はどこへも行かないつもりか、水を飲み終わってもじっとしている。

岩の上に座り、そのまま背をつける。目を閉じると、水の音だけになった。顔に微かに飛沫が当たっているように感じたが、目を開けるとそれは気のせいだとわかる。水ではなく、日差しをそう感じたのかもしれない。日は既に高い。真昼である。

休んでいるうちに、眠ってしまった。

誰かが躰を押したように思った。目を開けると、目の前に馬の顔があった。そして、空には日がない。もう周囲はすべて日陰になっていた。いつまで寝ているのか、と馬が言ったように思えた。

そのときだ。

上から音が聞こえた。

最初は何かわからなかったが、大きくなり近づくと、それは馬が走る音だとわかった。たちまち遠ざかり、そして聞こえなくなる。上の道を馬が駆け抜けたようだ。方角はわからなかった。どちらからどちらへ走ったのか。ただ、二頭ではない。一頭だった。

静かになってから、後ろにいた馬が小さく嘶《いなな》いた。

「どうした?」と振り返って尋ねる。

しかし、馬は答えない。なにか言いたいことがあったのか。

馬の綱を引き、傾斜地を上った。道はないので、来たときとは経路が違っていたかもしれないが、最後には、道のほぼ同じ場所に出た。ようやく日が見えた。時刻もだいたいわかった。まだ夕刻というわけではない。前にも後ろにも道があるだけで、左右はただ森が迫っている。

とにかく、馬に跨《また》って、先へ進むことにした。すると、馬が自然に駆けだした。今までにない速さだった。もしかして、さきほどの馬を追っているのだろうか。けれど、走り去ったあの馬ほどの速さではない。馬にしてみれば、駆け足程度であるが、人が全力で走るのと同じくらいの速さに近い。ただ、人はこんなに走り続けることはできないだろう。

その後、二箇所分かれ道があったが、馬はまったく迷わず進んだ。ほとんど一定の速さだった。

空は晴れ渡っていたが、既に日は見えない。山の陰に自分たちはいる。風景はほとんど変わらず、森林の中か、底の見えない谷だった。険しい場所では、馬を止め、降りて一緒に歩いた。岩場を登ることもあったし、倒れた大木を乗り越えなければならないところもあった。夕刻には、道は谷の水辺へと下りていき、そこを渡った。人が渡るための丸太が渡してあったが、馬はそこが通れない。幸い、水は少なく、深さは膝ほどしかなかった。渡ったところで、少し休憩をした。

どれくらい奥まで来ただろう。だが、人が来ない場所ではない。道は依然として続いていたし、丸太の橋も架けられている。樵《きこり》が山に入るためだろうか。しかし、歩いてここまで来るには一日では無理だ。既に、別の村に近いのかもしれない。この先に人里があるのだろうか。

馬は、ここでは水を飲まなかった。むしろ、さらに先へ行きたがっている様子だった。手綱を強く引かなければ止まらなかったからだ。見える空は僅かだが、それでも赤い方向がわかった。そちらが西である。自分は、北へ北へと進んでいる。戻るときは南へ行けば良い。

斜面を少し上がると、道がまた現れた。谷に沿って、森林の中を緩やかに上っていくようだ。馬に乗り、また進んだ。馬はもうあまり走らなかった。疲れたのかもしれない。腹が減っているだろう。気がつけば、自分も同じだったが、忘れていたくらいだから、大したことではない。

少し谷から離れ、深い森の中に入った。辺りはずいぶん暗くなった。上を見ると、空はまだ明るいが、それが地面まで届いていない。もちろん日はまったく見えなかった。

しばらく進むうちに、さらに暗くなり、遠くが見えにくくなってきた。空の色もずいぶん濃い。道は西を向き、前方は仄《ほの》かに赤い程度。空が赤いからだが、血のように黒い赤だった。そして、それが次第に本当の黒さに変わっていった。

このままではなにも見えなくなる、と思った頃、月が左手に突然現れた。森林が途切れ、崖《がけ》の上にいた。

近づいて崖の下を眺めた。こんなに高いところにいたのか、と驚いた。はるか下方に、小さく幾つかの明かりが見える。村があるようだ。しかし、そこまで下りていく道はない。

さらに道を進むと、また森林の中に入った。ほとんど闇の中だったけれど、馬は普通に歩いた。人よりも夜目《よめ》が利くのだろうか。

月明かりが当たる場所が先に見えてきた。その近辺だけがほんのりと白い。また、そこに小さな黄色い光もあった。瞬《また》いている。さらに近づくと、火が動いているのだとわかる。一つだけだった。道からは少し外れているようだ。馬は林の中に入ろうとする。道から逸れ、その光の方へ行きたがった。

まだかなり距離はあるが、馬から降りた。

ほぼ同時に、前方から馬の嘶きが聞こえてきた。そちらに馬がいるのだ。自分の馬が応えて鳴かないように、鼻を撫でてやる。そして、その近くの樹に馬の綱を縛り、あとは自分だけで歩いていくことにした。

2

ふわふわとした布団みたいに軟らかい地面を進んだ。ときには足が深く沈むため、歩きにくいのだが、こういった場所には子供の頃から慣れている。なるべく音を立てないように、ゆっくりと進んだ。幸い、地面は湿っていて、大きな音を出さなかった。耳を澄ませても、鳥が鳴いている声くらいしか聞こえない。

さらに近づくと、ようやく小屋が見えた。その傍に馬が二頭いるのもわかった。小屋の屋根から煙が上がっているようだ。遠くから見えた明かりは、小屋の前で燃えていた火だった。その火は今は弱くなって、ほとんど見えなくなりつつあった。火を小屋の中へ移したのだろう。

さらに近づくためには、一度低いところへ下りる必要があった。沢の跡のような場所だった。渡るための板が渡されたところもあった。落葉が地面をすべて覆っているし、暗くてよくは見えないが、水が流れる音はしない。渡し板は折れるかもしれないので、そこを避けて渡り、今度は急な傾斜を上がった。地面に手をつかないと登れないところもあった。再び小屋の屋根が見えたところで留まり、しばらく辺りを窺った。

声は聞こえないが、人がいるようだ。ときどき、微《かす》かな物音がした。なにかを焼いているような匂いもした。小屋より手前に馬がいる。それを避け、横へ回り、小屋の方へさらに近づいた。

馬の一頭は、見覚えがあった。自分が選ばなかった方の一頭、つまり、盗賊が残していったあの馬だ。それがここへ来たということになる。水を飲んでいるときに上の道を駆けていった馬にちがいない。馬が一人で戻ってきたとは思えない。人が乗らなければ、あれほど走らないだろう。しかし、誰が乗ってきたのか？

どこかにまだ盗賊の一人が残っていたということだろうか。

炭焼きをするための窯《かま》らしきものが小屋の横にあった。そちらにも、屋根がかけられている。小屋は大きくはない。内は一部屋だろう。こちら側に扉があるが、窓は一つもない。中の明かりも漏れてこない。

遠くで馬が鳴いた。自分が乗ってきた馬だ。静かにしているように言い聞かせたわけではないので、しかたがない。

すぐに小屋の戸が開いた。中から人が現れる。そして、もう一人出てくる。影しか見えない。

二人だけか？

静かに潜んでいた。相手も息を殺しているのがわかった。話すこともなく、動かず、じっとしていた。周囲の気配を読んでいるのだ。

あとから出てきた一人が小屋の中へ戻り、しばらくして、なにかを持ち出してきた。何をしているのだろうか。しかし、やがて漂ってきた匂いで、それがわかった。鉄砲である。長いものが動く影も見えた。

突然、閃光《せんこう》とともに、ぱんと音が鳴る。

森中に響いた。

遅れて、鳥が羽ばたく。どこへ向けて撃ったのかわからない。脅しだろうか。

小屋の前で炎が大きく燃え上がった。燻っていた火を掻き、新しい薪《たきぎ》がくべられたようだ。辺りは明るくなった。その火に、二人が近づく。手を差し出して、暖を取っている。そういえば、ずいぶん冷えていることに、自分も気づいた。

火の明るさのおかげで、二人の顔が見えた。一人は、小柄な男で見たことのない顔。それが、盗賊の頭領にちがいない。一人だけ逃げたのは、この男だろう。

そして、もう一人は、クズハラだった。

彼は、辺りを見回している。

鳥のように鋭い目だった。

ほぼ、精確にこちらを捉えていた。

見えるとは思えない。こちらは暗い。

しかし、道に馬を留め、歩いてきたのなら、この辺り、と考えたのかもしれない。

「ゼン殿、出てこられよ」落ち着いたいつもの声でクズハラは言った。「お話ししたいことがある」

見切られたようだ。

立ち上がって、出ていくことにした。

クズハラは、こちらを見て表情を緩めた。もう一人が鉄砲を向けようとしたが、それをクズハラが片手で制した。銃口は少しだが下がった。あれは、続けて弾を撃てるものだろうか、と考えながら近づいていく。

「寒いでしょう。火の近くへどうぞ」クズハラが言う。

「怪我をされたものとお見受けしたが、間違いでしたか」そう尋ねた。自分でも不思議だった。

「いや、よく効く薬があるのです」クズハラは微笑んだ。

そんなはずはない。

あの血は、まやかしだったのか。鉄砲に撃たれたと見せて、皆を騙したのか。

ということは、クズハラも一味。

それ以外に考えられない。

「貴殿は、シシド様に雇われていた」クズハラが穏やかな口調で話した。「既にその義理はない。村へ戻る必要もない。金はまだもらっていないはず。それならば、ここで我らに加わるのが賢い道ではないでしょうか」

黙っていた。それは道理としては正しいかもしれないが、断じて受け入れられるものではない。

「違いますか？」クズハラがきく。

「竹の石を奪うだけで充分だったはず」問いたいことは沢山あった。「何故、シシド様を殺したのですか？」

「あれは、私ではない」クズハラは答え、後ろをちらりと振り返った。

後ろにいた男が無言で首をふった。

「誰が斬ったのです？」

「バサカだよ。奴に斬らせた」鉄砲を持っている男が答えた。顔は無表情。なんの感情も表れていない。ただ、冷たい眼光が、じっとこちらを捉えている。人間の目というよりは、狐か狼のように瞬かない目だった。

「バサカは、惜しいことをした。私の一番の弟子だった」クズハラが語った。「正直に言って、貴殿に討たれるとは思っていなかった」

「盗賊の一味ならば、何故、私を引き入れたのですか？」

「それは、まあ、釣合いというものですよ。悪党も増えすぎると扱いにくい。あまり大勢いては、分け前も少ないから、不満も多くなる。こういう仕事では、簡単に縁を切ることはできない。まあ、率直に言うなら、何人かは死んでほしかった。自分でやるには、いささか気持ちが悪い」

「私に斬らせたと？」

「バサカは違う。あいつは、貴殿を倒すのが役目。そう考えていたのです。とんだ計算違いというもの。うん、今でも不思議だ」クズハラは首を捻《ひね》る。「奴も、魔が差したのか……」

「そうですか。だいたいわかりました。しかし、まだ一つ疑問がある。何故、シシド様を斬ったのか。それに、逃げる女も斬った。バサカという男は、そんな無駄な殺生はしないはずです」

「ほう……。どうして、そんなふうに考えたんです？」クズハラが言う。「まるでバサカが、貴殿の友人だったようではないか」

「その理由を話したら」もう一人が低い声できいた。「こちらの味方になりますか？」

「味方？」

「いやいや、味方でなくても良い」クズハラが片手を振った。「あまり無理を言うつもりはない。このまま、立ち去ってもらうだけで結構。そう、よく考えてほしい。無駄なことで憎み合うような縁ではないはず。お互いに、なんの義理もない。どうです？　違いますか？　私は、弟子を殺されたが、それは貴殿の仕事だ。恨みに思ったりはしない。ああ、そうそう、金は払いましょう。昨夜の働きに対する報酬は、もちろん当然のこと。シシド様に代わって、私が出しましょう」

「金はいりません」

「ゼン殿はまだ若い。これからまだまだ沢山のものを見て、まだまだ強くなられましょうぞ。そうだ、都へ行かれるのでは？　金は腐るものではない。役に立つことがありましょう」

「貴方の言っていることは正しいかもしれない」

「わかってもらえましたか」

「しかし……、貴方のやっていることは、言葉とは違っている」

「そうですか。何が違いますか？」

「言葉は綺麗だが、やっていることは汚い」

「いや、それが、世の中というもの」

「バサカという者は、貴方の弟子だったかもしれないが、貴方よりは美しい剣を持っていた」

クズハラは、そこでふっと笑った。

黙っていた。

こちらの気持ちが通じたのか、クズハラも笑うのをやめた。

「剣に美しいも醜《みにく》いもない。あるのはただ、強いかどうかでは？」クズハラが言う。

違う。

美しいから強いのだ。

しかし、もう話す気にはなれなかった。

もはや問答無用。

「ああ、わかってもらえぬか……」クズハラが溜息をつく。

しばらく見合った。

一瞬、逃げるならば今だと発想した。しかし、その選択はない。どうしてないのか、わからないが、とにかく、それは正しくない。

美しくない。

自分はここで命を落としても良い。

何故か、そう思った。

それが、バサカとの戦いで得たものだったからだ。

相手と戦うのではない、己の死と戦う。

己の醜さを斬るのだ。

二人は、同時に刀を抜いた。

そして、同時に、お互いが下がった。

まだ距離はあったが、それでも、その間合いを嫌った。

クズハラは強い。それはすぐにわかった。口だけの男ではない。おそらく、バサカよりもずっと強い。

落ち着こう。

呼吸を整え、相手の出方を待とう。

じっと睨み合ったまま、ぱちぱちと燃える薪の音を聞いた。もう一人の男は、小屋の戸口まで下がった。鉄砲を持っているが、こちらには向けていない。見物するつもりなのだ。万が一のときのために鉄砲がある。それ故の安堵なのか、寒さを凌いで腕組みをするために、鉄砲を戸に立て掛けた。それがクズハラの肩越しに見えた。

その男をさきに斬りにいきたかったが、そんな真似をしたら、クズハラにあっさり斬られるだろう。余裕はない。とうてい無理だった。

クズハラは刀を真っ直ぐにこちらに向けていた。刀は一本だ。もう一本は短い。使う気配はない。火の明かりが背後のため顔は暗く、さらにいつもより目を細めているので、どこを見ているのかわからなかった。手首の返しはやや変則的で、右手は逆手《さかて》に近い。何のためか？

こちらは、斜め下へ刀を持ち、向こうが出れば、右でも左でも動けるように足を置き、ただ待った。

突いてから、次の返しに力を込めるための逆手か。

あるいは、刀を捩《ねじ》り、持ち替えるのか。

突いてきたときは、こちらは飛び込んで、胴を狙い、途中で機を見て逆へ跳ね上げ即座に返す。それは、バサカの腕を斬った筋。

おそらく、それは読まれている。その返しよりも早く、クズハラの刀は、己の首に至るだろう。

したがって、飛び込むのは無理。

別の筋を探す。

やや右へ動く。

刀は真っ直ぐ、クズハラの足許へ向け。

クズハラの刀は、左へ動く。

今度は、こちらの刀が上がった瞬間の胴を狙っている。それを右へ避ければ、返しの刀を肩に受けるか。

刀を上げず、水平に突けば、僅かに避けて、近くへ寄られる。

接近したときには、クズハラは刀を持ち替えるだろう。そのための逆手か。なるほど……、そこまで読んでいるのだ。

さらに右に動く。刀は斜め左下へ。

クズハラの刀もそれに従った。

こちらが出られないように、向こうも出られない。

出れば、無傷では済まされない。いずれの刀も肉を切るだろう。より浅い方が、その次の返しに力が込められる。

しかし、何故か不思議に落ち着いていた。

死ぬ覚悟があったというわけでもない。

ただ、バサカのあの攻めが頭に残り、数々の筋が見えた。だから、同じ筋ならば、避けられるという気持ちがあった。

これは、自信ではない。もっと確かな手応えに近い。

クズハラが半歩前に出る。

同時にこちらは右へ動く。

「どうした？　何を考えているのです？」クズハラがきいた。

答える余裕はない。

答えるための息が無駄になる。

息を読まれることは、相手に機を与えること。

クズハラはその危険を冒して口をきいたのだから、よほど自信があるのだろう。その自信はどこから来た？

おそらく、道場で自分の構えを見ていたこと。コバと立ち合ったときだ。こちらの腕を見切った、と思ったのだろう。それとも、もしかして、バサカとの戦いを見ていたのだろうか。あのときは、そんな気配を感じる余裕はとてもなかった。もし、そのとおりならば、何故クズハラはバサカに加勢し、斬りかかってこなかったのか。

あのときは、騙し通せると考えていたか。

バサカが勝つものと信じていたのか。

今も、クズハラは自分が勝てると信じている。

竹の石が価値のあるものと信じていると言った。

そういう男だ。

己を信じている。それが、クズハラの剣。

右手の握りは変わっていない。こちらの出方は読まれている。

ならば、新しい筋を試す以外に活路はない。

今までになかったもの。

考えつかない剣。

考えるな。

カシュウの声が聞こえた。

そうだ、考えるなと何度も叱られた。

考えなければ、しかし動けない。

人間は考えて手を打つ。考えて筋を決める。
違うのか。
新しい筋を考え、思いつくしかないのではないか。
だが……、
露が葉から零れ落ち、それが地面で弾け飛ぶように、
自然は、なにも考えない。
そのような自然な動きが、人間にできるというのか。
クズハラが少し息をしたのがわかった。
こちらも息をした。
力は拮抗《きっこう》している。
出れば、相手も出る。
振れば、そこへ刀が来る。
突けば、相手も突いてくる。
さきに出れば、その勢いで返しが遅れる。
動く分だけ、相手の出方を見誤る。
判断するのが、遅くなる。
僅かに遅い方が負けるのだ。

あとに出る者は、ただ、相手の筋に反応するだけだ。
その単純さの分だけ僅かに有利か。
互いが、あとに出たい。だから睨み合う。
やはり、考えぬ方が速い。それはわかっている。
だからこそ、さきに考えておく。
その筋を信じて動くしかない。
軽い竹刀のように、刀は咄嗟に動かない。
力が入れば入るほど、返しは遅れる。
けれど、力がなければ、その一撃は無駄になり、相手の刀が深く飛び込んでくる。
知らぬ間に、火は小さくなっていた。
闇は深まった。
鳥も鳴かず、
人も動かず、
息を殺し、
静けさの中。
お互いが己の力を内に向けて消費し。
刀に溜める力を、失いつつある。

どちらがさきに疲れるか。

どちらの気がさきに緩むか。

微動する眼が、闇の中に浮かんで見える。

僅かな光が、点のように、眼の中に。

クズハラが、左手を少し開いた。指をほぐすように動かした。来い、と誘っているのかもしれない。あるいは、力を緩め、自在の感を得ようとしているのか。

クズハラの目の下に、なにか動いた。

黒い点だった。

天道虫か。

突っ込んで出た。

下から刀を振り、左へ重心をかける。

地面を蹴って右へ跳んだ。

クズハラの刀が水平に走る。そのすぐ上をこちらの刀が通る。

袂に掠った。

こちらの袂も切られた。

後退する。

すぐに出ようと思っていたが、向こうの構えも速い。

クズハラもすぐに返すつもりだったが、一瞬躊躇《ためら》ったようだ。

天道虫を狙えば良かった。

頬ならば、あるいは切っ先が届いたかもしれない。

位置が入れ替わり、こちらが火を背にした。

クズハラの顔が白く見えた。

目を細め、口を結び、面のように動かない。

天道虫は既にいない。

背後には鉄砲を持った男がいるので、少しずつ右へ動く。クズハラも左へ回った。光の角度が次第に変わり、クズハラの耳が見えた。

昨日の傷が少し痛んだが、その痛みのおかげか、痺《しび》れることもなく、握りの感覚がまだ鮮明だった。

風がある。

さきほどはなかったが、冷たい風が林の中を吹き抜けてきた。

クズハラの髪が動いた。

それは風か、あるいは息か。

攻めてこない。

師弟でありながら、バサカの剣とこれほど違うのか。

そうではない。やはり、同じものがあった。

クズハラの眼が、まさにバサカのそれと同じだった。そして、クズハラが狙っている攻めの筋が、バサカの刀のように絶え間なく見えた。これから繰り出されるであろう、あらゆる方向からの切っ先の筋が、つぎつぎと見える。

それらは、クズハラの胸の高さを中心として、球体を形作る。

無数の糸のように、周囲を走る。

切っ先の軌道だ。

どこにも、隙はない。

ただ、その球体は、クズハラよりも大きく、
上は、背丈の倍にも達し、
下は、足より低く、地に埋まる。

ならば、攻めるは、地の下から以外にない。

いつの間にか、闇が消え、辺りが真っ白になっていた。

自分とクズハラは黒い影となり、自分の視点だけが、蝶のように周囲を彷徨《さまよ》い巡った。どの角度から見ても、二人の球体の接点はただの一つ。限りなく点に等しい。

今、クズハラの剣は、精確にその点を指している。

自分の剣は、斜め下、地に切っ先が届いていた。

スズカ流の剣はやや長い。
また、普通よりも細く、幾分軽い。
剣を当てることを常としない。
風の筋に通し、
音もなく返る。
そのしなやかさに心技がある。
己の血が、手首に伝っているのがわかった。
傷口が開いたか、あるいは、袂を切られたときのものか。
痛さは遠く。
ただ、血の香り。
聞け、天空の調べ。
届け、無言の波濤《はとう》。
生も死もない。
己も敵もない。
あるのは、甘い陶酔のこの香《か》のみ。
血の池に立って掬《すく》った己の心か。
見よ、眼下の稲妻。

拝め、頭上の砂岩。
土砂降りの中を駆け抜け、敵を斬った。
柱に当たった刀の腕を竹の如く断った。
息がもはやここになく。
眼は、微動を忘れ、血路に固まる。
己は既に死んでいるのかもしれない。
そのとき、
クズハラが出ることがわかった。
この一撃があるのみ。
ただこの一振り。
ここで決する。
その直感と同時に、跳んだ。
音のない、
色のない、
空《くう》を躰が舞い、
刀は翼のように心《しん》を追った。
光と、

血と、
刀が、交わって。
着地し、振り返るまえに、クズハラの剣が来る。
己の刀は、地を切った。
行くぞ。
受けよ。
土が割れ、石が跳ね。
地中を切り進んだ刀が、
再び空を得て、加速する。
跳んだ石が、クズハラの刀に当たる。
その音を聞いた。
土がクズハラの顔の前に。
それが見えたとき、
クズハラの刀を僅かに右へ躱す。
その刀は、己の肩で受ける。
一瞬早く、クズハラの胸と首を、
下から上へ、切っ先が駆け抜けていた。

クズハラの刀は肩に食い込んだ。

クズハラは後方へ跳んだ。

刀を手放していた。

肩の刀を握って、押し除ける。

その手の血を、口に含んだとき、
クズハラは大きく息をして、膝を折った。

自分も息をする。

呼吸を戻す。

二歩、後退していた。

敵の傷は?

手応えはあった。

こちらの傷は?

肩を確かめた。

骨に当たったのは衝撃でわかったが、最後の力が、クズハラから消えていた。刀から手を放したからだ。

その刀は足許に落ちている。

自分はまだ、刀を握っている。

さあ、立て。
来い！
もう一度、
刀を交えよう。
どうした？
クズハラは、もう立たなかった。
即座に走った。
真っ直ぐに小屋の方へ突進した。
男が慌てて、鉄砲を摑む。
突っ込む。
銃口がこちらを向いた。
そこへ斬り込んだ。
低い刀が、男の足首を斬り払った。
数歩行き過ぎ、振り返り。
男がこちらへ銃口を向けようとするまえに、再び出る。
足がないため、男は回転しながら崩れた。
呻き声を上げ。

そこで銃口が光る。

大きな音が轟いた。

次は、首を刺すつもりだったが、刀は止まった。

もうその必要がなかったからだ。

男は小屋の戸に手を伸ばした格好で倒れ込み。

鉄砲は地面に投げ出されていた。

「助けてくれ」男が言った。

「無理だ。もう助からない」

「足が……」

鉄砲を拾い上げ、闇の中に投げ捨てた。そして、再びクズハラのところへ歩いて戻った。

3

火はもう消えかかっていた。ただ赤いものがときどき風に応える程度。小屋の辺りも暗くなっている。

クズハラは、仰向けに倒れ、目を開けていた。刀は近くにはないが、もう一本が腰にある。油断はできない。口を僅かに開け、小刻みに息をしているのか、躰が震えていた。顎の下が割れ、血が今も流れている。しかし、致命傷は首筋だった。胸からも出血しているが、そこを右手で押さえていた。

「ゼン殿か」と口が動き、掠れた声が届いた。

「そうです」近くで片膝をつく。

「目が見えない。星が出ていますか？」

空を見なくとも、星があることはわかる。クズハラから目を離すことはできない。ここへ戻るときに、空は見た。無数の星が瞬きもせずあった。しかし、月は見えない。樹に隠れているのだろう。

「あちらの男は、誰ですか？」星のことは答えず、大事な質問をした。

「斬ったのか？」

「はい」

「撃たれなかったのか？」

「当たりませんでした」

「あれはね、そう……、そんなものだ」クズハラは、そこで少し笑った。「シシドの弟ですよ」

「都にいるという？」

「そう。あれが、盗賊の頭《かしら》だ」

「実の兄を殺したのですか？」

「赤の他人なら、殺すことはなかった。竹の石も欲しい、シシドの家も欲しい、まあ……、そんなわけです」

「竹の石は？」

「持っているはずです」

「そうですか」それを聞いて、立ち上がった。

「そちらの怪我は、大丈夫ですか？」クズハラがきいた。目は真っ直ぐに上を見たままだった。

本当に見えないようだ。目を切ったわけでもないのに、こういうことがあるのか。

肩の傷は、痛いというよりも、熱かった。

「何故、負けたのだろう」彼は呟いた。「わからない。教えてもらえませんかね」

再び顔を近づける。

「何故、負けないと思ったのですか？」逆に尋ねてみた。

「負けないと思ったか？」クズハラの顔がそこでゆっくりと笑った。「それは、ああ、面白いな。そうだ……。どうしてだろう。負けないと思いましたよ。貴殿の剣は見切っていたつもりだった。バサカにはぎりぎり勝てたかもしれないが、私には勝てない。それが道理というものだ。おかしいじゃないですか。そうでしょう？」

「不思議ですね」正直に頷いた。

「不思議だ。ああ……、どうしてなんだろう」クズハラはそう言いながら、目を閉じた。

口が少し動き、掠れた声が漏れ出る。

「不思議だが、それが……」

しばらく待ったが、言葉は続かなかった。一度、息を吐き、そのまま動かなくなった。

立ち上がり、彼に一礼した。

やはり、クズハラは、自分とバサカの戦いを見てはいなかったのだ。玄関では、まだ仕事があった。シシドの弟、盗賊の頭を逃がし、自分は撃たれた振りをするための偽装をしなければならなかった。おそらく、最初からそういう手筈《てはず》だったのだ。怪我をしたと見せかけ、一旦《いったん》は道場へ運ばれる。そして、隙を見て村を抜け出したのだろう。

クズハラが見切っていたのは、バサカと戦うまえの自分だ。さきにクズハラと剣を交えていたら、確実に倒されていた。バサカよりも一段と洗練された剣だった。攻撃の筋を見せず、一撃必殺の剣だ。今まで見た中でも最強。この強さは、信じるに充分なものだっただろう。

しかし、自分の剣は、バサカと戦ったことで確実に変化した。それが、クズハラの誤算だった。こちらは逆に、バサカによって、クズハラの一部を知った。実のところ、相手を見切っていたのはこちらだった。この有利が、おそらくは、力の拮抗となった。したがって、勝敗は運としかいいようがない。もし、僅かに差があったとすれば、それは己を信じた者の遅れと、己を疑った者の勢い。古きに縋《すが》った者と、新しきに懸けた者の差か。

小屋の前で倒れている男は、まだ弱い息をしていたが、ぐったりと力無く、泥のように崩れたままの躰だった。懐を探り、小さな四角いものを見つけた。

火のところへ行き、薪を投げ入れる。少し待つと、炎が戻った。その明かりの中で、箱の蓋を開ける。布で包まれた玉が入っていた。そのまま、火の中に投げ入れようと思いついたが、さすがにやめておいた。いくら価値はないといっても、自分のものではない。ハヤに返さねばならない。それが筋というもの。

小屋の中を覗いてみたが、もちろん誰もいない。荷物らしいものもなかった。囲炉裏の火も既に消えているが、熱がまだ残っていた。串に刺した餅のようなものがあった。焼いていたようだ。それを抜き取って、一口齧《かじ》ってみた。焦げているが、固くはない。瓢箪《ひょうたん》があり、水が入っていたので、それも飲んだ。思わず、大きく息を吐いていた。

再び外に出て、二頭の馬のところへ行き、綱を外してやった。道へ戻る小径があったので、それを下っていくと、馬が後ろをついてきた。もう主人たちが二度と乗らないことが、馬にもわかったのだろう。

道まで出ると、月明かりが地面に届いて、布でも敷いたように白く浮かび上がっていた。ときどき、冷たい風が道を走っていく。それに背中を押され、繋いでおいた馬のところまで戻った。少し手前でその馬が嘶いた。自分に対してではない、あとからついてきた仲間二頭に挨拶をしたようだった。

同じ馬に乗り、道を戻ることにした。夜でも馬は歩いてくれるだろうか、と心配だったが、ゆっくりと進み、立ち止まったりすることもなかった。後ろを振り返ると、少し離れて二頭が歩いている。おそらく、一緒についていけば、食べるものがもらえると考えているのだろう。

森の中を行くときは、ほとんどなにも見えない状態に近かった。馬たちの蹄《ひづめ》の音と、風が樹々を揺らすざわめきしかない。視界が開けると、真っ黒な空と白い月が同じようにそこにあった。星は多く、今にも落ちてきて、そのまま雪になりそうなほどだった。

少し寒い。肩の傷はまったく痛まなくなった。その辺りはむしろ痺れていて、触っても自分の躰のように感じなかった。これは少々まずいかもしれない。血が足りないのだろうか。ときどき、ふっと眠ってしまう一瞬があって、幾度か頭を振った。

後ろを振り返れば、冷たい風が顔に当たる。ときどきそうやって顔を冷やした。熱っぽく感じたからだ。冷たさが喉に当たって、胸までしんと締めつけられた。

けれども、気分は悪くない。どういうわけか、頭がぼんやりとして、いつものように考えることもなく、なに一つ堂々巡りをしなかった。闇の先をどこともなく眺めて、ああ、ここに一人の男が馬に乗っているのだな、と思うだけだった。それはまるで、天から眺めた景色のようで、やがて、馬も男も小さくなり、道が先まで見渡せ、山の連なりもすべて視界に入った。

神とは、このことではないか、と気づいた。

そうだったのか。

けれど、

次の瞬間には、何のことだ？　今、自分は何に納得した？　とすべてが彼方《かなた》へと霧散《むさん》する。何を手掛かりに考えたことかさえわからなくなってしまう。

夢を見ているのかもしれない、と思ったけれど、ふと目で見ることを思い出せば、闇が前方に形もなく広がっていて、耳で聞くことを思い出せば、歩みの音、風の音、ただそれらがいつまでも続くのだった。

天は動かない。星は瞬かない。

人の血は流れ、人の息は揺らぐ。

雨も葉も、地に向かって舞い落ち、
人も、血と息が止まれば、地に崩れる。

ここはどこだろう、という言葉が口から出そうになった。馬にきいてもわからないだろう。馬の知ったことではない。どこでも良いからだ。道があり、前にしか進めないのだから。

人の生の歩みも、同じものだろうか。

剣の道も、前にしか進めないのか。

そして、前とは何だ？

進むとは、何か。

この数日で、また何人も斬った。

死んでいく者をじっと見守ったことは、カシュウ以外にない。斬った者たちからは、何故か目を背《そむ》けようとしている自分があった。

　そうではない。

　敵に一撃を加えた直後というのは、第一に、それが有効なものだったか確認をする余裕などない。人は討たれたあとも、まだ力を保っている。致命傷を負っても、敵に反撃する僅かな時間が残されている。だから、直ちに次の手を打たねばならない。敵が複数であるなら、返す刀はたちまち次の目標を捉える。常に止まることはない。

　一度斬れば、その刀を返し、次の筋を求める。一人斬れば、その刀が止まるよりも早く、次の敵を捉えている。

　どこで、相手が倒れ、敵でなくなるのか、という境は、よくわからなかった。それは、やはり死というものの、曖昧《あいまい》な予感でしかない。斬ったかどうか、手応えは極めて僅か。

　剣に生きる者は、剣に倒れることを幸いと考える。そういう傾向がたしかにある。自分もおそらく同じだろう。それは不思議なことではない。そう考えなければ、刃《やいば》を敵に向けることはできない。侍であることが、根底から無意味になる。

　それなのに、こうして闇の中、馬に揺られていると、刀も侍もここには存在さえしないように感じられるのだった。

　闇はこんなに広く、その中に夜があって、その中に山や森があって、そのいったいどこに、侍や刀の意味があるというのか。

ないも同然だ。

そうだ。

ないのだ。

思い出した。

ないから、
生きていられる。

ないと知って、剣を構えるのだ。

あると信じた者が負ける。

では、なければ、負けることがない？

それも違う。

勝つも負けるも、同じ。

いずれが勝ったかなど、生き延びた者の錯覚にすぎない。

死んだ者は、一瞬にして、なにもかもすべてを手に入れるだろう。

自分がないという完璧《かんぺき》さも。

生きた者には、それがお預けになるだけだ。

幾度か、馬の首に躰を寄せていた。馬が優しく温かかったからだ。自分が眠っても、馬は歩いてくれるだろうか。どこへ行くのだろうか。どこでも良いから、少し暖かいところへ連れていってくれ……。

4

目を覚ましたときには、目の前に四角い白いものが並んでいた。ぼんやりとしていた。

馬の上ではない。

あれは、障子《しょうじ》か。

それが開き、人影が現れる。

こちらへ近づいた。

「良かった」ハヤの声だ。「ご気分はいかがですか？」

「悪くありません」

「まだ熱が少しあります。怪我は痛みませんか？」

手を動かして、肩に触れた。

痛かった。

「少し痛いです」

「痛いと感じられたことは、良い証です」

そうかもしれない。馬に乗っているときは、痛みを感じなかったのだ。布が強く巻かれているようだった。感覚もあった。熱があるのは、この怪我のせいだろう。

「竹の石は？」

「はい。取り返してきて下さったのですね。お礼を申し上げます」ハヤが頭を下げた。「でも、それよりも、ゼン様がご無事で戻られたことの方が、ずっとずっと、ハヤは嬉しゅうございました」

「馬に乗っていたのですが」

「そうです。門のところまでいらっしゃいました」

「そうですか。覚えていません」

「え？　でも、ちゃんと歩かれたのですよ。竹の石も渡されたじゃありませんか」

「そうですか、覚えていません」

「たしかに、なにもお話しになられませんでしたが」

「いつ頃、ここに到着したのですか？」

「はい、昨日の明け方に」

「昨日？」

「ええ、昨日は、ずっとお休みでした」

　起き上がることにした。

「いけません。お医者様が動かないようにと」

ハヤが止めたが、躰を起こした。縁の先に明るい庭が見える。良い天気のようだ。

「大丈夫ですか？」

「はい。それよりも、お知らせしなければならないことがあります」

「あの……、やはり」ハヤがじっとこちらを見つめた。「叔父様だったのですね？」

「え、ご存じだったのですか？」

「はい」ハヤはゆっくりと頷いた。「父が斬られたことで、わかりました」

「逃げようとした女の人も斬られました」

「そうです。ハルさんといいます。本当に、可哀相なことをしました」

「知らぬ者ならば、斬られなかった」

「そのとおりです。竹の石を渡したのだから、斬られずに済んだはず。竹の石の存在を秘密にしている以上、奪われたことをお上に訴えることさえできない。ですから、口止めのために殺す必要はなかったはず。でも……、叔父様ならば、父を殺すでしょう。最初からそのおつもりだったのだと思います。竹の石がこの家にたしかにあると断言できる人間は多くはありません。あれが見つかったときに、叔父様は立ち会っていたのですから……。ああ、本当に、辛《つろ》うございます。わが血縁の情けなさに言葉もありません」

「なにか、兆候があったのですか？」

「はい。都から届くお手紙が、その……、あまりにも綺麗事ばかりでした。商売の調子が大変に良いといつも書いてこられました。叔父様は、どちらかというと、若い頃には少し我《わ》が儘《まま》なお方で、父とも折合いが悪かったのです。明るくて面白いお人柄でしたが、つい口がさきになり、行いが遅れる。人から信頼されるような落着きがありませんでした。そんなお方ですから、商売の才があるとは考えていませんでした。たしかに、多少は疑ってはおりました」

「でも、縁談は……」

「あれも、きっと嘘でしょうね」ハヤはそこでにっこりと笑った。「いえ、半分は信じておりましたわ。叔父様も変わったかもしれないと。今となっては、あれは、叔父様がどなたかに偽りの文を書かせていたのでしょう。少なくとも、叔父様に書けるものではありませんでした」

「ハヤ様を、この家から離れさせたかったのかもしれません」

「そういう良い解釈は、私は持っておりません」

「では、どんな？」

「言いたくありません」ハヤは下を向いた。

「気を落とされないように……」

「ありがとうございます。ええ……」彼女は顔を上げ、一度目を瞑る。そして、またこちらを真っ直ぐに見て話した。「いずれにしましても、父の喪に服する間は、縁談どころではありません。私が、この家を守る以外にありません。私だけになりました。これから、通夜の支度をいたします」

ハヤはお辞儀をして、後ろへ下がった。立ち上がり、縁に出る。再び跪《ひざまず》き、戸を閉めようとする。

「あ、開けておいて下さい」

「寒くありませんか？」

「いえ、大丈夫です」

「なにか、お召し上がりになりますか？」

「そうですね。では、お願いします」

「すぐに用意させます」

ハヤが通路を遠ざかったのを待ち、立ち上がった。縁に出てみると、明るい日差しが足許に届いた。風はなく寒くもない。雲もなく飛んでいる鳥も見えない。なにもない空というのも珍しいものだ。真っ青で、輝かしい。眩しさに目を細めた。

縁の端に腰掛け、躰に日が当たるようにする。腹が空いているなと感じた。それに喉も渇いている。一日以上、なにも飲み食いしていないのだ。手を見ると、指先や爪《つめ》に血の跡がまだ残っていた。そこでようやく、刀のことを思い出し、部屋の奥へそれを取りにいく。縁に戻って、そっと鞘から抜いてみた。刀身には欠けもなく、また血の跡もなかった。それでも、綺麗に拭いてやりたい、と思った。懐に手を入れたが、なにもない。そこで、着ているものが変わっているのもわかった。

もしかして、自分は死んだのではないか。

そう思って振り返り、布団を見た。そこに死んだ自分が寝ているような気がしたからだ。けれど、それはなかった。

女が茶を持ってきた。

刀を鞘に納め、部屋の中に戻った。

「ご飯は、もう少し待って下さい」お辞儀をして、湯呑みを差し出した。

「どうもありがとう」

温かい茶を喉に通すと、躰が温かくなり、気持ちが良い。生き返るようだった。

「あのぉ……」女が手を前について言った。「えっと、どうも、その、ありがとうございました」

「何がですか？」

「盗賊を討ったんでしょう？」

「でも、沢山の人が死にましたね」

「お嬢様をお守り下さったのが、あの、私には、その、ありがたいことです。それに、もう、心配がなくなりました」そう言うと、女は少し笑おうとした。急にそれをやめ、またお辞儀をした。「ゼン様のおかげです」

女は下がっていった。

自分のおかげではない。自分がいなくても、なにも変わらなかった。この家の犠牲者は同じだっただろう。ただ、盗賊の大多数が生きて帰ったというだけだ。二度とここに攻め入るようなことはなかったはず。

ただ、違っていたのは、シシドの弟がなにも知らぬ顔でこの家に戻っただろう、ということか。そうなれば、ハヤはどうしたか。父の仇を討とうとしたにちがいない。それは、危ない状況といえる。彼女ももちろん策を考えるだろうけれど、刺し違えてでも、正義を実行しそうな人だけに心配だ。

もう、そうはならない。

ありもしない明日を無駄に考えてどうするのか、と自分に言い聞かせた。

これは、剣術と同じだ。

ありもしない敵の刀を読む。千を読んでも、本当に来るのはただの一筋。否、それさえ来ないことがある。

食事が運ばれてきた。今度は二人だった。頼んで、布団は片づけてもらった。もう充分に寝たので大丈夫だと話すと、二人は少しだけ笑った。

黙って食べ、満腹になると、また縁に出て、日向《ひなた》に腰掛けた。

大きく息をする。

力が戻ってきたように感じた。

そして、クズハラとの一戦をもう一度考え直した。何故勝てたのか、その理由をもっと自分で納得したかった。馬に乗っているときには、何故か思い出したくなかった。思い出せば、肩の傷がますます痛くなるような気がしたからか。今になってようやく、冷静に顧《かえり》みることができそうだった。

切っ掛けは、天道虫だった、と思い出す。

クズハラは、あの虫に気を取られたわけではない。むしろ気づいていなかったのではないか。だから、隙があったのではなく、隙ができるだろうと見込んで、自分は出ていったのだ。

初めは、いずれもが誘いの刀。

そして、その返しに二人の真の筋があった。だが、それは出せなかった。

二人の刀は触れ合わず、ほとんど同時に、互いの袂を切った。

これで、間合いが精確に測られた。

次は、あと一寸《いっすん》だけ深く斬り込めば良い。

そして、もう誘いは不要。

すべてを一振りに込めるしかなくなった。

クズハラの刀は、最短距離で斜め後方から立ち上がり、振り下ろされた。自分の刀は、いつもよりさらに下を回った。今までにない筋で、クズハラの予測を超えた突破口を狙うしかなく、また、体勢からもほかに選択はなかった。

迷うことなく、渾身の力を預けたが、刀の先は土を切った。その僅かな間合いのずれが、クズハラの刀を一瞬止めた。こちらの刀がそこで止まったかに見え、別の振りで切り返すと捉えたのか。その僅かな躊躇によって、上から来る刀が遅れた。一方、土から出た刀は、解放され一気に加速した。クズハラの刀は再度力が込められ振り下ろされた。切っ先が彼の胸に届いたとき、クズハラは既に右手を刀から放していた。予期せぬ速さの刀を躱そうとしたのだ。そのまま首を斬った。続いて、顎の骨に当たった。クズハラの左手も既に刀から離れていた。刀だけが飛び、頭は右へ避けたが足りず、肩に受けた。

土をもう一寸でも深く切っていたら、クズハラの刀は、まちがいなく己の頭を割っていただろう。逃げられる間ではなかった。また、同じ振りであっても、大きな石に当たっていたら、勝負は覆った。

だが、もし土を切っていなければ、こちらの振りはクズハラの読みどおり。したがって、クズハラの刀は減速しなかったはずだ。その場合は、こちらの刀が胸に達するまえに、後ろへ下がらなければならなかった。そのときは、さらにクズハラは出て、首か胸を突いてきただろう。出ようとしていたこちらの後退よりも、さらに出る向こうの前進が明らかに有利。

こうしてみると、やはり、実に危うい一刀だったといえる。

普通ならば、先手で仕掛けていない。

虫のおかげで錯覚し、出ていったのは、未熟故のこと。クズハラの誘いに痺れを切らしての愚策というほかない。

もっと待つべきだったか。

さらに待てば、機を捉えることができたか。

バサカとの戦いで得たものが、クズハラと向き合ったときに活かされた。たしかに己を支えた。ところが、クズハラを討ったあとには、そのようなものは幻だとわかった。拠《よ》り所《どころ》などない。思い出せない夢のように。

今は、クズハラの刀を受けたことが、傷のある肩よりもなお鮮明に、心に残っていた。これが、自分をしばらく導くだろう、と思えた。

戦うとは、つまり自分が変わることだ。

何故変わるのかといえば、それは一度死ぬからだ。

そのとおりだ、と心が頷いていた。

5

夕刻になって、クローチがやってきた。二人で並んで縁に座った。日は既に西の山に隠れている。玄関の方には人が集まっているようだったし、家の中にも、大勢の人間がいるのがわかった。奇妙な匂いも漂っていたが、これは香《こう》というものだとクローチが教えてくれた。

死んだ人間を土に埋めるのはどうしてなのか、とクローチに尋ねると、それはこの辺りの風習にすぎない。火で焼いてしまうこともあれば、川に流すこともある、理由は単に、そのまま生活する場所の近くに置いておくことができないだけのことだ、と言う。

「放置しておくと、朽ちてしまって死人が不憫《ふびん》だということですね？」

「そうですな。だが、不憫に思うというのが、これまた風習のうちではないかと思います。それよりももっと大事なことは、その腐敗したものの臭いや、あるいは虫が湧《わ》くといった害でしょう。生きている周りの者たちは、普通の生活を維持したいわけですからな、死体がいつまでもあっては、迷惑ということです。ようするに、綺麗さっぱり、新しいものがよろしい、というのの反対ですね。腐ったものが嫌な臭いに感じられるのは、それを食することが生命の危険になるからです。これは動物も知っていることだ。そもそも、死んだ身内に涙を流すのは人間だけです。葬式とは、このように、人間特有の未練と、動物本来の質のようなものの狭間《はざま》にあって、これによって切り換えてさっぱりする、という意味なのでしょう」

難しい話である。では、香を焚くのも、嫌な臭いを消すためだろうか。しかし、寺は普段から香を焚いている。そればかりが目的ではないのかもしれない。

「どうして、生き物は死ぬのかというのは、実に不思議な問題です。私も長くそれを考えました。けれども、それよりさらに不思議なのは、どうして生きているのか、何故つぎつぎと生まれてくるのか、という問題です。その問題の方がさきにある。そちらに答えられなければ、死の意味もわかりません。これは、昔から皆が悩んでいる難題中の難題です。誰も、納得のいく答を知らない。神や仏に答を預けることしかできません。そもそも、生きている当事者の人間に、その答が導けるのか、という疑問もありましょう」

「私は、カシュウが死んだとき、悲しいとは感じませんでした。あれは、やはり人間として欠けたものがあったということでしょうか。いえ、もしそうだとしたら、今でもなお欠けたままだということになります」

「人間は誰でも欠けているものではありませんかな」

「それは、補うべきものですか?」

「さあ、どうでしょう。どこかを補えば、またどこかが欠けましょう。死ぬまで不完全が当たり前。それが、人というもの」

「悲しみというものは、つまり、何でしょうか? 草木は持っていないように見えます。動物は悲しみを持っていますか? 馬は主人が死んでも、嘆いたりはしません」

「悲しみというのは、人真似《ひとまね》で育つものでしょうな」

「人真似?」

「そうです。子供は大人を見て、こういうときには悲しいのだ、悲しいときは、あのように泣くものだ、と覚え、それを真似るのです。人間が生まれながらに持っていた性《さが》ではない。ですから、ほかに大人を見ず、ただ一人で育った子供がいれば、その子は、悲しむことを知らない。泣くこともないかもしれない。赤子が泣くのは、悲しいから泣いているのではありません。赤子はまだ悲しさを知らない。ゼン殿の場合、カシュウ殿が悲しみを表に出されない人であったから、それを真似ることがなかった、といえましょう。なにも心配することではない。これは、人として欠けているのではありません。考えてごらんなさい、人間として満たされている状態とは何かといえば、それは結局、村の中で、その集団の中で、皆と同じように振る舞う術を知っているというだけのことだ。違いますか？　その本人の器の大きさでもなく、その本人の心の深さでもない。苦しい修行を重ね、悟りに至った高僧は、自らの心にのみ忠実であり、外界や他者の影響を受けないものと聞きます。それはまさに、人として欠けている状態ではありませんか。この矛盾、いかに説明されましょうか？」

　クローチは、ははと笑った。自分の話が楽しそうだ。こちらも聞いていて楽しかった。

「また、なによりも大事は、ああ、つまり、その高僧の高きものも、同様になにかの人真似だということですな。これだけ無数の人間がいるのですから、手本も無数にある。真似ることも悪いとは思いませんが」

「カシュウは、真似るなと言いました。自分は自分で考えて作るものだと」

「そう、あの方はそういう人だった。だから、人も羨む地位をあっさりと捨て、人里を避け、あのような孤高の生活を選ばれたのです。世間のなにものにも左右されたくなかったのでしょうな。だが、その御仁《ごじん》が、貴方を育てたというではありませんか。私はそれを聞いて、はたと膝を打った。まことに納得をいたした次第。それはつまり、やはり、一人では学べぬものがある。限界があるということです。カシュウ殿は、幼い子供から学びたかったのだ。貴方を見て、その真似がしたかったのですよ。子供には、大人が失ったものがある。それは人間が本来持っているものであるのに、皆が失ってしまい、気づかずにいるものです」

クローチのこの指摘には驚いた。

カシュウが自分を真似た？

そんなことがありえるだろうか。

心当たりはないし、信じがたいと思った。

ただしかし、仄かに光る予感があった。子供を見ることで、学べることは確かだ。学ぶというよりも、気づかされる、思い直す、自分の過去を振り返ることか。否、それも違う。もっと純粋なものに近づきたいという、心の求めかもしれない。クローチの指摘が信じがたく、受け入れられないのは、言葉の意味が幾分ずれているだけではないだろうか。

「私は、カシュウのことをほとんど知らないのです。知らないのだと、この頃になって気づきました。二人で暮らしていたときには、思いもしなかったことです。昔のカシュウを知っている方々から聞く話は、私の知らないことばかりで、その困惑もあります。いえ、違いますね。もっと、その、もっと知りたいという気持ちの方がはるかに大きくて……。クローチ様がご存じのカシュウは、若いときのカシュウですね。私が知っているカシュウとは違うのかもしれません」

「若いときのカシュウ殿は、そう、姿は、貴方にそっくりだった。あまりの才能に、周りが放っておかず、それがまた彼を大きくしました。自信に満ち溢れておられましたな。剣を持たせれば、まさに天下無敵。しかも、佇まいからしてなお美しい。そういう眩しいばかりの完璧な御仁だった。それでも、私と会うときには、普通の友でしたよ。冗談も言われるし、ちょっとした言い争いもする。ああ、しかしそれは、まだ仕官のまえのことです。この私も、その頃は、信じられないでしょうが、剣術の稽古をしておったものです。かの友を見ていますと、こうも才能が違うものか、これではとうてい敵わないと早々に悟りました。だから、侍の道に見切りをつけ、学問の道に没頭できたのです。それから、カシュウ殿はとんとんと破竹のごとく出世をされて、もうなかなか会うことも難しくなりました。そうですね、十年ほどは、お会いできなかった。ときどき、文を書きました。あまり、返ってはこなかったが、こちらは気にせず、あれこれ書いて出しておりました。ですから、この村へカシュウ殿が来られたときは、驚きましたよ。ああ、文を出し続けて良かったなと……。そのときの、久し振りに会ったカシュウ殿は、なんというのか、立派になられているのは確かなのですが、あの漲《みなぎ》るような自信というものが消えて、ずいぶんと落ち着かれ、静かで穏やかな顔をしていらっしゃった。とても天下の達人には見えませんでした。おそらく、そこまで強くなると、強さ自体が表に出ず、また出す必要もない。鷹《たか》の爪《つめ》のように隠されてしまうのでしょうな。ええ、以前よりも、言葉が丁寧になり、どうして、そのような他人行儀な口をきかれるのですか、とお尋ねしましたら、私はクローチ殿に学びたい、貴方が師であるのだから当然です、と答えられた。今でもよく覚えております。ああ、この方は、そこまで高くなられたか、と深く感じ入りました。はは、いや、もう、こんな昔話は、これくらいにしておきましょうか。いや、申し上げたいことが一つありました。カシュウ殿に教えを受けたゼン殿が、私は羨ましい」

クローチは視線を逸らし、遠くの空を眺める。その目は潤《うる》んでいるようにも見えたが、それは明るさの残った空と、陰に沈んだ地面の間にあったためかもしれない。

「ああ、そうそう、再会したときのカシュウ殿の方が、今のゼン殿に似ていますな」クローチは再びこちらを見て言った。「私にとってのスズカ・カシュウは、やはり、この村で会ったカシュウなのです」

「カシュウは、竹の石のために来たのですね？」

「その噂を聞いてやってきたことは確かですが、しかし、さほど関心がある様子でもなかった。そう、最初こそその話を知りたがりましたが、どうやら、信じるほどのものではないと判断した様子で、それよりも蔵にある書を熱心に読んでおられましたね。多くは、医術、薬術の類です。その分野の知識があれば、竹の石のような効能を信じることは難しくなるはずです」

「知識があると、信じられないものですか？」

「さよう。いや、少し学んだ者は、多くの方法、多くの薬を知っている。しかし、もう少し学んだ者は、それらのほとんどが効かぬことを知っている。そういうものです。世にある薬のほとんどは、なにほどの効き目もない。幾らかは、熱を冷ます、幾らかは、腹を洗う、また、幾らかは、血を止め、傷を癒《いや》す。しかし、それらを飲まずとも、自然に熱は冷め、腹は下り、血は止まる。それが生き物の生きる力というものです。怪我も病も、治すのは人の力であって、薬の力ではない。だから、何がどれほど効いたのか、いつまで経ってもわからぬままとなりましょう。効くといわれているものも、ただ、効くと思わせて、人の気分を良くするだけかもしれぬ。熱を冷ます、腹を下すも、その気分の内。せいぜいが、その程度のものなのです。まして、命を延ばす、老いを免《まぬが》れるといった薬がこの世にあろうはずがない。その道理がありません」

「カシュウは、どうして薬を求めていたのでしょうか？」

「それは、私も尋ねたことがあった。しかし、教えてもらえなかった。自分のためではない、救いたい人がいる、とだけ答えましたが」

「救いたい人がいる？」

「そう、そう言いました。そのときは、お仕えしている高貴な方のことだろう、と私は受け止めました。そのために、カシュウ殿は探索の旅に出たのであろうと。しかし、その後、山に入られたということは、どういう意味だったか……。結局は、そのお方が亡くなってしまったのではないでしょうか。想像するだけのことですが、カシュウ殿の探求は間に合わなかった、ということではありますまいか。だから、都には戻らず、そのまま山に入られた。もしそうであれば、おそらくは、ご自身を責められてのことといえましょう」

「自分を責めて？」

自分を責めるとは、どういうことか。

「あの、それはたとえば、自害するというようなことと、同じ意味ですか？」

「まあ、そうかもしれない」クローチは頷いた。「いくら剣が強くても、病を治すことはできない、とおっしゃっていましたよ。見たところ、ご自身が病だとは思えなかったから、大切な方が病気なのですか、とおききしたのです。どうも、なんとお答えになったか、よく覚えておりませんが、具体的なお返事はなかったように記憶しております。私が知っている範囲では、カシュウ殿は一度も奥方を迎えられませんでした。ですから、お仕えしている方のどなたかではないか、と勝手に思った次第です。もし、結婚されていたら、お身内の誰かと考えたはずですな」

「カシュウの両親については、ご存じですか？」

「ああ、ええ……、それはもうずっと早くに両方とも亡くされていたはず。カシュウ殿には兄弟もなく、若いときから天涯孤独《てんがいこどく》だとおっしゃっていました。もともとは都の近くの出身です。お父上は武士でしたが、継ぐほどの家柄でもなく、ご両親の死後は、血縁ではない、どこだったか、二つか三つの家を転々とされたと聞き及びます」

「そうですか。そんな話は一度も聞いたことがありませんでした。尋ねてはいけないことでした」

「ゼン殿は、どちらのご出身なのですか？」

「いいえ、それが、わからないのです。私は、幼いときにカシュウに預けられたそうです」

「うん、これは余計なことをききました。いえ、出身など、どうでも良いこと。どこで生まれようが、誰の子だろうが、その人の生き方にも、その人の価値にも、いかほども関係はない。それは、今の世では非常識だといわれましょうが、しかし、私は、それが真だと考えます」

「そうですね、それはカシュウも同じことを言いました」

「たとえ親子といえども、まったく別の人間です。似ているかもしれないが、同じではない。これは動物でもさよう。まったく同じものは生まれない。二度と同じものは世に現れないのです。どこかが必ず違っている。だからこそ、こんなに大勢の人間がいて、一人として同じ者がいない。稀に、一度に二人の子が生まれることがありますが、これが一番似ている。親に似ず、その双子の兄弟が似るのです。顔や姿、声も似ている。しかし、それでもやはり別の人間です。心は同じではない。同じことを考えるわけではない。同じことをするのでもない。そうであれば、だんだんと違う人間になっていく。赤子のうちはそっくりでも、大人になると既にあまり似ていない。ようするに、血だ血だといったところで、その程度のこと」

「自分の血は、自分のためだけのものですね」

「そのとおり」

血を沢山流せば、やがて死んでしまう。流れたその血を掬って注いでも、生き返らせることはできない。人の血を飲んでも、それで命が延びることもない。それは、カシュウから教えられたことだった。親子が同じ血だというのは、やはり生まれるまえに、女の腹の中にいたためだろうか。そのあたりも、クローチに尋ねたかったのだが、話はここまで。クローチは立ち上がって、お大事に、と頭を下げた。

6

その日は大人しくしていた。縁に出た以外は部屋からも出ずにいた。夜になり、さらに大勢の者が家に訪ねてきたらしく、慌ただしかった。襖の外を幾度も人が通り過ぎた。しかし、布団を敷いて早々に寝ることにした。女が一度、戸を開けて覗きにきたが、寝ているのを見て、黙って戸を閉めた。

夢を見ることもなく、ぐっすりと眠れた。翌朝は、喉が渇いて目が覚めた。厠《かわや》へ行き、冷たい水で顔を洗っていると、隣の土間から女が顔を出した。

「お湯をお持ちしましたのに」

「いや、冷たい方が良いのです」

「どうしてです？　お湯の方が綺麗になりますよ」

「顔を洗うのは、綺麗にするためですか？」

「当たり前じゃないですか」

そうは思っていなかったので、なるほど、そういう考えも一理あるな、と感心した。窓の近くに立ち、差し込む日差しに手を当ててみた。もう血は残っていなかった。

厨で白い湯気が上がっているのが見え、良い匂いが立ち込めていた。それにつられて入っていくと、五人の女が支度をしていた。板間の上に沢山の握り飯が並んでいる。何十とあった。そうか、葬式のためか、と思い出す。皆がこちらを見たが、誰も口をきかない。

「握り飯を一つもらっても良いですか?」と尋ねると、握り飯を握っていた女が無言で頷いた。

それで、それを一つ手に取った。一口食べる。できたばかりなのか、これまでに食べた握り飯の中で最も美味かった。

「美味しいですね」と感想を述べたが、誰一人頷きもしなかった。どうも、気まずい雰囲気を感じたので、勝手口から外へ出ることにした。

握り飯を食べながら、庭を歩いた。それはすぐになくなった。蔵を眺めて、裏側から回って玄関の方へ。そこでも、男たちが掃除をしていて、忙しそうだった。

軽く頭を下げ、通り過ぎた。表の庭には、既に人が集まっている。訪ねてきた者なのか、あるいは支度をするための者なのかはわからない。そもそも、葬式など見たことがない。そういうものがあると聞いた知識しかない。

門から道に出た。道場の方にも人の姿があったので、逆の方向へ歩いた。散歩をしようと思った。たぶんそうだろう、と自分に尋ねていた。

しばらく歩くと、子供たちが前から走ってきた。三人だ。こちらを見たが、そのまま通り過ぎ、後方へ走り去った。三人とも手に木の枝を持っている。しばらく眺めていたが、道場よりも奥の森の中へ消えた。森か石段で遊ぶのだろう。

分かれ道まで来たとき、そうか、自分は竹林へ向かっているのだな、とおぼろげに理解した。

後ろから高い声が聞こえる。

庄屋の家の門から、ハヤが出てきて、こちらに手を振っていた。それで、こちらも手を軽く上げて応える。

そのまま、また歩いた。竹林の方へ行く道だ。それは、馬に乗って、盗賊を追った道でもある。あの馬は、どこへ行ったのだろう。自分を乗せて、この道を戻ってきたのだ。一言礼を言いたいものだ、と思った。

もう一度振り返ると、ハヤがこちらへ来る途中だった。急ぎ足で近づいてくる。どうしたのだろう？

立ち止まって、彼女を待った。手に布で包んだものを持っていた。仕事の途中だったのではないか。

「ゼン様……」近くまで来て、ハヤは大きく息をついた。「どちらへ、行かれるのですか？」

「あ、いや、たぶん、あの竹林です」

「え？」

「どうしたのですか？」

「いえ……、ああ……、良かった」ハヤは一度下を向いた。そして顔を上げると、また溜息をついた。「皆が、握り飯を食べて、出ていかれたと言うので、てっきり……」

「何ですか？」

「はい、あの、お発ちになるのかと勘違いいたしました」

「ああ、いえ、そうではありません。握り飯を食べたのは、ちょっと腹が空いていただけで、はしたないことをしました。申し訳ありません」

「いえ、そんなことは良いのです。朝ご飯の準備が遅くなったのは、葬儀の支度に追われていたからだと思います。こちらこそ気が利かず、申し訳ございませんでした」

「いや、朝ご飯は、あれでけっこうです。充分です」

「ああ……、良かった。これを差し上げようと思い、急いで持って参りましたのに」

「何ですか、それは」

「竹の石です」

「どうするのですか？」

「いえ、お納めいただきたいのです」

「それを私に？」

「お断りになっても駄目ですよ。これは価値のないものです。価値がないのですから、誰が持っていても同じ」

「いや、しかし、お父上が大事になさっていたものです」

「私は、それがなくても父を思い出せます。ゼン様は、それで私を思い出して下さい」

その小さな包みを受け取った。

ハヤは黙って、こちらをじっと見る。

「わかりました。では、お預かりします。あの……、もう戻られた方が良いのではありませんか」

「はい。いろいろと準備が忙しく……」

「大変ですね」

「でも、かまいません。私も竹林に行きます」

「え？」

「行きましょう」ハヤは歩きだした。

彼女が先へ行き、その後を歩くことになった。

「大丈夫ですか？　葬式の支度は」

「大丈夫です。皆が考えましょう」

それは、ハヤに尋ねたかったことだった。人は皆、自分の心を持ち、自分で考えているのだろうか。しかし、少なくとも、ハヤの家の者たちは心があるようだし、たぶん考えるだろう、と思ったので、質問は保留することにした。

幾らか行ったところで、ハヤは振り向き、こちらをじっと見た。

「あの、ゼン様、お口の横に、ご飯粒がついております。それは、なにか目的があるのですか？」

「ああ、ええ、これは、虫にやろうと思って……」

「なるほど」ハヤは満面の笑みを見せた。「それは、素敵なこと」

そんなつもりはもちろんなかったが、思いつきでそう答えてしまった。ハヤの質問のし方が、自分にそう答えさせたのだ。彼女は、当然ながら嘘だと見抜いただろうけれど、こちらの答に満足した様子だった。だから、そのままにしておくことにした。実際に天道虫が食べにくるかもしれない。

「クズハラ様と、戦われたのですね？」

「はい」

「クズハラ様は、盗賊を追うと言って、出ていかれたそうです。昨日、道場の者から話を聞きました。でも、そのまま戻ってこられないと」

「クズハラ様は死にました。私が斬りました」

「お怪我をした理由がわかりました。クズハラ様は、叔父様が雇っていたのですね？」

「ええ、たぶん」

「なにごとについても、要領の良い方でしたね」

「はい」

「お強かったでしょうに」

「そうですね」

「剣の道を究めた方でも、結局は、弱い人間なのですね」

「究めていなかった、ともいえますが……」

「いいえ。どんなに強くなられても、自分の欲望を抑えることができましょうか？」

「私はできると思います」

「ゼン様はまだお若いから、そう思われるのかもしれないわ」

「そうでしょうか」

「信じているのですね、剣を」

「ええ、そうかもしれません」

「でも、それは竹の石を信じることと、似ています」

「ええ、それは私も少し考えました。いえ、そんな気がした程度です。よくはわかりませんでした。どのように似ていますか？」

「いいえ、私も、想像で申し上げているだけです。そんな感じがしたのです。お気を悪くされましたか？」

「いいえ、まったく……。もう少し、ハヤ様のお考えを聞かせてもらえませんか」

「ええ、つまり、神様を信じるのも、竹の石を信じるのも、それから、たぶん、剣を信じるのも、結局は、自分を信じることにつながっているのです。人間は、そういうふうに回り道をしなければ、自分を信じることができないのではないでしょうか」

「うーん。そうなると、信じるというのは、どういうことでしょうか?」

「なにかを信じることは、自分が自分の思うようになるという希望の道筋だと私は思います」

「希望の道筋」

「この道を行けば、きっと自分は自分の望みのとおりになれる、そういう道を歩くことが、ものを信じること。それは、たぶん、今の苦しさを少しでも和らげて、なんとか生きていく方法ではないかしら」

「そうですね。剣がなければ、私はたぶん生き方がわからず、山を下りることもできずにいたと思います。剣を信じたから、この先になにかがあると、ええ、今も考えています」

「信じていらっしゃるのですね」

「自分を信じているとは、まだとうてい思えませんが」

「でも、どうか、ご自分をご自分だけのものだと思わないで下さい」

「え、どういうことですか?」

「いいえ、ゼン様がお怪我をされるだけで、私は心が痛みます」

「どうしてですか?」

「ああ、きっと、ゼン様のお母様も、同じことをおっしゃるのではないかしら。親というものは、子供の怪我を、自分の怪我よりも痛がるものです」

「私は、親というものを知らないので」

「いえ、今のは、その……、あまり、良い喩《たと》えではなかったみたいです。申し訳ありません、余計なことを言いました」

母親の話を持ち出したことが余計だったという意味だろうか。よくわからなかったが、黙っていた。

竹林の前まで来ていた。道から入るところは、特に草が深い。ハヤは普通の着物だったし、草履を履いている。

「その格好で、大丈夫ですか？」

「え？　ああ……」ハヤは笑顔で頷いた。「子供のときは、これでも大変なお転婆《てんば》だったんですよ」

彼女がさきに竹林の中に入っていった。

後を追う。

「あの、おてんばとは何ですか？」

7

竹林の中をゆっくりと歩いた。少し中へ入れれば、楽に歩ける平たい場所がある。

「もう少ししたら、筍《たけのこ》が穫れます。筍はお好きですか？」

「好きでも嫌いでもありません。食べたことはあります。ずいぶん固かった」

「いえ、それは穫り方が悪かったのか、それとも火の通し方が悪かったのです。もっと美味しくいただけますよ」

「そうですか」

「あと少しこの村にいらっしゃれば、ご馳走することができましょうけれど」

「いえ、それは」

「お怪我が癒《い》えたら、お発ちになるのですね？」

「もう怪我は大丈夫です。寝ていても、歩いていても、治り方は同じです。明日にも、発とうと思います。今日は、お葬式ですから、それは見ていきたいと思います」

「明日とは……」ハヤは目を閉じた。それから、小さく首をふった。「いえ……、ああ、何と言って良いのか……。こればかりは、無理にお止めするわけにはいきません」

「え？　泊めていただいていますが」

「いえ、そうではなくて……」ハヤは、口に手をやった。

泣きそうだった目が、そこで明るく、笑う形になる。

「可笑しい。本当に、貴方様といると、こんなに楽しいのに……、どうして……」

笑った顔の目から、遅れて涙が零れた。

さっとあちらを向いてしまい、彼女は歩き始めた。少し離れて、あとをついていく。なにか話した方が良いと思ったけれど、適当な話題を思いつかなかった。今日は風もなく暖かいですね、と言おうとしたが、あまりにも滑稽だ。

「竹の石は、虫が入り込んだ結果ではないかしら」ハヤが前を向いたまま話し始めた。「竹に、目に見えぬほどの小さな穴をあけて、幼虫のうちに中に入るのです。虫はやがて成長します。節の中から外へは出られませんが、竹の皮を食べ、竹の水を吸って生き延びます。でも、一生を終えて、そのまま死んでしまう。幼虫があけた穴は、竹が生長して塞がってしまう。虫の死骸は、少しずつ竹の液に包まれる。風で竹が揺れるから、あの狭い節の間で、ころころと転がって、自然に丸くなる。液は固まって石のようになる」

「どんな虫ですか?」

「え?」ハヤは振り返った。「それは、うーん、どんな虫でしょうね。蝶や蛾《が》では大きすぎます。もっと小さな……」

「天道虫くらいの?」

「そう、それくらい。その玉の大きさよりは小さくないと」

「では、この玉を割れば、中に虫が入っているのですか？」

「それは、もうすっかり溶けていると思います。何百年もまえに生きていた虫です」

「竹は、そんなに長く生きているのですか？」

「いえ、ああ、そうか……、そうですね」ハヤは唇を噛《か》んだ。「参りました。ゼン様のおっしゃるとおりです」

ハヤは、父の死や葬式の準備で疲れているのではないか。それが、いつものような調子が出ない理由だろう。

竹を切り、その中に天道虫がいる、という想像をした。玉が入っているよりも、その光景は驚きではないか。

だが、そのときに、刀を構えているときと同じ、一瞬の短い呼吸があった。林の中を抜けてくる風が見えるようだった。

「そうか……」と呟いていた。

カシュウはこの場所で気づいた。そうにちがいない。

きっかけは天道虫ではなかったかもしれないが、刀で切った竹の動きが見える者には、それが発想できたことだろう。

懐に手を入れ、さきほどハヤからもらった布を片手で解いていた。まもなく、竹の石を摘み出した。ハヤは向こうを見ていて、気づいていない。土を見たが、己の顔についている米粒を思い出した。なにもかも、ここに揃っているではないか。自然に導かれたものかもしれない。

竹の一本を選び、軽く触れる。ハヤからは見えない角度。そして、切る方向は、こちらからだ、と筋を読む。

「ハヤ様」

「はい」ハヤがこちらを向いた。首を傾げている。

「この竹を切りたくなりました。よろしいですか？」

「どうして私にきくのですか？」

「ハヤ様の竹だからです」

「ああ、そうでした。もう、父のものではありませんものね。ええ、どうぞ、いくらでもお切りになって下さい」

「よくご覧になっていて下さい。その竹です」

「特別に変わった竹でもなさそうですけれど」

刀を抜いた。左の肩が少し固いが、いつもとは逆に、右上から振り下ろすので、さほどの影響もない。構えて、息を止め、竹の位置を測った。

「お怪我は、大丈夫ですか？　無理をなさらずに……」

「では……」そう言って、刀を振り下ろした。

竹は切られた方向へ少しずれる。そして、上部の重さの支えを失って傾き始める。切り口を滑り、そこも外れて、次は地に落ちる。やがて、その後は傾き倒れる動きしかない。こちらへ倒れてきたので、刀を納めたあと、ハヤのいる方へ移動した。

「お見事ですね。お怪我をされているとはとても思えません」

「中をご覧になって下さい」

「え？」ハヤはこちらを見つめたが、竹を見に近づいていく。

その後ろ姿を見守った。

ハヤは、じっと竹を覗き込んだあと、一度、こちらを振り返った。その顔は無表情。考えている。どう受け止めれば良いのかを迷っている。そして、再び竹を覗く。その竹は、かなり大きなものだったから、彼女の手なら中に差し入れることができるだろう、と見定めて選んだ一本だった。

ハヤは、袂《たもと》を引き、竹の中に白い手を差し入れた。そして、それを摘み出した。

「竹の石」ハヤは言った。その指に摘まれているものをこちらへ見せた。「どうして？　これは、どういうこと？」

黙っていた。

ハヤは、また竹を見る。後ろへ回り、膝を折って、顔を近づけ、瞬きもせず観察している。それから、自分が持っている玉を見つめ直した。

彼女は考えているのだ。こうして眺めると、考えているときのハヤが一番美しい、と感じた。

「仕掛けを説明しましょうか？」一歩近づいた。

「仕掛け」ハヤが目を見開いた。

彼女ならば気づくだろう、と予想していた。ハヤは、竹を見るのを諦めて、こちらへ近づいてくる。そして、顔をじっと睨んだが、そのとき、はっと息を止めた。

「ああ……」息と声が漏れ出た。

「わかりましたか？」

「ええ」ハヤは頷いた。「ゼン様のお顔を見てわかりました」

「そのとおりです」

握り飯の米粒が、なくなっていたからだ。

「ということは……、ゼン様もたった今、さきほどここで、お気づきになられたのね？　ああ、そうか、私が天道虫の話をしたからですね？」

「そうです」

「素晴らしい」ハヤは両手を合わせた。「なんて素晴らしいことでしょう」

「素晴らしいですか？　いえ、こう言ってはなんですが、馬鹿馬鹿しいのではありませんか？」

「いいえ、こんなふうに理解ができたことが素晴らしい。我が家に伝わる謎が、私の代で解かれたのですよ。こんな素敵なことはない。なんとお礼を申し上げて良いものか……」

「カシュウは、知っていたと思います」

「そうか……、だから、ここで皆に見せたのですね」

「しかし、それが結果として、シシド様の命を奪いました」

「それはもう良いのです。けっして、カシュウ様の責任ではありません」

「カシュウが、仕掛けをそのとき説明していたら、こんなことにはならなかったのではないでしょうか」

「説明したら、父は大いに落胆したでしょう。いえ、おそらく信じなかったと思います。そんなまやかしのものではない、本当の竹の石があるはずだと」

「そうでしょうか」と言ったものの、ハヤの言うとおりだと思えた。

「もう一度、見せてもらえませんか？」

「もう、米粒がありません」

「それは……」ハヤは倒れている竹のところへ行き、膝を折った。「ほら、ありました。ありましたよ、ゼン様」少女のようにはしゃいだ声だった。

そこで、その米粒を再度使うことになった。竹の石をハヤから手渡される。新しい竹を選び、適当な高さに、竹の石を貼り付ける。米粒がもう扁平《へんぺい》になっていて、粘《ねば》りけを失いつつあったが、落ちないようにぐっと押さえつけた。

竹の石は、米粒で竹の表にかろうじて接着されている。

「では、離れていて下さい」と言い、刀を抜いた。

その竹の石のある側から、刀を当てなければならない。刀を構え、息を止め、斜めに振り下ろした。

切られた竹はずれる。玉は衝撃で落ちる。そして、竹の中に入る。

今度も上手くいった。刀を振った瞬間に、玉が入るのが見えた。刀の切れが悪いと、竹の上部がもっと外れる。そうなると、玉は竹の反対側へ落ちてしまう。できるだけ太い竹の方が入りやすいが、太ければその分、切りにくくなるだろう。刀の当たる衝撃で、さきに玉が落ちるかもしれない。いずれかといえば、やや細い方が簡単なのではないか。

ハヤがまた手を入れて、竹の中から玉を取り出した。

「一日に、竹の石が二つも穫れましたね」そう言って、笑顔で玉をこちらへ手渡す。「全部、ゼン様のものです」

実際には、玉は一つだ。ハヤの洒落《しゃれ》に、こちらもつい笑ってしまった。

「ということは、これはつまり、貝の玉なのですね」

「わかりません。象の牙《きば》を削ったものかもしれません」

「ぞうって何ですか？」

「あ、ご存じないのですね。ええ、そういう大きな動物がいるのです。馬の何倍もあるのです」

「どこにいるのですか？」

「私も見たことはありません。画だけです。鼻が五尺もあるそうです」

「え、鼻がですか？」

鼻だけで五尺もあれば、躰の大きさはいかほどか。

「面白い、そんなに驚かれなくても」

「びっくりしました。それは恐ろしい動物ですね。本当のことですか？」

「本当だと思います。虎《とら》はご存じですか？　ああ、麒麟《きりん》は？」

「いえ、知りません」

「あとで、書をお持ちしましょう。虎も本当にいるものですが、麒麟はわかりません。どちらも、この国にはいないそうです」

「というと、海の向こうですか？」

「そうです」

「そうか……」自分が手にしている玉を眺めた。「その怪物の牙ですか。そう思うと、これは凄いものですね。そんな珍しいものをいただくわけにはいきません。お返しいたしましょう」

「いいえ」ハヤは首をふった。「どうか、お持ち下さい。お願いでございます」

しかたなく、差し出した手を引っ込めた。

もう戻ることにした。道へ出て、二人で並んで歩く。ゆっくりとした歩調だった。

屋敷が近づくにしたがって、ハヤは沈んだ顔になった。今から葬式なのだ。それを思い出したのだろう。

自分はといえば、竹の石のことがわかっただけで、すっかりと気が晴れていた。ただ、とらとぞうの画を早く見たかった。

8

葬式があった翌々日の朝に、庄屋の家を発った。ハヤとは門の前で別れた。クローチもわざわざ出てきて見送ってくれた。ハヤとは、前夜にも部屋で少しだけ話をした。家を切り盛りするために、しばらくは忙しいだろう。彼女に比べれば、自分は暢気《のんき》な身分で、明日はどこで何をするのかさえ決めていない。

象と虎と麒麟の画は見せてもらった。そんな動物がこの世にいるとは思えないが、それでも、脚はみんな四本だった。だから、怪物というほどではない。象の鼻が異様に長いのだけは、どうしても納得がいかない。なにかの見間違いではないか、と思う。

それから、ハヤから金を受け取った。どうしても、受け取ってくれと頭を下げて頼まれた。それは、シシドの家の宝とハヤの身を守ったという仕事に対する金だという。たしかに、クズハラとの約束ではあった。けれども、ハヤとその約束をしたわけではない。シシドもクズハラも死んでしまったのだから、すべてがご破算というのが道理だろう、と自分は考えていた。ハヤは、それでは死んだ父に申し訳が立たない、一生の恥になる、と大袈裟なことを言う。ここは自分が折れる以外にないかと思い、礼を述べて受け取ることにした。

ハヤは、もう少し長く滞在されても良い、と何度か言ってくれたが、やはりそうもいかない。また、必ずまた来てほしい、と繰り返した。その約束をして良いものかどうかと迷ったが、いちおう頷くことにした。果たせないかもしれないけれど、約束できない理由も見つからなかったからだ。

門で手を振ったとき、ハヤは笑顔だった。彼女は本当に素晴らしい人だと思った。きっともっと素晴らしいことをいろいろ考えて、それをみんなに教えるようになるだろう。書を著《あらわ》すかもしれない。その能力も熱意も充分にあるだろう。

自分は、後ろめたさを幾分抱いたまま、彼女の視線を断ち切って、歩き始めた。

カギ屋まで来て街道に出る。それから、しばらく歩いて、神社への道がある角も通り過ぎた。ここからは新しい道だった。日差しの穏やかな曇り空だったが、今日は雨はなさそうだ。だいぶ暖かくなったものだな、と感じた。これからさきは雨が多くなるかもしれない。あの蛇の目という道具を一つもらってくれば良かった。塀に立て掛けたまま忘れていたが、誰か仕舞ってくれただろうか。

それから、やりかけて放り出してしまった竹細工のことも考えた。結局なにもできなかった。シンキチにも尋ねる機会がなく、一つも学んだことがない。ようするに、その気がないのは自分にその才がないということだろうか。カシュウは器用にいろいろなものを作ったから、そこはまったく似ていない。クローチが似ていると言ったが、自分には違うところばかりが思い出されるのだ。

道を歩く者は疎《まば》らで、そのうちに前にも後ろにも誰も見えなくなった。道は上っていたが、それほど深い山ではなく、裾野《すその》の辺りなのだろう。あっけなく峠を越え、眼下に平たい土地と、大きな川が見えてきた。また、船に乗らなくてはならない。そのことは、既に話を聞いていた。その船で渡った先が隣の村で、さらにもう少し行くと、宿場があるらしい。ゆっくり歩いても、日が高いうちに到着できる距離だという。

その後はずっと長い緩やかな下り坂が続いた。すぐに畠が広がり、さらに行くと田圃ばかりになった。蛙《かえる》が鳴いている。もうそんな季節なのかと思った。

道は川に当たったので、土手を下りて船着き場へ行く。船を待っている者が三人いて、その一人がノギだった。

「おや、ゼンさん」彼女の顔がぱっと明るくなった。「奇遇だねぇ。一昨日だったか、お葬式に行ったのに、いなかったじゃないの」

「いや、いましたけど」

「そう？　どうしたの、喧嘩でもしたのかい？」

「誰とですか？」

「そりゃあ、あそこの方よ」

「あそこの方?」

「まあ、やめときましょう。とやかく言う仲でもないし、私たち」

私たちというのは、ノギと誰のことだろう、と考えたが、よくわからなかった。こちらも、あまりいろいろ尋ねては遠慮がないと思われるかもしれない、と思って黙っていた。

船が来た。なかなか大きな船で、船頭は二人。客も五人乗っていた。入れ替わりで、今度は四人が乗った。ノギがすぐ横に座る。

「ねえ、私、どこへ行くと思う?」

「いえ、知りません」

「ほら、逆じゃない?」そう言いながら、指で東と西、つまり川の両岸を順番に指さした。

「ああ、そうですね。都から来ていたのに、方向が逆です」

「そうそう」ノギは頷く。そのあと、口元を上げる。

「戻るのですか?」

「そうなの。よくぞきいてくれました」ノギは、こちらの肩をぽんと叩いた。「あ、そういえば、ゼンさん、怪我をしているんでしたっけ? 聞きましたよ。どこです?」

「今、ノギさんが叩いたところです」

「まあ、それは、ごめんなさい。でも、大した怪我じゃなくて良かったですね」

「ええ」

「そういうときはね、おかげさまでって言うんですよ」

「どうしてですか？」

「それは、うーん、どうしてかしら」

「感謝の気持ちが大事だからですね？」

「そうそう、わかっているじゃないの」

「でも、ノギさんのおかげではありませんから」

「あのね……、もう一度叩くわよ」

ほかの二人の客が笑っていた。

「ほら、笑われてますよ、私たち。こら、見せもんじゃないよ、もう……」

ノギは機嫌が良かったらしく、川を渡っている間に、三味線を弾いてくれた。これは、なかなか良かった。船という危なっかしいものの上で聴いたから、格別というのか、緊張していた心に響いたのかもしれないし、あるいは、一度聴いたことのある調べだったので、以前よりもよく理解できたのかもしれない、と思った。客たちもノギの三味線を褒《ほ》めた。

「はいはい、どうも……。ええ、ただですよ。ただだと、ますます良いものでしょう？」

船が岸に到着し、しばらくノギと並んで道を進む。彼女に合わせて、少し遅く歩いた。地蔵が立っているところで、道が二手に分かれていた。街道は右だ。前を行く者たちも、右へ歩いていった。

「私は、ちょっと寄り道をしていきますので」とノギに告げる。

「え？　こちらへ行くの？」

「はい」

「どこへ？」

「寄り道です」

「一緒に行ってもいい？」

「いえ、困ります」

「うーん、なんだぁ……。はあ……」ノギは肩を落とす。「ずっと一緒だと思ったのにぃ」

「あ、でも、次の宿場で、またすぐ会えますよ」

「あ、そう？　じゃあ、しかたがないわね。待ってますよ。どこに泊まるのか、決めてる？」

「いえ、なにも知りません」そう言いながら、脇道に逸れた。

「ゼンさん、きっとですよ」

「何がですか？」振り返ってノギを見る。

「嘘は駄目ですよ」

「嘘ではありません」

「そうか、ゼンさんは、嘘はつかないものね」ノギはうんうんと頷き、手を振った。ハヤよりも、よほど別れを惜しんでいるように見えた。

そこからしばらく上っていったところに集落があった。畠で仕事をしている者に尋ね、その先でも、また道で出会った者に尋ねた。教えられた小径を入っていくと、小川の畔《ほとり》に小屋が見えた。屋根の上に石がのっている。戸というものはなく、中から子供が泣く声が聞こえた。

そちらへ土手を斜めに下る道を行く途中で、小屋から女が出てきた。鍬《くわ》を持っている。これから畠へ行くのだろうか。その後ろから、小さな子供が泣きながら出てきた。女の着物の端を握っていた。顔を擦《こす》っているので、男か女かもわからなかった。

こちらを見上げて、女は立ち止まる。頭を下げてから、下りていった。

「キダさんですか？」近づいて尋ねた。

「キダ？　違うよ」女は首をふる。

「イネさんですか？」

「ああ……、イネだけど」

「キダというお侍をご存じですね？」

「ああ……」ようやく、彼女は小さく頷いた。

「キダ殿は、亡くなりましたが、お聞きになりましたか？」

「死んだ？　本当に？」イネの目が見開かれる。子供が着物を引っ張ったが、それを彼女は片手で強く払った。「どうして死んだんだ？　嘘だろう？」

子供がまた泣きだした。

「いえ、本当のことです。私は、キダ殿に頼まれて、これを持ってきました」懐から金を出した。「彼が持っていた金と、それから、彼の刀を売って得た金です」

「何だよ。それが何だっていうの？」

「いえ、貴女に受け取ってもらいたいのです」

「どうして？」

「キダ殿に頼まれたからです」

「ふん……」女はそこで笑った。「おかしいじゃないか。死んだんだろう？　死んだんだったら、もう誰のものでもないはずだ。どうして、お前さんが自分のものにしないんだ？　なにか企んでいるんだろう？　私は騙されないよ」

「とにかく、お受け取り下さい」

「受け取ったら、どうなるのさ？」

「私は、これで帰ります」

女に金を手渡した。そして一礼をして、地面を見たまま下がった。これで良い、と思い、後ろを向こうとしたとき、

「待って」と呼び止められた。

再び頭を上げ、女を見る。

「本当なの？」

「はい、本当です」

「どうして、死んだってわかったんだい？」

「それは……、その、私が斬ったからです」

「え？　何て言った？」

「私が斬った、と言いました」

「誰を？」

「キダ殿をです」

「は？」女は口を開けたままになる。

そのまま、動かなかった。

女は一度瞬き、口を閉じた。じっと、こちらを睨んでいる。

「侍なので、剣を合わせれば、戦わねばなりません」

「その刀でか？」

「はい……」

「じゃあ、お前は、仇《かたき》じゃないか！」

「そうです」

イネの顔が赤くなった。額に皺《しわ》が寄り、みるみる表情が変わった。

彼女はこちらへ出てきた。

しかたなく待って、受け止める。

大きく横から振った手が、顔に当たった。

平手なので、大したことではない。

そのあと、胸を何度か叩かれた。

肩の傷には届かない。彼女の躰は次第に低くなった。

「あぁ……」イネは泣き崩れた。両手で土を摑み、何度もそれをこちらへ投げたが、しかし、脚に掛かっただけだった。

「馬鹿野郎」イネは押し殺した声で叫ぶ。

後ろの子供は泣くのをやめ、じっとこちらを見つめている。女の子だろうか。もしかしたら男の子かもしれない。ようやく歩けるようになった年頃のようだ。キダの子供なのか、とききたかったが、そのまま後ろへ数歩下がった。

しばらく待った。イネが泣きやむまで。涙と土に汚れた顔を上げ、そこへ近づいてきた子供を彼女は抱き締めた。

「私の用件はこれだけです。では、失礼いたします」頭を下げる。

「いい加減な男だった」イネが言った。「大馬鹿者だったよ」

「キダ殿のことですか?」

「キダなんてのはね、勝手につけた名前だ。あれは、五郎っていうんだよ。そこの百姓の五男坊だ」

「キダ殿は、立派な侍でした。侍は、剣に生きる者。私は良い相手に出会いました。それが侍の幸せです。申し上げることはそれだけです」

「お前さんも馬鹿だよ」

「どうかお幸せに」

「何が、幸せだ！」

お辞儀をして、土手を上がった。上まで来たとき、振り返ると、イネが子供を抱いたまま、こちらを見つめていた。

あの子が大きくなったら、仇の自分を討ちにくるだろうか、と考えた。男の子であっても侍などにならず、母と暮らすのが幸せだ、と考えてくれれば良いが、と思う。

道を行く。

草は靡《なび》く。

幸せというものが、はたして、人の生きる道にあるだろうか。

それはたぶん、毎日西に現れる茜《あかね》の空のようなものかもしれない。はるか先にいつもある。しかし、そこに行き着くことなどできないのだ。ただ、あると信じて、歩くしかない。

ふっと溜息をついた。

キダのことで嘘をついた。どうせ嘘ならば、もっと良いふうに、すべてを偽れば良かったかもしれない。中途半端に正直であっても、なんの得もないではないか、と顧みた。がしかし、その嘘を差し引いてもなお、仄かな清々しさが残っていた。

　正直であることよりも、幾分大事なことがあるようにも思えるのだった。

epilogue

エピローグ

途中の小川で、魚を捕る子供たちに出会い、三匹もつき合ったために宿場に到着したのは夕刻だった。最初に目についた宿を選び、食事のまえに風呂に入った。初めは肩を湯につけぬように注意していたが、そのうちに忘れてしまい、傷も湯に浸かってしまっていた。思ったほど染《し》みなかったし、どちらかというと気持ちが良かった。

風呂から上がると、ノギが店先で待っていた。

「こんばんは」彼女は淑《しと》やかにお辞儀をする。それから、近くへ寄ってきて小声で囁いた。

「もっと良い宿がこのすぐ先にありますよ」

「いえ、ここで良いのです」

「お金を沢山もらったんでしょう？　ねえ、奢って下さいよ」

「沢山はもらっていませんが、いいですよ、奢りましょう」

「本当に？　うわぁ、言ってみるもんだね」

宿の主人に二人分の食事を頼んで部屋に戻った。一階の裏庭に面した部屋だった。裏庭といっても、雑草の生えた僅かな土地と隙間だらけの塀があるだけで、特に眺めるほどのものでもない。カギ屋の庭とは大違いである。しかし、戸を開けて覗き見れば、空には白い月があった。月は、たいていの庭にある。

ノギが部屋の中で座っているので、戸を閉めて、自分も座った。彼女は明かりの傍にいる。頬は白く、口に紅を塗っているようだが、明かりのせいで瞳の方が輝いて見えた。

「あのね、船できかれたことですけれど……」

「船で？　何のことですか？」

「きいたじゃないですか。どうして、都に戻るのかって」

「そういえば」

「私ね、やっぱりもう一度、都で三味線をやり直そうと思うんです。まだ、今からでもできるんじゃないかって」

「やり直すというのは？」

「ですから、もう一度稽古に通って、もっともっと上手になりたいんです」

「ああ、なるほど。それは良いことですね」

「ね、そう思うでしょう？　これも、ゼンさんに出会ったおかげですよ。まだまだ田舎に引っ込むには早いんじゃないかって」

「田舎に引っ込むのも、悪くないと思いますが」

「ゼンさんと同じ方向だし。ねえ、都へ行くのでしょう？」

「そうですね。特に深く考えているわけではありませんが。ほかにどこへとも当てはないので……」

「よく、あの村を出られましたね」

「あの村？」

「てっきり、庄屋の家に居座るんだって思いましたよ。お嬢様も、ねえ……、まんざらじゃなかったでしょうし、道場の跡継ぎもいないわけですし、ほら、なんていうんです？　ちょうどぴったり填り込むみたいな、そんなふうだったじゃありませんか」

「話が、よくわかりませんけれど……。あの、まんざらとは何ですか？」

「ほの字でしたよ、完全に」

「ほのじ？」

「お嬢様ですよ」

「ハヤ様のことですか？」

「あぁあ、わからない人だねぇ」

「ノギさんの言葉が難しいのです」

「何言ってるんですか。まあ、でもね、あれを振り切ってこそのゼンさんですよ。私、惚《ほ》れ直《なお》しましたよ」

「振り切って？　ああ、竹を切ったことですか？」

「は？」

「そうそう、その首飾りを、もう一度見せて下さい」

ノギは、玉が連なった首飾りを外し、

「はい、どうぞ」と手渡してくれた。

廊下で声がして、戸が開いた。宿の者が食事を運んできたようだ。若い男だった。膳が並び、準備が整った。

「ごゆっくりと」と男が頭を下げて出ていく。

「はいはい、どうもありがとう」ノギが答えている。「できるかぎりゆっくりしますとも」

首飾りの玉は、色褪《いろあ》せることもなく、艶やかなままだった。こんなに丈夫で長く保つものを、貝が作るというのが驚きである。そもそも、あの貝殻自体が、貝自身よりも長く保つというのも、また不思議である。いったい何のために、それほどのものを作らねばならないのか。

考えてみれば、刀もそうだ。人の寿命をはるかに越えて、刀は残り続ける。何代もまえのものが輝きを失わず、新しいものと変わりなく使えると聞く。人が作るものが、人よりも長く生きられるということだ。逆にそれほど、生き物の命が短いということか。

「いただきましょうよ」ノギが言った。

「あ、ええ、そうですね」ノギに首飾りを返す。

彼女はそれをまた自分の首につけた。前で結び、結び目をくるりと後ろへ回す。慣れた手つきだった。そして、箸を手に取った。

「こういうのをもらったのです」懐から小さな箱を取り出した。「見ますか？」

「何です？　ええ、見せて下さい」また箸を置いて、手を差し出した。

ノギはその小さな箱を開けた。

「うわぁ、これって……、あ、同じだわ。私のよりも大きい」

「けっこう珍しいものみたいです」

「でしょうね」

「貝の玉か、それとも、象の牙だそうです」

「ぞう？」

「知りませんか？　鼻の長い動物です」

「天狗《てんぐ》なら知っていますけど……。ふうん、ああ、綺麗。触っても良いですか？」

「ええ」

ノギは指でそれを摘み、横の明かりへ近づけた。

「なんて可愛らしいんでしょう」

「可愛らしいですか？」

「可愛らしいですよ。これを沢山集めたら、首飾りになるのですね。こんな大きなので作ったら、重くて肩が凝《こ》っちゃうかもしれませんけれど」

「貝が作るものは、穴がありません」

「穴って？」

「ノギさんのものは、玉に穴があいているじゃないですか」

「穴があいている？　どこに？」

「糸が通してあります。穴があるから糸が通るわけです」

「あ……」ノギは自分の胸元の首飾りを手にして、しげしげと見つめていた。「そうか、穴があいているんですね。今まで気づかなかったわ」

「どうやって穴をあけるんでしょう？」

「え？」

「硬そうですから、難しいでしょうね」

「どうやってって……」

「細くて小さな道具を使うのでしょうか」

「ああ、錐《きり》みたいな？」

「ええ、そうです」

「でも、それがどうしたんです？」

「いえ、どうもしませんが」

「どうして、そんな、穴の心配をするんですか？」

「いや、心配というわけではなく、うん、何でしょう。疑問ですね」

「疑問？　だから、どうしてそんなことを問うのか、ということですよ。いいじゃないですか、べつにどうだって」

「そのとおりです」

「まあ、手応えのない人だよ、ほんと。さあさ、召し上がって下さいな」

「できるかぎりゆっくりって、言いませんでしたか？」

「冷めるじゃないですか。違いますよ、食べてから、そのあとゆっくりしましょうってことです。ああ、もう、だんだん腹が立ってきたよ」

「それは申し訳ない」

「いえいえ、いいんです」ノギは膝に手を置き、にっこりと微笑んだ。そしてこくんと頭を下げる。「私が悪うございました」

「あとで、三味線を聴かせて下さい」

「はい、かしこまりました。なんでもいたしますよ。三味線だけですか？」

竹の石をまた小箱に戻し、懐に収めた。

そうか、今となっては、もう竹の石ではない。長く竹の石だったというだけのものである。人もまた、長く別物であったものが、いずれは正体を暴かれるのだ。生きているうちは竹の石と見せかけ、死んでしまえば、ただの石に戻る。価値があるものと周りに見せかけ、皆を騙し続けること、それが人の生き方そのもののようにも見える。

ただ、騙すといっても、それは人を欺くというような悪事ばかりとも思えない。自分を騙し続けることもあろう。

生きている、と己を騙しているから、

このように生き続けられるのかもしれない。

本当は苦しいのに、己を騙し、騙し続けて、

楽しい嬉しい、と思い込んでいるだけなのではないか。

「意外に美味しいじゃないですか。こんな湿気《しけ》た宿にしては上出来ですよ」ノギが言った。「いかがです？　お口に合いますか？」

食べていたのだが、美味しいとか不味いということをすっかり忘れていた。

そして、そういえば、あの握り飯は美味かったな、と思い出すのだった。

森博嗣著作リスト

（二〇二一年三月現在、講談社刊）

◎S&Mシリーズ

すべてがFになる／冷たい密室と博士たち／笑わない数学者／詩的私的ジャック／封印再度／幻惑の死と使途／夏のレプリカ／今はもうない／数奇にして模型／有限と微小のパン

◎Vシリーズ

黒猫の三角／人形式モナリザ／月は幽咽のデバイス／夢・出逢い・魔性／魔剣天翔／恋恋蓮歩の演習／六人の超音波科学者／捩れ屋敷の利鈍／朽ちる散る落ちる／赤緑黒白

◎四季シリーズ

四季　春／四季　夏／四季　秋／四季　冬

◎Gシリーズ

φ《ファイ》は壊れたね／θ《シータ》は遊んでくれたよ／τ《タウ》になるまで待って／ε《イプシロン》に誓って／λ《ラムダ》に歯がない／η《イータ》なのに夢のよう／目薬α《アルファ》で殺菌します／ジグβ《ベータ》は神ですか／キウイγ《ガンマ》は時計仕掛け

／χ《カイ》の悲劇／ψ《プサイ》の悲劇

◎Xシリーズ

イナイ×イナイ／キラレ×キラレ／タカイ×タカイ／ムカシ×ムカシ／サイタ×サイタ／ダマシ×ダマシ

◎百年シリーズ

女王の百年密室／迷宮百年の睡魔／赤目姫の潮解

◎ヴォイド・シェイパシリーズ

ヴォイド・シェイパ／ブラッド・スクーパ（本書）／スカル・ブレーカ（二〇二一年五月刊行予定）／フォグ・ハイダ（二〇二一年七月刊行予定）／マインド・クァンチャ（二〇二一年九月刊行予定）

◎Wシリーズ

彼女は一人で歩くのか？／魔法の色を知っているか？／風は青海を渡るのか？／デボラ、眠っているのか？／私たちは生きているのか？／青白く輝く月を見たか？／ペガサスの解は虚栄か？／血か、死か、無か？／天空の矢はどこへ？／人間のように泣いたのか？

◎ＷＷシリーズ
それでもデミアンは一人なのか？／神はいつ問われるのか？／キャサリンはどのように子供を産んだのか？／幽霊を創出したのは誰か？／君たちは絶滅危惧種なのか？（二〇二一年四月刊行予定）

◎短編集
まどろみ消去／地球儀のスライス／今夜はパラシュート博物館へ／虚空の逆マトリクス／レタス・フライ／僕は秋子に借りがある　森博嗣自選短編集／どちらかが魔女　森博嗣シリーズ短編集

◎シリーズ外の小説
そして二人だけになった／探偵伯爵と僕／奥様はネットワーカ／カクレカラクリ／ゾラ・一撃・さようなら／銀河不動産の超越／喜嶋先生の静かな世界／トーマの心臓／実験的経験／馬鹿と嘘の弓

◎クリームシリーズ（エッセイ）
つぶやきのクリーム／つぼやきのテリーヌ／つぼねのカトリーヌ／ツンドラモンスーン／つぼ

み茸ムース／つぶさにミルフィーユ／月夜のサラサーテ／つんつんブラザーズ／ツベルクリンムーチョ

◎その他

森博嗣のミステリィ工作室／１００人の森博嗣／アイソパラメトリック／悪戯王子と猫の物語（ささきすばる氏との共著）／悠悠おもちゃライフ／人間は考えるＦになる（土屋賢二氏との共著）／君の夢　僕の思考／議論の余地しかない／的を射る言葉／森博嗣の半熟セミナ　博士、質問があります！／庭園鉄道趣味　鉄道に乗れる庭／庭煙鉄道趣味　庭蒸気が走る毎日／ＤＯＧ＆ＤＯＬＬ／ＴＲＵＣＫ＆ＴＲＯＬＬ／森には森の風が吹く／森籠もりの日々／森遊びの日々／森語りの日々／森心地の日々／森メトリィの日々

☆詳しくは、ホームページ「森博嗣の浮遊工作室」を参照
(https://www.ne.jp/asahi/beat/non/mori/)
（２０２０年11月より、ＵＲＬが新しくなりました）

■冒頭および作中各章の引用文は以下によりました。
原著：The Book of Tea, Kakuzo Okakura
日本語訳：『茶の本』（岡倉覚三著／村岡博訳　岩波文庫）
■この本は、二〇一四年四月刊行の中公文庫版を底本としました。

N.D.C.913　394p　18cm

定価はカバーに
表示してあります

KODANSHA NOVELS

ブラッド・スクーパ　The Blood Scooper

二〇二一年三月一七日　第一刷発行

著者—森《もり》　博《ひろ》嗣《し》

発行者—渡瀬昌彦

発行所—株式会社講談社

東京都文京区音羽二-一二-二一
郵便番号一一二-八〇〇一
編集〇三-五三九五-三五〇六
販売〇三-五三九五-五八一七
業務〇三-五三九五-三六一五

本文データ制作—講談社デジタル製作

印刷所—豊国印刷株式会社　製本所—株式会社若林製本工場

ISBN978-4-06-520736-9

ムカシ×ムカシ

R E M I N I S C E N C E

資産家・百目鬼一族が
見舞われた悲劇

サイタ×サイタ

E X P L O S I V E

ストーカ男と
連続爆弾魔の関係は

ダマシ×ダマシ

S W I N D L E R

婚約者は
結婚詐欺師だったのか